Rebirth
～聖騎士は二度目の愛を誓わない～

Daizu Konaka
小中大豆

CHARADE BUNKO

Illustration

奈良千春

CONTENTS

序

広場の冷たい石畳の上にひざまずくと、目の前に黒っぽい液体が流れていた。

それが少し前に処刑された部下たちの血だと気づいたが、ガブリエーレの心にはもはや、悲しみも悔恨も湧きはしなかった。

「ガブリエーレ・ディ・ベリ」

執行官に名を呼ばれた時に、胸の内に広がったのは安堵《あんど》と喜びだ。

これで、ようやく死ねる。

飢えと拷問による傷で、ガブリエーレは身も心も極限に達していた。死ぬことだけが、この苦痛から逃れる唯一の方法だった。

「聖騎士の面汚しが」

死刑執行を見守る騎士団の列から、声が上がった。するとこれが呼び水となって、騎士たちが次々に広場の中央へ罵声を浴びせた。

卑怯者《ひきょうもの》。神殿を穢《けが》した罪人。その他、聞くに堪《た》えない言葉が飛び交う。執行官が「静粛に」と叫ぶまでそれは続いたが、どんな言葉もガブリエーレの心には響かなかった。

ふと、誰かに呼ばれた気がして、ガブリエーレは顔を上げた。

気のせいだ。執行官以外、自分を呼ぶ者は誰もいないはずだ。

それでもぐるりと広場を見回したのは、首を落とされるまでのただの時間潰しだった。

ガブリエーレのいる広場の中央をぐるりと取り囲むように、ほんの少し前まで仲間だった聖騎士団の騎士たち、従者や従僕らが綺麗《きれい》に円を描いて並んでいた。

広場の正面に鐘楼《しょうろう》がそびえ、手前に見物用の高台が設《しつら》えられてある。

その中央に神官たちが並んでいた。彼らの左右両脇には、聖職貴族と呼ばれる特殊な家門の貴族たちも数名、列席している。

そうした高台の一番右端にある男の顔を見つけた時、ガブリエーレの死にかけた魂が再び息を吹き返した。

——アレッシオ。

燃え盛る炎のような赤い髪、きりりとした眉、切れ長で美しい琥珀色《こはくいろ》の瞳。

かつて、この男の姿を見るだけで胸が高鳴った。真面目でひたむきな年下の男が愛《いと》おしく、誰よりも大切にしようと思った。

相手もまた、熱を帯びた眼差《まなざ》しでガブリエーレを見つめていた——そう思っていた。

二人は同じ想《おも》いを抱いていると、信じていたのに。

「ガブリエーレ・ディ・ベリ。この者は神に仕える聖騎士の身でありながら、若輩の者たちを脅して姦淫《かんいん》に耽《ふけ》り、騎士団の資金を横領し、さらには共犯者であり同じ聖騎士、ヌンツィオ・ディ・ザヌーゾを殺害した。よってこの者を死刑に処す」

——すべて嘘《うそ》だ。お前たちが私を陥れた。

それまで凪《な》いでいた心に、人間らしい思考と感情が湧き上がる。死にゆく身に、それは

つらいことだった。

最後まで心が壊れたままでいられれば、楽に死ねたものを。

ガブリエーレは恋人を……恋人だと思っていた男を見据えた。

こちらを見る琥珀色の瞳と、確かに視線がかち合った。だが次の瞬間、男は気まずげに顔を背けた。

——自分が陥れた相手を、直視することもできないのか。

ガブリエーレの心に広がったのは、落胆だった。自分が愛した男は、こんな意気地なしの卑怯者だったのか。

男に絶望した。そんな男を愛して信じた自分自身をも軽蔑する。

あまりにも浅はかだった。愚直というより暗愚だった。

己が信じる正義を貫けば、いつか悪を正せると思っていた。正義など、この世にありはしないのに。

鐘楼の鐘が鳴った。

「刑の執行を」

高台から大神官が命じる。斧《おの》を持った処刑人に促され、血と肉で汚れた断頭台に首を据える。

その段になって、ガブリエーレは激しい悔恨の念に囚《とら》われていた。

狂おしいほど口惜しい。何もかもが許せない。自分を陥れた彼らも、裏切った恋人も、そして愚かだった自分も。

もう一度、やり直したい。

激しい思いに駆られ、ガブリエーレは涙した。

——過去に戻れるなら、アレッシオ。私はお前を二度と愛しはしないだろう。幾たび生まれ変わっても、お前を許さない。

首筋に、冷たい斧の刃先が触れた気がした。

——アレッシオ。

最後にガブリエーレがつぶやいたのは、かつて愛した男の名だった。


しばらく、暗闇の中にいた。ほんの一瞬か、あるいは気の遠くなるほどの長い間。

目を覚ます直前、誰かの甲高い笑い声を聞いた気がする。癇《かん》に障る声だった。

——誰だ。

闇の中で誰何《すいか》した時、急速に意識が覚醒した。

目を開けて、戸惑う。

鐘楼の大広場にいたはずなのに、いつの間にか室内に移っていた。それも汚臭の漂うじめじめした牢獄《ろうごく》ではなく、清潔な寝具が敷かれた寝台の上だ。

辺りを見回して、さらに困惑した。

「ここは、私の部屋だ」

獄中に繋《つな》がれる以前、それもまだ部隊長だった頃に暮らしていた部屋だった。

自分はたった今、首を刎《は》ねられたはずなのに。これは死ぬ直前の白昼夢だろうか。

しかし、夢にしてはやけに明瞭だった。

ガブリエーレは懐かしい部屋を見回した。壁際の小机に、真鍮製《しんちゅうせい》のカレンダーが置かれているのを見つける。

毎夜、ガブリエーレの就寝前に従僕が翌日の日付に合わせていたものだ。

「だがこれは確か……」

人にあげてしまったはずだ。昇進してこの部屋から別の部屋へ移るより前に。

カレンダーの日付は、三月十七日を示していた。年を表す部分は、九八八年とある。

ガブリエーレの処刑日は、九九一年の四月一日のはずだ。牢獄から刑場へ連行される際、執行人が日付を読み上げたから、間違いない。

「どういうことだ?」

これが夢でないのなら……処刑されたはずのガブリエーレの時間は、三年前に巻き戻っていた。

一

ガブリエーレが愛した男、アレッシオとの出会いは、処刑された年から遡ること八年前、ガブリエーレが十九歳の頃だ。アレッシオは三つ年下だから、十六ということになる。

ガブリエーレが騎士に就任して二年目だった。

「ボラスカ神殿から来た例の赤毛、田舎貴族の庶子だってよ」

「誰だ？　聖職貴族のご落胤《らくいん》だって言った奴《やつ》」

まだ朝は外の水桶《みずおけ》に氷が張る早春、午前中の訓練を終えたガブリエーレは、年長の騎士たちが使う水場から少し遠ざかり、身体《からだ》を洗う順番を待っていた。

騎士たちが毎日行う武術訓練では、上司から地獄のようなしごきを受け、下着まで汗が滴るほどだったが、水場が空くのを待つ間にすっかり身体も冷え、汗で濡《ぬ》れた衣服が張りついて凍える寒さになっていた。

ガブリエーレが歯の根が合わなくなるのをこらえているのに、男たちはだらだらいつまでもおしゃべりをしている。

彼らの中に、ちらりと目の端でガブリエーレの姿を捉える者があったから、半分はわざとだろう。

ガブリエーレが年下で、年功序列の水場では何も言えないから、嫌がらせのつもりで塞いでいるのだ。

「けど、ニコロ様がわざわざ連れてきたんだぜ。騎士団長に、くれぐれもよろしくって言ってたそうだ。何かあると思うだろ」

意地悪半分とはいえ、男たちは先日入った従者の噂《うわさ》に夢中だ。

十日ばかり前、ボラスカという遠方にある地方神殿に赴任していた聖騎士が、一人の従者を連れて神殿庁に戻ってきた。

王都にあるこの神殿庁は、聖アルバ教会の総本山である。

この国の国教であり、周辺にも同教を国教とする国は多い。信仰は今や、大陸の隅々にまで行き渡っていた。

聖アルバ教会は多くの信徒、そして総本山にいる聖騎士という精鋭部隊に守られている。教会の頂点に立つ大神官は、国境をまたいで各国の王位継承にまで口を挟む権限を持っており、この国の政治にも深く関わっていた。

地方にはいくつも神殿が建てられ、各々の土地の信仰拠点となっている。

教会の中枢である神殿庁にいる聖騎士たちは、定年が間近になると皆、一度は地方神殿に赴任する慣例があった。

二年ほど地方神殿の聖騎士たちを指導した後、また中央に戻って定年を迎える。

退職金をたっぷり受け取り、あとは悠々自適の年金生活だ。

地方神殿の聖騎士たちにはそこまで手厚い俸禄《ほうろく》はないというから、神殿庁と地方神殿とでは、同じ聖騎士や神官でも格差がある。

この格差は聖騎士見習いである従者、そのまた下の従僕も同様だった。

地方神殿に入った従僕や従者は、そこで聖騎士の叙任を受け、その土地から出ることはまずない。

神殿庁からは稀《まれ》に、左遷の意味合いで若い聖騎士が地方に流されることがあると聞くが、逆はなかった。

ところが先日、定年前のニコロという聖騎士が、赴任先のボラスカ地方神殿から一人の従者を従えて戻ってきたのである。

アレッシオという赤毛の少年で、七歳の時にボラスカの神殿に従僕として入ったという。聡明《そうめい》で武術にも優れ、見どころがあるとニコロは言い、ぜひ中央で聖騎士の叙任を受けさせたいと騎士団長に申し出たそうだ。

地方にだって、優秀な聖騎士や従者はいるだろう。

しかし、だからといって地方から神殿庁に引き上げられた例はない。少なくとも、ガブリエーレが知る限りは皆無だ。

いったいアレッシオとは何者なのかと、騎士たちが騒ぐのも無理はなかった。

ガブリエーレも興味はあった。

それほど優秀なら、年の近い自分にとって無視できない存在になるかもしれない。

同じ年の騎士たちにはもちろんのこと、後輩なんぞに出世の先を越されたくはなかった。

ガブリエーレは名門ベリ家の代表として、この聖騎士団で出世をし、神殿庁の中でベリ家の存在感を高めなければならない。

それが父からの厳命であったし、ガブリエーレの望みでもあった。

騎士団長になれば、きっと父も自分を認めてくれる。

父は後妻の子である三男を溺愛し、先妻の子である兄とガブリエーレには冷淡だった。跡継ぎの長男にはまだ関心を示していたが、次男のガブリエーレはほとんど父の目に留まることはなかった。

父がまともに言葉をかけてくれたのは、十四歳で聖騎士団に入団した時だけだ。

聖職貴族、名門ベリ家としての使命を果たせと言われた。

そこから従者としてつらい修行時代を過ごし、二年前に聖騎士の叙任を受けた際、また少し言葉をかけてもらえた。

――お前には期待をしているからな。

いつもの硬い口調と冷たい表情だったが、父は自分に期待をかけてくれているのだとわかり、嬉《うれ》しかった。

出世をすれば、もっと父に認めてもらえる。それだけを希望にして、先輩たちの嫌がらせや上司のしごきに耐えている。

「それならあの赤毛、よっぽどニコロ様のお眼鏡に適《かな》ったんだろうなあ」

粘った口調で騎士の一人が言い、水場にいた連中も意味深な笑いを立てる。誰かがちらりと、後ろでたたずむガブリエーレを見た。

「けどあの赤毛、もうかなりいかついぜ。あれじゃあ女の代わりは無理だろ。誰かさんと違ってさ」

誰かさん、と言いながら、別の一人がガブリエーレを見てニヤニヤする。

ガブリエーレは背筋を伸ばし、前方を見たまま直立していた。表情を変えてはならない。動揺したら、奴らを喜ばせるだけだ。

「女の代わりはできないかもしれないが、逆ならできるだろう。案外、ニコロ様が『念《ねん》弟《てい》』役だったのかもしれないな」

「げえっ。想像させるなよ」

気色悪い、と騎士の一人が顔をしかめ、その場に大袈裟《おおげさ》なくらい大きな笑いが起こる。

彼らはちらちらとこちらを見たが、やがてガブリエーレが少しも顔色を変えないのがわかると、舌打ちをしてその場に唾を吐いた。

「こいつが近くにいると、白けるな」

「俺たちみたいな下っ端には、興味ないんだろ。こいつが腰を振るのは小隊長以上さ。金持ちでお綺麗な面してる奴は得だよな」

他の連中も、まったく反応のない後輩を揶揄《やゆ》し続けるのに飽きたのだろう。悪態をつきながら水場を離れる。

横を通り過ぎる際、ガブリエーレの肩をわざと小突いたり、足元に唾を吐きかけたりした。それでもガブリエーレは前を見据えたまま表情を変えなかった。

るまで動かなかった。

「へっ、石みたいな奴だぜ」

最後に大きく突き飛ばされ、身体が傾《かし》いだ。踏み留《とど》まり、また直立する。彼らが遠ざかるまで動かなかった。

やがて気配が消えたのを待って、ほっと息をつく。空いた水場に近づいた。

井戸の水がぬるく感じるほど、身体は芯まで冷えきっていた。

手早く服を脱ぎ、身体を拭く。濡れた服をまた着るのは気持ちが悪いが、上半身裸のまま歩いているのを誰かに見つかったら、またからかわれる。

からかわれるだけなら、まだいい。舌なめずりをしながら見られたり、わざと触ってきたりする連中もいる。

ガブリエーレは十九歳で、すでに顔も身体つきも大人の男のものだった。

身体などは毎日の訓練のおかげで、女と間違えようのないくらい逞《たくま》しくなっていたが、いまだに下卑た嫌がらせを受けることがある。

この妙に艶めいた顔がある限り、いつまでも女のように扱われるのだろう。

ガブリエーレは、亡くなった美貌の母にそっくりなのだそうだ。

淡い金髪に深い翡翠《ひすい》の瞳も母と同じだし、冷ややかで人を嘲るように見える切れ長の目、それを縁取る長い金のまつ毛も、赤く色づいた唇も肖像画の母そのものだった。

成長して男の顔になったが、男ばかりの騎士団では欲望の対象になる。

水桶に映る青ざめた美貌を忌々しく見下ろした時、近くで人の気配を感じた。

「誰だ」

鋭い声と共に、背後を振り返る。先ほどの騎士たちが去ったのとは別の小道から、一人の少年が手桶を持って近づいてくるところだった。

少年、なのだろう。従者が着る生成りのシャツを身につけていた。

通常、六、七歳で神殿に入った従僕たちは、十三、四歳で従者に昇進する。そこからさらに順当にいけば、十七歳で聖騎士の叙任となった。

だから従者の服を着たこの少年は、十六歳以下と思われる。

しかしその身体つきは、すでに大人のようにしっかりとしていて逞しい。

顔つきに若干のあどけなさが残るものの、ガブリエーレと同じ年だと言われても違和感はなかった。

後ろで一つに縛った髪は、燃えるような赤毛だった。

顔立ちは精緻に整っていて、ガブリエーレは図らずも見惚《みと》れてしまった。

ここが神殿庁ではなく俗世であったら、女たちが群がっただろう。少年でありながら、すでに女を惹《ひ》き寄せる、雄の色気を放っていた。

「申し訳ありませんっ。そろそろ水場が空く頃かと思いまして」

少年はわずかな間、瞬《まばた》きもせずにガブリエーレを見つめていたが、やがて慌てた様子で謝罪を口にした。

表情が乗ると、危ういような美貌は一転、人懐っこく年相応の印象になる。

「誰だと聞いている」

ガブリエーレは、ことさら冷たい声音を上げた。

少年が何者なのか、聞かなくてもすでに気づいていたが、自分が見惚れてしまったことを相手に悟られたくなかったのだ。

「あ、俺、私……は、アレッシオと申します。ただのアレッシオです。姓はありません」

姓はない、と口にした時、少年はどこか悔しそうだった。

やはり、彼がそうなのだ。ボラスカ神殿から引き抜かれてやってきた、赤毛の従者アレッシオだった。

この国では、父親がいない子供には姓がない。

神殿庁に来てから、何度も姓を聞かれたのだろう。そして庶子だとわかると、先ほどの男たちのしたようにあげつらわれたに違いない。

屈辱を受けることに慣れた表情を見て、ガブリエーレの中にあった少年への反発心と対抗心が薄れた。

同じく虐げられる者として共感を覚え、自分より弱い立場だとわかって、憐憫《れんびん》さえ感じた。

「ボラスカから引き抜かれたという、アレッシオか」

はい、とアレッシオはわずかに首を縮めた。そうすると打ち捨てられた子犬みたいで、ガブリエーレはさらに警戒を解いた。

「急に近づかれて驚いただけだ。水場を使いたいなら、一緒に使っていい」

「はいっ、ありがとうございます」

アレッシオは元気の良《い》い返事をしたが、それ以上近づくことはなかった。

ガブリエーレが身体を拭いて服を着る間、先ほどのガブリエーレの仕草をそっくり真似《まね》るように、直立して前方を見つめ続けた。

「従僕の時より、従者になってからの方がきついらしいな」

何となく言葉をかけたのは、アレッシオが自分より弱くて力のない存在だと感じたからかもしれない。

普段のガブリエーレなら決して、気安く誰かに声をかけたりしない。からかいや嫌み以外、人から話しかけられることもないし、十四歳で神殿庁に入って以来、友人は一人もいないが、自分には必要ないとも思っていた。

どうせ人が寄ったところで、噂話や誰かの悪口に興じるだけだ。あとは足の引っ張り合いか。そんな「仲間」なんていらない。

だからこれは、ほんの気まぐれだった。

先ほどの男たちの噂話を、アレッシオも聞いていただろう。自分と同じように、彼も不快な思いをした。そんな仲間意識がふと、頭をもたげたのだ。

「え、あっ、いえっ」

急に話しかけられて、アレッシオは返答に困っていた。素直な反応が楽しくて、ガブリエーレはクスッと笑う。

「従僕の時ほど下働きはないが、従者には武術訓練が加わるからな。だが騎士になれば、もう少し楽になる。お前はあと一年くらいか」

それまで頑張れ、とまでは言葉にしなかった。

身支度を終えると、ガブリエーレは黙って水場を離れる。すれ違いざま、ちらりと横目でアレッシオを見た。

目が合って、ぺこりとお辞儀をされた。ガブリエーレは小さくうなずくに留めた。

背丈はすでに、ガブリエーレと同じか少し高いくらいだ。きっとまだ伸びるだろう。

胸板は横から見ても厚く、腕はがっしりしている。

先輩騎士たちが言っていた、「ニコロ様が『念弟』役」という言葉を思い出し、慌てて頭から追い出した。

無表情を決め込んでいたから、アレッシオには気取られなかっただろう。

彼と別れてからもしばらく、鮮やかな赤毛が脳裏にちらついた。


聖騎士団の騎士たちは、武人であると同時に僧侶でもある。

僧侶とは本来、俗世を捨てて神に仕えるはずだが、しかし内実は、その俗世の身分制度にはっきりと縛られていた。

まず神殿庁の騎士団に六、七歳で入ってくる従僕たちは、平民だが比較的裕福な家の子供たちばかりだ。親がたっぷり寄付金を付けて、それでようやく騎士見習いとして入団できる。

それができない貧しい者たちも騎士団の施設にはいるが、彼らは騎士でも見習いでもなく、ずっと下働きだ。

神殿庁の聖騎士団に入団するには、ある程度の金が必要なのである。

従僕に貴族の子供はいない。貴族の子弟らは十三、四歳、やはり親が多額の寄付金を付けて入団させる。

平民と違って貴族の子弟は従者から始まるのだ。下積みとはいえ、騎士たちも貴族の子らにはそれなりに気を遣う。

おのずと、つらい仕事は平民出身で従僕上がりの従者に押しつけられ、貴族出身の従者たちには軽い仕事が回されるようになる。

聖騎士になっても、出自は付いて回る。

出世にはある程度、実力や功績が加味されるが、もっとも大きく作用するのは実家の影響力である。

平民出身の騎士は、ほとんど昇進が望めない。順当に出世したとしても、中隊長が限界だ。部隊長以上の騎士団幹部になれるのは、貴族出身の騎士だけだった。

さらにその上、副団長と団長ともなると、就任できるのは聖職貴族かその縁戚に限られる。

この国で言う聖職貴族とは、かつて聖アルバ教会の神官や聖騎士だった者たちが、次第に力を付けて貴族化したものである。

神官や聖騎士はそのままでは妻帯できないが、還俗《げんぞく》した者が妻子を持って家門を大きくしていった。

他の諸侯たちと同様に領地を持ち、国王に仕える立場ではあるが、その根は神殿庁にある。

聖職貴族の一門は敬虔《けいけん》な聖アルバ教の信徒であり、多額の寄進をして神殿庁の財政を支えると共に、神殿庁内部にも影響力を持つ。

前時代は武官である聖騎士よりも文官である神官の方が力が強く、聖職貴族たちはこぞって子弟を神官にさせたそうである。

しかし、戦乱の時代に聖騎士団が台頭して以降、平和になった今も武官たる聖騎士の影響力が強いままだ。

神殿庁内部の権力はそのまま、世俗の国家政治にも影響するから、聖職貴族たちは嫡流の子供を聖騎士にするのが慣例となっていた。

十数家あった聖職貴族は栄枯盛衰を辿《たど》り、現在は数家だけが残っている。

その中で今なお隆盛を保っているのが、ヴァッローネ家と、そしてガブリエーレの実家であるベリ家だった。

もっともベリ家の方は、ガブリエーレの父が当主になった頃から領地の税収が減り、以前ほどの勢いがない。

他方、ヴァッローネ家は嫡男以外に当主の子供がおらず、ガブリエーレの世代にはヴァッローネ家の縁者はいなかった。

父が息子に出世を期待するのは、ガブリエーレの時代になった時、神殿庁内でベリ家が影響を強められると確信しているからだろう。

ただし、こうした勢力図は、中央の神殿庁に限ったものだ。

地方神殿にはまた、地方神殿の事情がある。

地方神殿に従僕として入ってくるのは、アレッシオのような下級貴族の庶子をはじめ、訳ありの子供たちばかりだという。

神殿庁のような寄付金は必要ないので、貧しい家の子供たちもいるそうだ。

彼らは皆、はじめのうちは騎士見習いではなく下働きだ。幼いうちから神殿の下働きをさせられ、その中から見込みのありそうな者だけが、騎士見習いである従者になれる。

従者に昇進すれば、よほど問題がない限り聖騎士に叙任されるが、そこに至るまでの過程は神殿庁よりずっと過酷なのだった。

そんな、地方の狭き門をくぐり抜け従者になった少年が、中央の神殿庁にやってきた。

地方赴任の聖騎士が推薦したとはいえ、異例の人事である。

聖騎士ほか、神殿庁で育った従者や従僕たちは、地方出身の少年に対して、差別的な感情と共に、一種の畏怖を覚えたはずである。

アレッシオがやってきた当初、誰もがこの少年を遠巻きに見ていた。

つまらない嫌がらせをされているのを、ガブリエーレもたびたび目にしていたし、仲間外れはしょっちゅうだった。

けれど赤毛に琥珀色の瞳をした美しい少年は、暗い表情をすることがなかった。

いつ見てもひたむきで一生懸命で、時折浮かべる悔しそうな表情さえ、ハッとするほど美しく清廉だった。

アレッシオは地方で下働きをしていたこともあって、最初に下働きの者たちと仲良くなったようだ。

神殿庁の従者たちは皆、目下の者の前では騎士にでもなったかのような顔をするのに、アレッシオは目下の者に対しても明るく屈託がない。

最初の頃はよく、下働きの男たちと談笑しているのを見かけたし、幼い従僕の仕事を手伝ってやったりもしていたようだ。

それから数か月して、ガブリエーレが気づいた時には、彼は他の従者たちの輪の中にいた。

「アレッシオは、案外いい奴ですよ」

ガブリエーレの従者も、さも親しげにアレッシオを評した。貴族出身のこの従者は、差別意識が強く、ほんのちょっと前まで「あの赤毛」などと顔をしかめていたのに。

従者によれば、アレッシオは何をさせても仕事が早く、優秀なのだそうだ。誰に対しても面倒見がよく親切で、困っている時はさりげなく手を貸してくれる。

「地方で苦労をしてきた分、人の痛みがわかるんでしょうね」

したり顔で従者が言うのを聞いて、ガブリエーレは狐《きつね》につままれたような気持ちになった。

少し前まで田舎者だと馬鹿にしていたのに、地方での逆境を乗り越えて神殿庁までやってきたのだと、声や表情に尊敬さえ滲《にじ》ませている。

気位が高かったはずのこの従者が、あっさりアレッシオを認めたのを見て、ガブリエーレはこの時、薄気味の悪さを感じたのだった。

ガブリエーレが薄気味悪いと感じたのは、けれどその一度きりだった。

下働きや従僕たちから慕われ、同年代の従者たちからも一目置かれて、当初は何をするにも人々の注目を集めたアレッシオは、次第に目立たなくなった。

埋没したわけではない。相変わらず人々の輪の中にいて、上手に溶け込んでいた。

まるで、ずっと以前からそこにいたかのように。

親しい友人のいないガブリエーレには、いったいどういう作用があってアレッシオがその位置に納まったのか、皆目わからなかったが、最初に気味悪く感じたほどの強烈な求心力は息をひそめ、彼はいつの間にか、「明るくて気のいい奴」という簡単な位置づけになっているようだった。

いずれにせよ、ガブリエーレにはそんなアレッシオの器用さが眩《まぶ》しく感じられた。妬んでいたと言っても、いいかもしれない。

人から慕われることも、前からそこにいたかのように場に馴染《なじ》むことも、ガブリエーレには到底できない芸当だ。

もう誰も、アレッシオを「あの赤毛」とは呼ばない。勢い、彼が地方神殿にいたことすら忘れられていそうだった。

彼を連れてきたニコロはほどなく退官し、騎士団からいなくなった。

ガブリエーレがアレッシオと再び言葉を交わしたのは、アレッシオが神殿庁に来て半年ほど経《た》ってからのことだった。

ある日、武術訓練を終えた直後のことだ。同じ訓練に参加していたアレッシオが追いかけてきて、ガブリエーレを呼び止めた。

「ガブリエーレ様。お待ちください。足にお怪我《けが》をされているのではありませんか」

午前中の訓練は剣術だった。

剣術に体術、騎馬訓練、小隊ごとの訓練のほか、中隊単位、部隊全体、騎士団の総体訓練と、種類や規模は異なるものの、安息日の七曜日を除けば、訓練はほぼ毎日行われる。役職を持たない平騎士の主たる仕事は訓練、と言って過言ではなかった。

聖騎士団は戦乱の時代、高い統率能力を持つ戦闘集団として名を高め、聖アルバ教会の権威を示す礎となった。

平和が続く今も、教会の権力の背景に聖騎士団の軍事力があることに変わりはない。日々の訓練を怠ってはならないとガブリエーレは考えるのだが、そういう生真面目さを同僚や先輩騎士たちは疎んじた。

その誠実さ、従順さが騎士団幹部には気に入られているけれど、融通の利かない性格は、時にそんな幹部たちからも、「もう少し肩の力を抜いた方がいい」と、やんわり注意されるほどだった。

しかしガブリエーレは、自分が間違っているとは思わない。

今の聖騎士団は、はっきり言って堕落している。訓練も礼拝も怠ける連中ばかりだ。いつかガブリエーレが騎士団長に昇進した時、彼らの意識を根本から変えてやるつもりでいる。

真面目一辺倒なガブリエーレを、訓練で一緒になる騎士たちはだいたい適当にあしらうが、中には本気で嫌悪してガブリエーレを潰そうとする者もいた。

今日、訓練で当たった先輩騎士たちは後者だった。

数人で寄ってたかって、ガブリエーレに剣を打ち込んだ。全員、打ち負かしてやったし、最後には小隊長に見つかって先輩たちは大目玉を食らった。

しかしどうやら、その時に足を痛めてしまったらしい。弱みを見せたくなくて、訓練中は何でもないふりをしていたが、本当は重心を移すたびにズキズキ痛んでいた。

訓練後は水場に寄らず自室に戻ろうとしたところを、アレッシオに呼び止められたのである。

宿舎に向かう外廊下だった。

周りに人の姿はなかったが、大声で怪我を指摘するアレッシオに怒りが湧いた。

「――私が？」

振り返って冷たい眼差しを向けると、アレッシオはハッと何かに気づいた顔をして、

「申し訳ありません」と、大きな背中を丸めた。

神殿庁に来て半年の間に、彼はぐんぐんと背が伸びてガブリエーレを追い越していた。

「でも、あの、お部屋に戻られるのですよね。そのままにしておくのは良くないです。もしよろしければ、この場で俺に手当てをさせていただけませんか」

「お前に？」

「はい、できれば」

いちいち申し訳なさそうに身を縮める彼は、初めて出会った時の印象そのまま、飼い主に懐く子犬のようだった。

「医務局の医師たちには及びませんが、こういう処置には慣れています。時間が経つほど

後を引きますので」

それでいて、ガブリエーレの冷たい眼差しにも引かない。従者や従僕は、ガブリエーレが不機嫌そうにすると大抵引き下がるのに。

「人が来るかもしれませんから、どうぞこちらに。あ、肩をお貸ししましょうか」

いそいそと外廊下の脇の庭先へ誘導しようとするから、毒気を抜かれた。

アレッシオの言うとおり、処置が遅れれば怪我も長引く。ガブリエーレはため息をついて彼の後に付き、渡り廊下を外れて庭に移動した。

アレッシオはガブリエーレの前にひざまずくと、自分の肩に摑《つか》まるように言い、靴を脱がせた。

「私が怪我をしていると、誰にでもわかるほどだったか」

自分の靴紐《ひも》を解く美しい男に見惚れそうになり、ガブリエーレは木の植え込みへと視線を逸《そ》らす。

いいえ、とアレッシオは足元でつぶやいた。

「俺以外は気づいていないと思います。俺はいつもあなたを……あなたの剣筋を見ておりましたので。ガブリエーレ様の姿勢は正確で、俺のような我流の者には良い手本になります。……ですから、他の方たちは気づかなかったでしょう」

途中で言い訳するように早口になっていたが、その答えにガブリエーレは安堵した。

「……これは、ひどい」

靴を脱がせ、ガブリエーレの素足を見て、アレッシオは軽く息を呑《の》んで固まった。どれほどひどいのかと、ガブリエーレはこわごわ自分の足首を見たが、思ったほどには腫れていなかった。

「痛かったでしょう」

アレッシオは患部に直接話しかけるように、ガブリエーレの足を凝視していた。

そんなふうに、まじまじと素足を見つめられると気恥ずかしい。だが恥ずかしいと思うことが自意識過剰な気がして、平静を装っていた。

「よく我慢できましたね」

「これくらい、どうということもない。痛みには慣れている」

訓練での怪我など、よくあることだ。いじめのようなしごきや、多勢に無勢の打ち込みも今日が初めてではなかった。ことさら同情されるものでもない。

そういうつもりで言ったのだが、アレッシオは一瞬、驚いたように顔を上げた。ガブリエーレが視線を返すと、すぐにまた視線を落とす。

それからは何も言わず、自分の手巾《しゅきん》でガブリエーレの足を固定した。

彼の処置は手早く、そして正確だった。

「うまいものだな。手馴《てな》れている」

「ありがとうございます。地方神殿では、訓練以外で怪我をすることも多くて。それに、神官の方々に付いて村の人たちの病気や怪我を治療することがよくありましたので」

地方、特に田舎の方では、神殿の神官たちが地域の医療を支えている場合がよくある。それもまた、布教活動の一環だ。信徒たちに寄り添い、生活を助け、教えを導く。神殿庁とは違った、地方神殿の本来の役割である。

「僧侶の本分だな。地方神殿は、地域の信徒たちと交流も深いと聞く。中央にいては、なかなかできないことだ。得がたい経験をしたな」

ガブリエーレにとっては何気ない言葉だったが、アレッシオは再び顔を上げ、目を丸くしてこちらを見つめた。

かと思うと、満面の笑みを浮かべる。

「ありがとうございます。誰かから、そんなふうに言っていただけたのは初めてです」

ガブリエーレこそ、そんなふうに嬉しそうに微笑《ほほえ》まれたのは初めてだった。

心臓が跳ね、じわじわと甘い感覚が腹の底から湧いてくる。照れ臭くてそっぽを向いてしまった。

感じが悪かっただろうに、アレッシオは気にした様子もなく処置を終え、丁寧に靴を履かせてくれた。

「お部屋に戻られたらすぐ靴を脱いで、しばらくはできる限り、足を動かさないようにしてください。動く時はこうして、今のようにしっかり固定するといいです」

「ああ、気をつける。どうもありがとう」

無表情に礼を言うと、アレッシオは嬉しそうに頬を染め、大きな身体でぴょこんと頭を下げた。

その場でアレッシオと別れ、部屋に向かう。後ろは振り返らなかったが、彼がいつまでもガブリエーレの背中を見送っているような気がした。

ただの願望かもしれない。今まで経験したことのない、ほの甘い感情がガブリエーレの心に満ちていた。


もうその時には、アレッシオに恋をしていたのかもしれない。

惹かれていたというなら、初めて水場で出会ったあの時にはもう、彼に対して特別な感情を抱いていたと思う。

もとよりアレッシオは、ガブリエーレにとって無視できない存在だったが、それを恋だと自覚するまで、そう長くはかからなかった。

足の処置をして以降、アレッシオはたびたびガブリエーレに話しかけてくるようになった。

なんということはない、ただの時候の挨拶だったり、剣術などについての小さな質問だったり、とにかく大した話ではない。

アレッシオが話しかけてくるのは、周りに人がいない時が多かった。ガブリエーレが一人で歩いていると、どこからか彼がやってくる。

もしかしたらアレッシオも、自分と同じ気持ちなのではないだろうか。

そんなふうに思った時にはもうすでに、恋に落ちていたのだろう。特別に想っていてほしいという、願望を抱いていたのだ。

しかしそれから、仲間たちと楽しそうにしているアレッシオを見て、いや、彼が自分なんかを好きになるはずがない、と卑屈に考える。さらにその後、話しかけられてはまた浮かれるのだった。

アレッシオは神殿庁に来て一年後、無事に騎士の叙任を受けた。

一年の間に、また背が伸びて精悍《せいかん》さが増していた。叙任式での正装は誰より煌《きら》びやかで麗しく、皆が赤毛の新米騎士に目を奪われた。

ガブリエーレも、彼に見惚れた者の一人だった。ドキドキして、式が終わってからも勇壮な姿が脳裏を離れなかった。

けれどこれが恋だと自覚するのには、相当な勇気が必要だった。

男ばかりの騎士団で、同性愛は珍しくはない。かつて戦場では、恋人同士、背中を預けて戦うことは尊いものとされてきたし、夫婦の和合より男同士の交わりの方が崇高だ、などとする俗説もある。

戦場で交わしていた義兄弟の契りが、昨今はそのまま衆道の契りに置き換えられ、年長者を念者《ねんじゃ》、年下を念弟と呼ぶのが、騎士団の中では半ば公然となっていた。

ガブリエーレも少年時代からたびたび、欲望の対象とされた。

さすがに、ベリ家の嫡流を強引に組み敷こうという輩《やから》はいなかったけれど、下卑た言葉や誘いをかけられたことは多々ある。偶然を装って尻や陰部を触られたり、他にも不快な行為をしょっちゅうされた。

物欲しそうに見られることはもう、日常茶飯事だ。

そうした男たちの欲望を目の当たりにするたび、汚らわしいと感じていた。

自分は決して、同じ男をそんな目で見たりしないと思っていたのに、アレッシオの麗しい表情、逞しい身体つきに見惚れ、身体の奥を熱くしている自分がいる。

他の男たちと同じ、汚らわしい存在になってしまったようで、アレッシオへの恋心を認めたくなかった。

人知れず煩悶《はんもん》し、己の気持ちを誤魔化し、それも誤魔化しきれなくなって、ガブリエーレは渋々、恋情だけは認めることにした。

アレッシオを見るたびに湧き起こる別の情動には蓋をして、この気持ちはあくまで精神的な、相手への尊敬の気持ちに起因する崇高な感情なのだと自分に言い聞かせた。

そして、ひとたび恋情を認めると、そのことばかり考えるようになった。

アレッシオに、自分はどう思われているのだろう。少しは好きでいてくれるだろうか。

頻繁に話しかけてくるのだから、同じ気持ちかもしれない……。

誰かに恋をするのは、これが初めてだった。齢《よわい》二十歳にして、ずいぶん幼稚な恋だったと、後になって思う。

けれどこの時のガブリエーレはもちろん、自分が幼稚だなどとは考えてもみなかった。

自分が信じる「禁欲的にして崇高な」アレッシオへの恋心に夢中だった。

いつか想いを打ち明けて、義兄弟の契りを交わし、アレッシオと確かな結びつきを得たい。

すぐに告白する勇気などなくて、その言い訳として、自分がもっと昇進したら告白しようと考えた。

念者が念弟と同じ平騎士のままでは、恰好《かっこう》がつかない。ガブリエーレがもう少し昇進して立派になったら、アレッシオも尊敬してくれるだろう。その時に告白しよう。

相手のことなど考えない、一方的な誓いを立てて、ガブリエーレは張りきった。

今まで以上に真面目に職務をこなし、訓練に打ち込む。同僚からも先輩からも煙たがられたが、ガブリエーレは気にしていなかった。

不甲斐《ふがい》ない連中だと見下してさえいた。嫌われていることはわかっていたが、真面目にやっている自分が咎《とが》められるいわれはない。

ひたすら教義に忠実に、誠実に職務を遂行していれば、努力はすべて報われるはずだ。

この頃のガブリエーレは、本気でそう信じていた。

その後、ガブリエーレは順当に出世を重ねた。

二十歳で小隊長になり、二十二歳の時には中隊長にまでなった。

並みいる先輩騎士たちを飛び越え、誰よりも早い出世だったが、ガブリエーレは自分の努力が認められたのだと誇らしかった。

もちろん、実家の家門の影響もあることは理解していた。

同じ聖騎士でも貴族と平民では、最初から立っている場所が違う。貴族出身の騎士の中でも、実家の家格や資金力によって人事評価が変わる。

小隊長になり、部下を持ち始めてから、ガブリエーレも実際にそうした局面を目の当りにした。同程度の努力をし、結果を出しても、平民の聖騎士が貴族の聖騎士を飛び越えて出世することはない。

わかっていたはずなのに、ガブリエーレはなぜか、自分の出世だけは別だと考えていた。人より努力をしたから、優れていたから、異例の早さで昇進できたのだ。努力は裏切らない。そう考えていた。

人前では決してそんなことは言わなかったし、上司に対しては謙遜もしていた。

でも、内心の傲慢は知らずのうちに表に出ていたはずだ。

部下ができても、彼らと心を通わせることはなく、事務的な繋がりしか持てなかった。

それでもガブリエーレは、いつまでも向上しない人間関係について、深く気に病むことはなかった。

ガブリエーレの関心事は相変わらずアレッシオ、そして出世をして父に認めてもらうこと、それだけだった。

小隊長に中隊長と階級が上がっても、まだ告白は実現していなかった。その都度、勇気が出ないことに対して何がしかの言い訳をして、先延ばしにしていた。

そのくせ、アレッシオが誰かに告白されたと噂を耳にしては、先を越されたと歯嚙《はが》みする。

アレッシオが断ったと聞いて、涙が出るほど安堵した。この時ばかりは、意気地のない自分を呪ったりもした。

一喜一憂を繰り返し、それでも告白できないまま月日は流れていく。

そうして二十四歳になった時、ガブリエーレは部隊長に昇進した。

一部隊を束ねる要職で、ここからは聖騎士団幹部の扱いである。部隊長の上は副団長、その上は聖騎士団最高職の騎士団長だった。

ベリ家の後ろ盾があるとはいえ、二十四歳の部隊長は過去を振り返っても例がない。

報《しら》せを受けた父が、わざわざ神殿庁まで会いにきてくれた。

「この調子だ。今の騎士団長はヴァッローネ家の縁者だが、いずれはベリ家のお前が騎士団長になる。お前が騎士団を掌握するのだ。今のうちからよく、部下たちの心を摑んでおけよ。そのために毎年、多額の金を積んでいるのだからな」

労《ねぎら》いもそこそこに釘《くぎ》を刺されたが、これもきっと父なりの激励なのだと、ガブリエーレは考えた。

父も認めてくれた。そのことが、ガブリエーレに勇気をもたらした。

長年秘めていた想いを、今こそ打ち明ける時だ。出世した今なら、アレッシオもこの想いに応えてくれるかもしれない。

意を決し、ガブリエーレはアレッシオに告白した。

その日は、九八八年の三月十六日だった。

部屋のカレンダーを見てから約束の場所に行ったから、忘れていない。

夕方の礼拝の時、アレッシオに「話がある」と、耳打ちをした。

「食事が終わったら、騎士団宿舎の裏庭に来てほしい」

夜、この場所が一番、人気がないのだ。

ドキドキしながら約束の場所に行くと、先にアレッシオが来ていた。

彼の方でも、いったい何の話があるのかと、戦々恐々としていたはずだ。

普段は人懐っこく話しかけてくるのに、この夜はガブリエーレを見て、ぎこちなく頭を下げた。

ガブリエーレも、アレッシオの姿を見て一気に緊張が高まった。

事前に考えていた告白の言葉も段取りも忘れて、頭が真っ白になってしまった。

「あの、遅くなりましたが、昇進おめでとうございます」

こちらが黙ったままなので、間がもたない。アレッシオが思い出したように言った。

ガブリエーレは、「ああ」とか「うん」とか、曖昧な返事をした。恥ずかしくて相手の顔が見られなかった。

「ガブリエーレ様のご努力が認められたのですね」

屈託のない声に、胸が切なくなる。もし今、告白をせずに引き下がったら、また明日から悶々《もんもん》とするのだろう。

アレッシオが神殿庁に来て、五年の月日が経っていた。後輩もできて、彼は誰からも好かれている。

思慕を寄せる者も多くいるだろう。以前から、義兄弟の契りを交わしたいと告白する者はいた。そのたびにアレッシオは断っていたようだが、今後も断り続ける保証はない。

アレッシオが誰かのものになるのは嫌だった。

そこまで考えて、ガブリエーレはついに告白した。

「アレッシオ。いきなりこんなことを言って戸惑うと思うが……私はお前に思慕の念を抱いている」

うつむいたままで、相手の顔は見えない。ただ、息を呑む音が聞こえた。ガブリエーレは手を前に組み、ぎゅっと自分の両手を握り込んだ。

「できれば……お前と契りを……義兄弟の契りを交わしたい、のだが」

言葉を切ると、沈黙が返ってきた。

顔を上げるのが怖い。ガブリエーレはすっかり怖気《おじけ》づいてしまった。

「あ、い、嫌なら断ってくれていい。お前を困らせるつもりはないんだ。ただこの気持ちを知ってほしくて……」

気まずさを誤魔化すため、早口に言葉を紡ぐ。

その時、ざらりと硬いものがガブリエーレの頬に触れた。

アレッシオの手のひらだと、数拍置いて気がついた。温かくて硬い。ゴツゴツした突起がある。日々、剣を握っている者の手だ。

弾《はじ》かれるようにして顔を上げ、そして息を呑んだ。

宿舎の窓からほんのりと灯りが漏れる中、アレッシオが見たこともない表情でこちらを見下ろしていた。

目が爛々《らんらん》として、表情は抜け落ちている。獲物を狩る猛禽類《もうきんるい》のようで、恐ろしく見えた。

ガブリエーレが身をすくめると、アレッシオは軽く瞬きをした。

途端、くるりと雰囲気が変わる。表情を大きく変えたわけではないのに、柔らかな雰囲気に戻っていた。

「すみません、驚いて。あなたが……あなたから言ってくれるとは、思わなかったから」

そう言って嬉しそうに微笑む。ガブリエーレはホッとして、次に喜びが湧き上がるのを感じた。

「それじゃあ……」

承諾してくれる、ということだろうか。相手を窺《うかが》い見ると、アレッシオはにっこり微笑んだ。

何の前触れもなく、彼の美貌が近づいてくる。きょとんとしているガブリエーレの唇に、柔らかなものが押し当てられた。

「義兄弟の契りです」

アレッシオはいたずらめいた口調で言い、艶《あで》やかに笑った。

互いに口づけ合うのは、確かに契りの証《あかし》だが、それは唇ではなく頬にするものだ。

「な……それは、唇にするものじゃない」

顔を真っ赤にして睨《にら》むと、アレッシオは「ははっ」と快活に笑った。

ぴょんと跳ねるようにして、裏庭の井戸の石囲いに飛び乗る。彼の太腿の高さくらいある囲いだ。

子供みたいで、そんなアレッシオを見るのは初めてだった。

「すみません、嬉しくて」

彼の表情は光の届かない夜の闇に溶けてよく見えなかったが、言葉のとおり喜びに満ちた声が聞こえた。

それを聞いて、ガブリエーレも嬉しくなった。

「……私もだ」

そっと、相手に聞こえない程度の小声でつぶやいたのに、囲いの上で跳ねるアレッシオの動きがぴたりと止まった。囲いから、一足飛びにガブリエーレの前に立つ。

「今、何と言いました？」

いたずらめいた表情で、彼はこちらを覗《のぞ》き込んできた。

「聞こえてたんだろう」

「聞き間違いかもしれないから、もう一度言ってください」

乾いた硬い手のひらが、またガブリエーレの頬を撫《な》でる。こんなに押しの強い彼も、初めてである。以前は、飼い主に忠実な犬のようだったのに。

「私も……嬉しい」

相手の変化に戸惑いながらも、喜びの方が勝って、ガブリエーレはぽそりと想いを伝えた。アレッシオも柔和に笑い、また唇をついばんだ。

「おい」

「契りの証です」

「ちゃんとしたのもしたい」

ガブリエーレが言うと、相手はふふっと笑って頬に口づけた。ガブリエーレも、今度は自分から相手の頬に口づける。唇が触れる時、ドキドキした。

「夢みたいだ」

アレッシオが言った。さらに迫ってくるので、ガブリエーレは慌てて押し留める。

「その、これ以上は」

際限がないし、これ以上の行為はさすがに神もお咎めになるだろう。いつまでも二人でいては、人目につくかもしれない。

「そうですね。すみません。今日はもう、この辺でやめておきましょう」

次もあるような口調だったが、ガブリエーレは言及しなかった。互いの喜びに水を差すことになると、頭の奥で理解していたのかもしれない。

「それでは先に戻ります。先輩たちに見つかったら、からかわれそうだから」

先輩たちに見つかったら。その言葉にガブリエーレはぎくりとしたが、アレッシオは気づかなかったようだ。

最後に、頬に軽く口づけて、跳ねるように宿舎に戻っていった。

一人になったガブリエーレは、喜びと興奮でしばらくその場を動けなかった。

幸福に満たされていた。生まれてから、こんなにも幸せだと感じたことはない。この時のために生きてきたのだとさえ思った。

でも少し、怖い。

アレッシオの態度が変わったこともそうだが、二人の関係を知って、周りがどんな反応を示すのか、考えると不安になった。

まず間違いなく、からかわれるだろう。ガブリエーレは嫌われているから、揶揄され、嫌みを言われるはずだ。

それはいい。聞こえるようにネチネチ言われるのは慣れている。

問題はアレッシオだ。みんなに好かれているアレッシオが、嫌われ者のガブリエーレの念弟になったと知れたら、彼に反発する者も出てくるに違いない。

権力に尻尾を振ったとか、取り入ったとか、あることないこと言われるのは容易に想像がつく。

周りからあれこれ言われることにうんざりして、やっぱり義兄弟の関係を解消すると言われたらどうしよう。

そればかりか、自分を巻き込んだガブリエーレを恨むかもしれない。

考えると不安が募り、今から追いかけて口止めしようか迷った。だが彼は、とうに宿舎の中に消えている。アレッシオを訪ねて彼の部屋まで行くのを見られたら、そこであらぬ噂が立つ。

（明日、改めて注意しよう）

まさか、今夜中に誰かに言いふらすこともあるまい。

口止めは諦めて、ガブリエーレも宿舎に戻ることにした。不安は残るが、宿舎に向かって歩くうち、湧き出る喜びがその不安を覆い隠した。

アレッシオもガブリエーレと同じ想いだった。二人は愛し合っていたのだ。

自分のすべてが肯定されたような気がした。自分の人生に問題は一つとてなく、順当な人生が続いていくかのような、万能感と多幸感に包まれた。

この瞬間が、ガブリエーレにとって最も幸福な時間だっただろう。

視界が光り輝くような幸福は、けれどすぐさま打ち消された。

背後から、ガブリエーレを呼び止める者がいたのである。


裏庭での告白は、誰にも見られていないと思っていた。

意気揚々と庭から宿舎の建物に入り、自分の部屋がある棟へと続く渡り廊下を歩いていた時だった。

「あなたも、生身の人間だったのですね」

揶揄のこもった声に、ガブリエーレはぎくりとして立ち止まった。

恐る恐る背後を振り返る。いつの間にかそこに、黒髪の騎士が立っていた。

「あなたまでもが、あの男に騙《だま》されるとは思いませんでした」

痩身に中背の男だった。いつも首をすくめるようにして、背中を丸めている。

顔色は悪く神経質そうで、騎士の逞しさがまるでない。

「ヌンツィオ」

男は、ヌンツィオ・ディ・ザヌーゾという、ガブリエーレの部隊の小隊長を務める男だった。

五つ年上で、もとはガブリエーレの先輩だった。ガブリエーレの従者時代には、一時だが彼についていたこともある。

そこそこ名門の貴族の家柄だが、当人がガブリエーレに輪をかけて人付き合いが下手だったこと、身体を動かすのが苦手らしく、華奢《きやしゃ》で痩せぎす、先輩や同僚ばかりか後輩にいじめられることもあって、小隊長に昇進したのはガブリエーレの方が早かった。

中流以上の貴族の子弟を、いつまでも平騎士にしておけないと思ったのか、やがて小隊長に昇進したものの、いまだにそれ以上の昇進はない。

かつての騎士と従者が、今では立場が逆転して部下と上司になった。

威厳を保つためにへりくだることはないが、ガブリエーレとしても、ちとやりづらい。

いつも長い前髪の間から、黒い瞳でじっと人を見ているし、何を考えているのか、さっぱり読めない。

無用な衝突を避けるために、ガブリエーレは必要以上にヌンツィオに近づかないようにしていた。

ヌンツィオも好んでガブリエーレに近づくことはなかったから、訓練や職務以外でこうして言葉を交わしたのは、実に騎士と従者だった時以来のことだった。

アレッシオと会っていたのを見られていた。いつから見ていたのだろう。

「今のは、私に向けた言葉か。背後からいきなり、不躾《ぶしつけ》ではないか」

羞恥とバツの悪さが苛立ちと怒りに変わり、必要以上に冷ややかな声が出てしまった。

男は、そんなガブリエーレの胸の内を見透かしたように、陰気に笑った。

「私はこれでも、あなたの才を買っておりましたのに」

こちらの話には答えず、薄笑いを浮かべたまま、皮肉っぽい口調で続ける。

ガブリエーレの知るヌンツィオは、感情の起伏に乏しく口数の少ない男だったから、別の一面に驚かされた。

「他人に厳しく、自分にはそれ以上に厳しい。不器用なほど真面目で誠実で、誰にも心を開かない。そんなあなたがよもや、あの悪魔の手管に落とされるとは」

「悪魔だと？　それは誰のことだ」

表向きは毅然《きぜん》とした態度を取っていたが、内心はドキドキしていた。

ヌンツィオが悪魔と呼んだのは、他でもないアレッシオのことだ。

誰からも好かれていると思ったし、反感を買ったとしても、生意気だとかいい子ぶっているとか、そんな程度の悪感情だと思っていた。それが、よりにもよって悪魔とは。

悪魔とは神の敵、人類の敵である。聖アルバ教でもっとも忌むべき存在だ。

ガブリエーレが顔をしかめると、ヌンツィオは喉の奥でククッと笑った。

「あの、明るく誰にでも優しい男を悪魔と呼ぶなんて。そう思っておいでてでしょう。悪魔とはそういうものです。一見、誠実で善良なふりをして人を惑わす」

「自分にないものを彼が持っているからといって、妬んで貶《おとし》めるのは感心しないぞ」

「おお、すっかりあの男に騙されているようだ」

芝居がかって肩をすくめるのに、ガブリエーレはカッとした。

「貴様――」

「これは侮辱ではなく、忠言です。お気をつけなさい。あの男は、見かけどおりの善良な男ではない」

急に口調を変え、真面目な顔でヌンツィオは言った。真剣な眼差しに鼻白む。

「ボラスカにいた友人も、彼に惑わされました。彼とて決して善人ではなかったが、私にとってはかけがえのない友だった。その友人は、年端もいかぬ少年だったあの男に騙され、惑わされて、ついには命を落としたのです」

どういうことか、詳しく聞きたい気持ちに駆られ、すぐさま誘惑を振り払った。

それこそ悪魔の誘惑だ。あのアレッシオが、誰かを騙すはずがない。まだ子供だったのならなおさら、ヌンツィオの友人だとかいう大人がしっかりするべきではないか。

頭の中で即座に反論を組み立てる。それを口にしようとしたが、ヌンツィオはガブリエーレから離れようとしていた。

「あの男を信じてはいけません。忠告はしましたよ」

言うだけ言うと、足早にガブリエーレを追い越して去っていく。

後方から人の話し声が聞こえた。他の騎士たちだ。ガブリエーレも仕方なく、自分の部屋に戻った。

せっかく幸せな気分だったのに、水を差されてしまった。

腹立たしく、自室に戻ってもしばらく怒りは続いていたが、アレッシオと交わした口づけの感触を思い出すと、それも和らいだ。

ヌンツィオは幸せな自分たちを妬んで、あんなことを言ったのだ。

ガブリエーレはそう結論づけ、それきりヌンツィオのことは記憶の奥へと押しやった。

ともかく、アレッシオと想いが通じ合った。これ以上の幸せはない。

一晩中浮かれ、興奮で眠れず、翌日は珍しく寝坊しかけて、従僕に起こされた。


結局のところ、いったい何が嘘で真実だったのか、自分の行動の何が正しくて間違っていたのか、ガブリエーレには死ぬまでわからなかった。

その時その時で、正しいと思う行動をしたはずだ。

ところが、何一つとして良い結果にはならなかった。

アレッシオと想いを通じ合わせ、もう何も怖くないとさえ思ったけれど、幸せだったのは最初だけだ。

しばらくすると、ガブリエーレは再び、アレッシオへの恋心に煩悶することになった。

アレッシオの周りには、変わらず大勢の人たちがいた。念者のガブリエーレより親しそうに振る舞う者もいて、それを見るたび嫉妬に身を焦がした。

彼は私のものだ。みんなに言って回りたい。でもできない。二人の関係は誰にも秘密だ。

告白をした翌日、アレッシオに口止めした。当分はこの関係を秘密にしてほしい。

ガブリエーレのそうした申し出を、アレッシオは少し拗《す》ねた顔をしながらも受け入れてくれた。

「俺は言いたいですけどね。あなたと俺は特別な関係だって」

アレッシオがそんなふうに言ってくれるだけで、ガブリエーレはじゅうぶんだった。

その後も二人は今までと同じ距離を保ち、夜のわずかな自由時間に時折、人気のない場所で逢瀬《おうせ》を楽しんだ。

ガブリエーレが部隊長に昇進して間もなく、アレッシオは小隊長に昇進した。

出自を考えれば異例の早さだが、彼の実力からすれば当然とも言える。

目上の者に可愛《かわい》がられ、同僚や目下の者からの人望が厚く、下働きの人々にも慕われている。騎士たちがさぼりがちな礼拝にも欠かさず通うので、神官たちにも評判が良かった。

武芸にも秀でている。特に剣術はここ数年でめきめき上達しており、同僚はおろか先輩の騎士でも彼の腕にかなう者は少なくなっていた。

その人望と実力のおかげで、異例の出世に意を唱える者はごくわずかだった。多くの者が彼を祝福した。

アレッシオの周りにはますます人の輪ができ、ガブリエーレは今さら、自分の念弟だと公表する勇気を失った。

自分はアレッシオと違って人望がない。上役であることを笠《かさ》に着て、アレッシオに迫ったと思われるかもしれない。

そんな卑屈な考えに駆られ、二人の関係を公にしようとは言い出せなかった。

アレッシオの方も、そのことについて何も言わなかった。そろそろ周りに言いませんか、と彼から水を向けられるのを、ガブリエーレは心のどこかで期待していた。

しかし、アレッシオがその話題に触れることは一切なく、ガブリエーレはさらに卑屈な妄想に駆られるようになった。

アレッシオはむしろ、ガブリエーレとの関係を秘密にしておきたいのではないか。

彼の周りには、ガブリエーレより魅力的な人たちが大勢いる。アレッシオなら、どんな相手でも望むがままだろう。

ガブリエーレはお堅く融通が利かず、楽しい会話もできない。そんな男より、一緒にいて楽しい相手がいくらもいるはずだ。

もしかしたら、契りを交わしたことを後悔しているのかもしれない。

既に別の相手を見つけていて、ガブリエーレとの関係を解消したいと考えているのではないか。

一言、アレッシオに聞けばよかったのだろう。不安を口にしていれば、彼との関係はまた、違ったものになっていたかもしれない。

けれど、ガブリエーレは臆病だった。剣の試合では、真剣を構えた相手にも迷わずかかっていけるのに、アレッシオのことになると途端に意気地がなくなった。

アレッシオへの想いが募れば募るほど、疑心暗鬼は強くなった。

身体で繋ぎ止めるような強《したた》かさも、ガブリエーレは持ち合わせていなかった。

義兄弟の契りは、あくまでも精神的な結びつきである。自分は他の男たちとは違う。アレッシオに対する感情は崇高で禁欲的なもので、決して汚い欲望を向けたりはしない。

だから逢瀬を重ねても、アレッシオとは話をするだけだった。

ごくたまに軽い抱擁と、触れる程度の接吻《せっぷん》を相手に許すだけだ。恥ずかしくて、自分からは決して求めなかった。

アレッシオはそんなガブリエーレに、文句ひとつ言わなかった。

時折、不安そうな、焦《じ》れたような目で見つめられることはあったが、それも気のせいだったかもしれない。

当時のアレッシオが何を考えていたのか、ガブリエーレにはわからない。わかっていたつもりだったが、それは間違いだった。

アレッシオはガブリエーレを愛してはいなかった。

二人が義兄弟の契りを交わした二年後、アレッシオはガブリエーレに一言もなく還俗し、貴族の後継者に納まった。

同時に、美しい貴族の娘を娶《めと》った。婚礼式の後すぐ、妻は懐妊したという。

そしてガブリエーレが無実の罪を着せられ牢に入れられた後、アレッシオはガブリエーレの処刑を認める書状に署名した。


アレッシオは地方貴族の庶子と言われていたが、実際は違っていた。

彼の実父は、ヴァッローネ家の当主だった。アレッシオはガブリエーレの実家に比肩する、有力な聖職貴族の庶子だったのである。

アレッシオ自身、実父から声をかけられるまで知らなかったそうだが、その話をガブリエーレはアレッシオ本人ではなく、人づてに聞いた。

アレッシオと義兄弟の契りを交わしてから二年、その頃にはもう、あの時の告白はなかったかのように、二人の仲は疎遠になっていたのである。

ガブリエーレは部隊長になってから忙しく、最初は頻繁に約束していた逢瀬も次第に間隔が空いていった。

アレッシオは例によって、そのことに文句をつけることもなく、そしてそんな淡泊な反応を見てガブリエーレが猜疑心《さいぎしん》に苛《さいな》まれるという、悪循環に陥っていた。

部隊長になって以降、アレッシオとの関係にも懊悩《おうのう》していたが、もう一つ、ガブリエーレを悩ませる問題があった。

騎士団内部で、不正が行われていることに気づいてしまったのだ。

きっかけはほんの些細《ささい》な、書類の誤記だった。

他の部隊長であれば、見て見ぬふりをしたところだろう。聖騎士は武に特化しているだけあって、事務仕事には大雑把なところがある。

しかしガブリエーレは几帳面《きちょうめん》で、どんなに細かい間違いもそのままにはしておかなかった。

すぐに副団長に報告したところ、これはこちらで修正するから、と書類を取り上げられた。

後日、本当に修正されているか気になって、その書類を確認した。

書類の記載は、ガブリエーレが最初に処理したものとはまったく別のものになっていた。

そこで不審に思い、過去の書類を調べ始めたのがすべての災いの始まりだった。

過去の書類を細かく探り、結果として汚職の事実に気づいた。

誰と誰が関わっているのかまでは不明だが、部隊長以上の幹部が関わっていることは確かだった。

不正を見つけた以上、そのままにしてはおけない。

副団長や同僚にはもちろん、アレッシオにも相談できず、一人で調査を始めた。

誰が関わっているにせよ、たとえ犯人が騎士団長であっても、不正は正されるべきだ。

教会の中枢、神殿庁の人間が不正をするなど、神の教えに反する。そのままにしていては、犯人たちはもちろん、見て見ぬふりをしたガブリエーレにも神罰が下るだろう。

当時のガブリエーレは、本気でそう考えていたのだ。

幼い頃から神の教えを叩《たた》きこまれ、十四歳で神殿庁に入り、他に世界を知らなかった。

ガブリエーレはこの調査に没頭した。正義のために行動している間は、アレッシオのことで頭を悩ませずに済んだからだ。

この頃、アレッシオが誰かの念者になったという噂を頻繁に耳にした。

精悍な美貌と面倒見の良い性格で、アレッシオは特に目下の者に人気だった。誰それがアレッシオに告白しただの、振られただのという噂は以前からしょっちゅう聞いていたが、告白を受け入れたと聞いたのは初めてだった。

アレッシオの念弟になったという騎士は、一人ではなかったから、噂は噂に過ぎないのだろう。

けれど噂の渦中にいる騎士とアレッシオが、親しげにじゃれ合っているのもたびたび目にした。

訓練の後の水場で、半裸の相手に抱きつかれているのを目にしたこともある。アレッシオがまんざらでもなさそうな顔をしていたので、陰で見ていたガブリエーレは心臓が止まりそうになった。

出て行ってこれは私の念弟だと叫びたかったが、矜持《きょうじ》が許さなかった。

真実を確かめるのが恐ろしくなり、ますます逢瀬は間遠になった。

だから、久しぶりにアレッシオの方から会いたいと言ってきた時、ガブリエーレはついにこの時がきたかと青ざめたものだ。

二人が契りを交わして二年が経った、ある夜のことだった。

いつものように宿舎から離れた場所で待ち合わせたが、呼び出した当のアレッシオは何かひどく思い悩んだ顔をしていて、なかなか口を開こうとしない。

それを見たガブリエーレは、ああやはり別れ話なのだと確証を強めた。

「私の他に、契りを交わしたい相手でもできたか？」

相手から切り出される前に、自分から言おうと、そんな言葉を口にした。いささか皮肉めいた口調になってしまったのは仕方がない。

しかし、アレッシオは「えっ」と意外そうな声を上げた。

「いいえ。まさか」

ではいったい、何を迷っているというのか。

「特別に仲良くしている後輩がいると聞いた。それも複数」

「強調されるほど、特別親しくはありませんが。後輩から請われれば剣の稽古をつけてやりますし、相談にも乗ります」

なるほど、アレッシオは誰からも慕われるから、そういう後輩たちもたくさんいるだろう。

ガブリエーレは一度も、後輩から稽古をつけてくれなどと請われたことはない。

まさかアレッシオは、念者の人望のなさをあげつらうつもりはなかったのだろうが、ガブリエーレは劣等感を刺激されて苛立った。

「……嫉妬、してくださってるんですか」

ためらうように、おずおずと問われて、頭に血が上った。

「嫉妬だと？　この私が？」

すごむような、怒りの声が口を突いて出る。すぐに後悔した。自分のこういうところがだめなのだと、わかってはいたがもう遅い。

謝ることもできず、気まずい沈黙が流れる。

「それで？　久しぶりに呼び出して、何の話だ」

間を取り繕うように放った言葉は、我ながらイライラして感じが悪かった。

アレッシオは薄闇の中で「いえ……」とつぶやいたきり、またも何かためらっている。

「はっきりしない奴だな」

そんなことを言う必要などないのに、憎まれ口が飛び出す。ふっと小さく息を吐く音が聞こえた。

「もう……いいです」

諦めたような声だった。呆《あき》れた声にも聞こえた。

冷たく突き放されたように感じて、「どういう意味だ」と、聞き返したが、相手は答えず踵《きびす》を返していた。

「おい」

「夜遅くに呼び出して、申し訳ありませんでした」

硬い声だった。アレッシオは振り返ることなく、闇の向こうに溶けていった。

ガブリエーレは親に置いていかれた子供のように、しばらく呆然《ぼうぜん》としたままその場に立ち尽くしていた。

それが、彼と二人きりで個人的な言葉を交わした最後になった。


翌年の初めに副団長のジロラモが急死して、ガブリエーレが副団長に昇進した。

アレッシオと最後に言葉を交わしてから、二か月ほどが経っていた。

あれから、彼とは個人的に会っていない。

昼の職務では一緒になるものの、今までどおり、上司と部下の距離だった。

一度はアレッシオと話をしなければ、と思っているのだが、またもや怖気づいて話しかけることができない。

あの日、呼び出した本当の目的は何だったのか。

問い質《ただ》したいのにできず、そのうちまた、アレッシオが後輩や年の近い従者と仲良くしているのを見かけ、やっぱり別れ話だったのではないか、もしくはあの夜のことでガブリエーレに愛想を尽かし、他に相手ができたんだろうなどと、嫉妬と猜疑心で悶々としていた。

汚職の調査は、そうした現実から逃避するために没頭していたのだったが、こちらも遅々として進まなくなっていた。

相手に気づかれたのか、騎士団の書庫から書類が消えていたり、不自然に差し替えられたりと、証拠を隠滅した跡があった。

実家の父に相談するべきだろうか。いや、父なら不正を正すより、相手の弱みを握って脅しをかけたり、逆に不正へ加担しろと言うだろう。

調査が行き詰まっていた矢先、副団長のジロラモが亡くなった。事故死だという。

休暇中に街に出て、酔って川に落ちたのだそうだ。聖騎士たちの飲酒は騎士団で禁じられた行為ではないが、厳密に言えば僧侶が酒を飲むことは教義に反する。

おまけにジロラモは死の直前、娼館《しょうかん》に通っていたらしく、ガブリエーレをはじめ騎士たちは処理に追われることとなった。

葬儀や事後処理を終え、一段落した頃、騎士団長がガブリエーレを副団長に任命した。

他の部隊長たちから、さすがに早すぎるのではないかという声が上がった。ガブリエーレ自身も驚いたが、家格から言えば、ガブリエーレを差し置いて他の者が昇進することは許されない。

最終的には部隊長たちも、ガブリエーレの昇進を認めざるを得なかった。

「前の副団長は、いささか世俗的すぎた。醜聞を打ち消すためにも、ガブリエーレ。お前のように瑕疵《かし》のない、真面目な男が後任となる必要があるのだ。お前には期待している」

騎士団長はそう言ってガブリエーレを励ました。

出自ではなく、ガブリエーレ自身を買っているのだと言われれば、やはり嬉しい。

それに、副団長にしか触れない重要書類もある。前任の書類を探せば、新たな不正の証拠が見つかるかもしれない。

たぶん、汚職の真犯人は副団長のジロラモだ。

ガブリエーレは自身にそう言い聞かせ、証拠を探そうとした。

ジロラモは本当に事故死だったのか。彼だけが汚職に関わっていたのか。疑念はいくつもあったが、無理やりに自分を納得させた。そうするしかなかった。

ガブリエーレは、教義に忠実で優秀だが、愚かだった。

副団長に就任してからも、暇を惜しんで証拠を集めようとした。

「これ以上は、触らぬが身のためですよ」

ある時、ガブリエーレにそう耳打ちしたのは、ヌンツィオだった。

以前、アレッシオのことで忠告してきたのと同様、誰もいない渡り廊下でガブリエーレを呼び止め、こそりと告げた。

「何か知っているのか」

汚職の調査をしていることを、気づかれている。ヌンツィオも仲間なのか。

問い質そうとしたが、彼は「忠告はしましたよ」と言ったきり、逃げるように去っていった。

その後も、ガブリエーレが話しかけようとすると、あからさまに避ける。

彼は何かを知っている。どうにかして聞き出したい。

誰かに相談したいと思った。アレッシオの顔が思い浮かんだが、彼とは疎遠になったままだった。

あの夜、イライラしたことを謝って、関係を修復したい。それから汚職のこと、ヌンツィオのことを相談して。

アレッシオに相談をすれば、行き詰まっていた調査の道が開けるような気がした。

ガブリエーレはいつも、自分に都合良く物事を考える。

明日、アレッシオに声をかけよう。そんなことを毎日考えては、勇気が出ないまま翌日になる。そんなことをしばらく繰り返していたが、アレッシオに声をかける機会は永遠になくなった。

彼は突然、神殿庁からいなくなった。聖騎士ではなくなったのだ。

還俗し、アレッシオ・ディ・ヴァッローネとなり、聖職貴族ヴァッローネ家の跡継ぎとなったのである。

気づくとアレッシオは騎士団の宿舎からいなくなっていて、彼が還俗したことを、ガブリエーレは幹部会議で知らされた。

アレッシオが還俗した。そして、ヴァッローネ家の嫡子として、新たにアレッシオ・ディ・ヴァッローネが立った。

騎士団長からそう、聞かされたのである。

部隊長たちの中には、寝耳に水と驚く者、すでに知っていたようにうなずく者、半々だった。

騎士団長の話によれば、アレッシオはヴァッローネ家現当主の庶子だったという。

現当主は、ガブリエーレの祖父くらいの年齢だ。ヴァッローネ家の領地であるボラスカに現当主が赴いた際、地方貴族の娘に手を付けて生まれたのが、アレッシオだった。

ヴァッローネの名を明かさずにボラスカの地方神殿に入れたのは、当主の遺産相続人に彼を入れたくなかったからだろう。

ヴァッローネ家にはすでに跡継ぎがいたし、アレッシオが生まれた当初は他にも側室の男子が何人か育っていた。

しかし、その男子はことごとく亡くなってしまう。そして先日、とうとう最後に残っていた嫡男までもが病死した。

嫡男には妻がいたが、嫡男が亡くなる半年ほど前、突然の病に伏してお腹《なか》の子供と共に亡くなったというから、不幸は続くものだ。

ヴァッローネは仕方なく、最後に残ったアレッシオを跡継ぎとして迎え入れたのだった。

あるいはこんな時のために、アレッシオを地方神殿から神殿庁に引き抜いておいたのかもしれない。

ともかくアレッシオは、ヴァッローネ家の嫡男となった。

会議で話を聞いた時にはすでに、アレッシオは宿舎を引き払っていたと聞いて、ガブリエーレは会議が終わるなり、その足で彼の部屋に行った。

部屋はすっかり片づいていて、アレッシオがいた形跡はどこにもなくなっていた。

ガブリエーレは、アレッシオの従者をしていた少年を探して呼び出した。

「お前は、アレッシオから家の話を聞いていたか？」

アレッシオが目をかけていて、念弟だという噂もあった、貴族の少年だ。

ガブリエーレが目の色を変えて詰問してくるのに、最初は驚いた様子だったが、すぐにうなずいた。

「一昨日、宿舎を出ると決まった時に、すべて聞きました。お家のこともその時に。口止めされていたので言いませんでしたが、幹部の方はご存知《ぞんじ》なのかと思っていました」

そうだ、会議の席でも、アレッシオの出自を聞いて驚いていない者もいた。彼らは事前に知っていたのだ。

でも、ガブリエーレは知らなかった。アレッシオは何も言ってくれなかった。

なぜ、という思いと、仲間外れにされた悔しさでいっぱいだったが、従者の前ではどうにか平静を装っていた。

「でも、それ以前から何度か、ご実家の使いだという方が面会にいらしていたんです」

続けて打ち明けられた従者の話に、目を瞠《みは》った。いつかと問うと、最初は半年ほど前だったという。

「確か、年が明ける前のことです。年が明けてすぐ、前副団長が亡くなられましたから、その騒ぎの前だったと記憶しています。アレッシオ様のご実家はボラスカなのに、そんな遠方から使者が来るのかと驚きました。それが最初です。アレッシオ様はその日、面会から戻ってからずっと、難しい顔をされていました。たぶん、その時にご自分の出自を聞かされたのではないでしょうか。アレッシオ様ご自身も、最近まで本当の出自を知らなかったと仰《おつしや》っていたので」

半年前といったら、アレッシオに呼び出された時期と重なる。

あの時、家のことを話そうとしたのだろうか。

そんな重大なことなら、後からでも教えてくれればよかったのに。いくらガブリエーレがイライラしていたからといっても、諦めずに打ち明けてほしかった。

その後だって、いくらでも機会はあったはずだ。

次から次に、アレッシオに対する恨み言が溢《あふ》れてくる。彼は何も教えてくれなかった。

何も言わずにガブリエーレの前からいなくなった。

（ひどい……）

自分は置いていかれたのだ。捨てられてしまった。

悲しくて悔しくて、恨みつらみで頭がいっぱいになった。

アレッシオがいなくなってようやく、自分がどれほど彼を愛していたのか気がついた。

もっと縋《すが》ればよかった。気位や矜持なんか捨てて、好きだ愛していると、もっと伝えればよかった。

本当は、彼に抱かれたかった。アレッシオに肉欲を感じていた。

必死に誤魔化していたけれど、この想いは崇高でも何でもなかったのだ。

ただ、アレッシオに恋していた。愛して、身体も心も欲しかった。自分だけを見てほしかったし、彼に近づく者には誰かれ構わず嫉妬していた。

気づいたところで、もう遅い。

絶望しても、アレッシオは戻ってこない。彼は俗世に、ガブリエーレの手の届かない世界に行ってしまったのだ。

悲しみに打ちひしがれているガブリエーレのもとに、間もなくアレッシオが結婚したという報せが入ってきた。

そしてその翌々月には、妻が懐妊したという話を聞いた。

かつて、ガブリエーレの想いに応えた男は、別れも告げぬまま去っていき、女を抱いて孕《はら》ませたわけだ。

皮肉にそんなことを考えた。もう涙も出ない。

これ以上の絶望はないだろう。そう思っていたけれど、不幸は続いていた。

アレッシオの妻の懐妊を聞いてほどなく、ガブリエーレは逮捕された。

罪状は、騎士団の財産を横領した罪だ。

今までガブリエーレが追いかけていた汚職の罪状を、そっくりそのままなすりつけられたのだった。


ガブリエーレの逮捕は、アレッシオがいなくなった時と同じくらい唐突だった。

朝、まだ床を出るか出ないかの時間に騎士団の別の部隊がガブリエーレの私室に踏み込み、その場で逮捕され、騎士団の地下牢に入れられた。

何かの間違いだと訴えたが、証拠はすでに揃《そろ》えられていた。

ガブリエーレが必死にかき集めた証拠以上に確たる証拠が、すべてガブリエーレのやったこととして存在していた。

その中に、前副団長が残した証拠もあった。それもガブリエーレが着任した後の書類として存在していた。

ガブリエーレは犯人を追おうとして、逆に陥れられたのだ。

気づいた時には遅かった。牢に繋がれ、どれほど身の潔白を訴えたところで、取り合ってもらえない。

そうしているうちに、罪状がもう一つ加わった。

ヌンツィオ・ディ・ザヌーゾ殺害の罪だ。

ガブリエーレが逮捕されたのと前後して、神殿庁内でヌンツィオの遺体が発見されていた。

他殺だという。彼が遺体発見の数日前から行方不明になっていたことを、ガブリエーレは罪状を聞かされるまで知らなかった。

ガブリエーレに、汚職についてこれ以上触れるなと忠告をしてきたヌンツィオは、やはり何か、知ってはならないことを知ってしまったのだろう。そして消された。

陥れられたのは、ガブリエーレだけではなかった。

ガブリエーレと共謀したとして、平騎士が三名、新たに逮捕された。

いずれも粗野で素行が悪く、以前から問題視されていた騎士たちだ。彼らを使ってヌンツィオを殺害したと言うのだが、ガブリエーレはこの三人とほとんど話したこともなかった。

問題児と、正義面をして汚職を暴こうとするガブリエーレ。目障りな者をここぞとばかりに粛清しようというのだろう。

聖騎士団は、ガブリエーレが思った以上に腐っていた。

逮捕されてから連日、尋問が行われた。尋問にあたったのは、ガブリエーレと同じ聖騎士たちだ。

部隊こそ違え、本来は仲間であった者たちが、ありもしない罪状を突き付けて詰問する。

ガブリエーレがことごとく否認すると、やがて尋問は拷問に変わった。

肉体的苦痛を与えながら、ガブリエーレを罵倒したり嘲笑《あざわら》ったりする。

「アレッシオに捨てられたな」

彼らは、アレッシオとガブリエーレが義兄弟の契りを交わしていたことを知っていた。

「あいつから聞いたのさ。みんなに吹聴してたんだぜ。知らなかったのはガブリエーレ、お前だけだ。上司に言い寄られて仕方なく、承諾するしかなかったんだとさ」

「お前との関係に、心底うんざりしていたと言っていたぞ」

嘘だ。彼らの言葉を否定した。でもすぐに、もしかしたら、とも考える。

それは本当のことかもしれない。アレッシオはやはり、ガブリエーレにうんざりしていたのだ。いや、本当は最初からその気などなくて、聖職貴族の上司に逆らえず、仕方なく付き合っていたのかも。

聖騎士たちは繰り返し侮蔑や罵倒を浴びせながら、ガブリエーレに拷問を加えた。

毎日続く肉体と精神の苦痛に、ガブリエーレは少しずつ人間らしい思考を失っていく。

それでも自白をしなかった。魂まで屈したくない。聖騎士の矜持を守って死にたい。

まだ心のどこかで神を、正義を信じていた。いずれ神が悪を正してくれる。自分は何一つ悪いことをしていないのだから、理不尽に陥れられたまま死ぬはずがない。実家にいる父や兄も、きっと自分を助けるために動いてくれているはずだ。救いの手が伸ばされることを信じて、ガブリエーレは拷問に耐え続けた。

しかし、どんなに耐え忍ぼうとも、救いなど現れはしなかった。

拷問のたび、身体のどこかが一つずつ使いものにならなくなる。同時に心も端から徐々に壊れていった。

飢えと苦痛に苛まれ、人としての尊厳も失われていく。そんな中で考えるのは、いつもアレッシオのことだった。

美しく優しかったアレッシオ。どうすればお前の気持ちを繋ぎ止めておけたのだろう。なぜ何も言わずに去ってしまったのか。好きだと言ったのは本当に嘘だったのか……。

今さら、考えても仕方のないことを繰り返し考え続ける。

時間の感覚もなくなり、拷問と一日に一度の粗末な食事が日常のすべてになった。

獄中に繋がれて、どれくらいの時が経ったのかわからない。

ある時、尋問係が二つの書状を持ってきた。

一つはベリ家当主、父からの絶縁状だった。もう一つはアレッシオの証言書だ。

神殿庁の聖騎士だった時分、上司のガブリエーレに言い寄られて仕方なく義兄弟の契りを交わし、その後は恋人であることを理由に、様々な文書の改ざんや物証の隠滅を手伝わされた。

明らかな偽証である。何かの間違いだと思った。

アレッシオの名を騙《かた》る誰かが、偽の証言書に署名したのだ。

「卑怯だぞ。こんなでたらめをでっち上げて……」

喚《わめ》くガブリエーレを、尋問にあたった騎士たちは笑った。これが偽証だということ、ガブリエーレが無実だということを、彼らはもちろん知っていた。

「残念だが、この署名は本物だ。アレッシオはこの証言書に、喜んで署名したよ。あんた、彼に相当嫌われていたようだな」

「嘘だ。嘘だ！」

実の父親に見捨てられたことよりも、アレッシオが偽証をしたことの方が耐えがたかった。

そんなにも自分は、アレッシオに憎まれることをしただろうか。

「嘘だ……」

ガブリエーレが泣き咽《むせ》ぶ頭上で、騎士たちはそれを面白そうに眺めた。

「おお、元副団長殿……なんとお可《か》哀《わい》そうに。しかしご安心召されよ。アレッシオの裏切りは、あなたがクソ真面目でつまらない人間だからというばかりではありません。ただのお家の事情ですよ」

一人が芝居がかった口調で言い、彼の仲間たちがゲラゲラ笑った。

「どういう、ことだ」

彼らの足元に這《は》いつくばりながら尋ねたが、騎士たちはガブリエーレを一蹴りして噂話に興じていた。

「それにしたってアレッシオの奴、うまくやったよなあ」

「嫡男が死んで、今度は当主が病気だとさ。こんな偶然あるか？」

「馬鹿。余計な詮索すると、俺たちもこうなるぞ」

一人が言い、ガブリエーレに唾を吐いた。

「あいつも必死なのさ。跡継ぎの座に就いたとはいえ、もとは庶子だったんだ。地方の貧乏貴族が母親なんて、何の箔《はく》にもなりはしない。だからあんな、行き遅れの貴族の娘なんぞ娶ったんだ」

「けど、婚礼式の後すぐに子供ができるんだから、やることはやってるんだろ。ああ、ガブリエーレ殿、お可哀そうに！　あいつが神殿庁に恩を売るのに使われるとはなあ」

彼らの言わんとしていることは、壊れかけたガブリエーレの頭でも、うっすらとだが理解できた。

庶子だったアレッシオが後継者として立場を固めるために、神殿庁の力が必要だった。だからガブリエーレの罪状について、嘘の証言をしたのだ。

（嘘だ……嘘だ、嘘だ嘘だ）

尋問した騎士たちから事のからくりを聞かされたというのに、それでもガブリエーレは現実を否定しようとした。絶対に認めたくなかった。

あの優しく誠実なアレッシオが、そんなことをするはずがない。

――悪魔とはそういうものです。一見、誠実で善良なふりをして人を惑わす。

その時、唐突にヌンツィオの言葉を思い出した。

――あの男を信じてはいけません。忠告はしましたよ。

ああ、やはりあの男の言ったことは正しかったのか。

ガブリエーレはそこでしばらく、正気を失っていたらしい。

次に気づいた時、いつの間にか尋問係が替わっていて、偽証とは別の書状をガブリエーレに突きつけていた。

「アレッシオ・ディ・ヴァッローネが、当主に代わって貴様の処刑に承諾する署名をした。自白をしてもしなくても、貴様は死刑だ」

署名は確かに、アレッシオの筆跡だった。

そんなものを見せなくても、ガブリエーレの心は折れていたのに、どうしても自白をさせたかったらしい。

もはや、抗《あらが》うのも虚《むな》しかった。尋問係の言うがまま自白をし、彼らが都合のいいように作成した書状に血判を押した。

ガブリエーレは、やってもいない罪をすべて認めたのである。

もう用はないとばかりに、死刑執行の日が直ちに決まった。

これ以上、苦痛に耐えなくていいのだとわかり、ほっとしたくらいだ。

理不尽を悔しく思う気持ちも、騎士団やアレッシオに対する恨みつらみも湧いてこない。

それよりも、早く死んで自由になりたかった。


処刑の日、刑場には他の聖職貴族たちに交じって、アレッシオの姿があった。

長いこと不潔な檻《おり》に入れられ、凄惨な拷問で傷つけられたガブリエーレは、きっと悲惨な姿をしていたはずだ。

目が合うと、アレッシオはふいと目を背けた。

その時、ほとんど死んでいたガブリエーレの心に、怒りと憎しみが湧き起こった。

——お前はなんて卑怯な奴だ。自分が裏切り死に至らしめた男の姿を目に留める気概さえ持たないのか。

自分を陥れた他の誰よりも、アレッシオが憎かった。愛していた分、憎しみも増す。

——アレッシオ。私はお前を許さない。

どうして自分は、こんな男を愛してしまったのだろう。

もし過去に戻ってやり直せるなら、絶対にアレッシオを愛さないのに。

口惜しい。奴を呪ってやりたい。

呪詛《じゅそ》が胸の内をどす黒く染めたが、もはや処刑が覆ることはあり得なかった。

ガブリエーレは速やかに断頭台の前に連れられ、その首は錆《さ》びついた処刑人の斧で落とされた。

……そのはずだったのに。

なぜかガブリエーレは死ななかった。それどころか、三年前に時間が遡っていた。

二

ガブリエーレは、真鍮製のカレンダーを前に愕然《がくぜん》としていた。

日付は九八八年の三月十七日となっている。時間が巻き戻っていた。

自分は確かに処刑されたはずだった。つい先ほど、あるいはうんと昔に。

上半身を起こして、寝台の奥の窓へ目をやる。外は真っ暗だが、遠くに灯りが灯《とも》った尖《せん》塔《とう》が見えた。

神殿庁の鐘楼だ。あの鐘楼がそびえる広場で、午後三時の鐘が鳴った後、首を斬られた。うなじに硬く冷たい斧が当たる感触を覚えているのに。

(夢か？　だが、どちらが……)

処刑されたのが夢だったのか。それともこれが夢で、自分はまだ獄中にいるのだろうか。

夢か、幻覚か。自問を繰り返していた時、鐘楼の鐘が鳴った。

朝の四時を知らせる鐘だ。起床の時刻である。

そこでガブリエーレは、自分が寝間着のままだと気がついた。袖や寝間着の裾から覗く自分の手足を見る。

もちろんそこに、拷問の痕などなかったのだが――。

(傷痕がない)

右手の甲にあるはずの傷痕がなかった。剣の訓練の際、部下から打ち込まれて付いたものだ。

滑らかな手の甲を見つめ、そこで思い出した。怪我をしたのは処刑される一年前、このカレンダーより未来のことだ。

だから今、手の甲に傷痕があるはずがない。

「夢にしては、込み入っている」

ガブリエーレはつぶやいた。自分は本当に、時を遡ったのかもしれない。

そんなことがあるのだろうか。どんな神の御業《みわざ》だろう。

そう考えてすぐ、ほとんど反射的に自分の思考を否定した。――神などいない。

処刑される前のことを、ガブリエーレは思い出した。どのような拷問を受けたか、その時の痛み、憎らしい尋問係たちの表情や言葉。

一つ一つ、詳細に思い出せる。アレッシオのことも。

死に際、ガブリエーレから目を背けた男の横顔を思い出した途端、この身が引き裂かれるような悔しさと憎しみが蘇《よみがえ》った。

アレッシオを許さない。アレッシオと、自分を救わなかった神を。

(いや、神はいないのだ)

すぐにまた言い聞かせたが、一生のほとんどを捧《ささ》げた神の存在は、容易に打ち消せるものではなかった。理性ではなく本能が、神の気配を感じてしまう。

それと同様に、アレッシオへの想いもまた胸の奥に燻《くすぶ》っていた。

彼のことを考えるたび、愛とも憎しみともつかないドロドロとした感情が止めどなく湧き上がる。考えないようにしたいのに、冷静でいられなくなる。

頭を抱えた時、部屋の扉を叩く音がして、ガブリエーレは跳び上がりそうなほど驚いた。

「ガブリエーレ様」

怯《おび》えるような、小さく控えめな声を聞いて、ほっと身体の力を抜く。

ガブリエーレに仕える従僕の声だった。罪人になる前のガブリエーレは、四時の鐘が鳴る前に起きて、従僕を呼びつけるのが習慣だった。

「ガブリエーレ様。まだお休みですか」

今朝はまだ起きてこないので、不審に思って様子を見にきたのだろう。

「起きている。入れ」

答えながら、またも思い出した。九八八年の三月十七日が、どういう日かを。

舌打ちしたい気分だった。どうせ巻き戻るなら、もっと前にしてほしかった。

記憶が確かなら、昨夜、ガブリエーレはアレッシオに告白した。

義兄弟の契りを交わしてくれと頼み、承諾された。唇に口づけされ、甘い言葉をかけられて浮かれていたところで、ヌンツィオから忠告を受けた。

アレッシオは悪魔だと。結局、ヌンツィオの言うことが正しかったわけだ。

(そういえば、ヌンツィオも今はまだ、生きているんだな)

陰気臭い男の顔が浮かぶ。その時、従僕がそろそろと部屋に入ってきた。

「おはようございます、ガブリエーレ様」

幼い少年が恐れるようにこちらを見るのに、奇妙な懐かしさを覚える。

「おはよう、ルカ」

言ってから、そうだ、この少年はルカだったと思い出した。

この当時、ガブリエーレ付きになったばかりの従僕の少年。確か、まだ十一歳だった。

でもこの後、半年ほどして、彼は神殿庁を出てしまう。ルカの体格と性格では騎士には向かないからと、退団を促されたのだった。

聖騎士になるために神殿に入ってくる子供は後を絶たないが、ルカのように騎士に向かない少年たちは、修行の途中で退団を促される。

彼らはまだ僧侶ではないから、還俗ではなく解雇という扱いになる。

ルカは確か神殿を出た後、商家の下働きになったのだった。

平民とはいえ、裕福な家の子供だ。てっきり家に戻るのかと思っていたが、彼にはもう身寄りがないことを、ガブリエーレは後になって知った。

両親はルカが神殿庁に入ってしばらくして、相次ぎ病で亡くなったのだそうだ。知っていたら、勤め先くらい面倒を見てやるのだった。

だが当時のガブリエーレは、目下の者にはあまり興味を持っていなかった。出世や、アレッシオのことばかり考えていたのだ。

ルカが退団する直前、一度だけ相談を受けたことがある。

——僕は、騎士には向かないのでしょうか。

同じ年頃の他の少年と比べて、ルカは小さくて痩せっぽちだった。それにあまり、信仰が深いとは言えない。ガブリエーレの前ではいつもおどおどして気弱に見える。

だからガブリエーレは、そのとおりだ、お前は騎士には向かないと答えたのだった。

向かない仕事を一生続けるより、今から別の道を探した方がいい。

余計な苦労をしないようにと、ガブリエーレなりにルカを思って言ったのだが、彼はひどく落胆していた。

(そういえば、カレンダーは彼にやったんだったな)

餞別《せんべつ》にと、小遣いと一緒に渡した。平民には珍しい品だし、売ればいくらかになるだろうから。ともかく、深く考えてのことではなかった。

それでも、感謝くらいしてくれると思っていた。だが彼は、恨みのこもった眼差しをガブリエーレに向けた。

じっと睨むようにこちらを見た後、小さく会釈をして去っていった。

そうした過去の記憶を思い出し、目の前の痩せっぽちの少年を見て混乱する。

ルカとの別れは、ガブリエーレの記憶にとっては過去であり、今現在にとっては未来なのだ。

「ルカ。そこのカレンダーの日付は正しいか？」

少年はそれまで、いつもと違う主人の様子を不安げな表情で見つめていたが、ガブリエーレが尋ねると、間髪入れずに「もちろんです」と、うなずいた。

「昨日の夜、ガブリエーレ様が寝床に入られる直前に、今日の日付に直しました。今日は三月十七日です。ご心配でしたら、本殿に行って暦を確かめて参ります」

それまでの怯えた気配がなくなり、明朗快活な口調に矜持が窺えた。

今までおどおどした姿しか見たことがなかったから、いささか意外だった。ガブリエーレは「いや」と、今にも本殿に向かいそうなルカを止める。

「確認しただけだ。夢見が悪くて記憶が混乱した」

「では、飲み水をお持ちいたしましょうか。手桶の水もすぐにお取り替えします」

ルカは言い、部屋を出て行くと、すぐに冷たい飲み水をガブリエーレに渡した。ガブリエーレが水を一杯飲む間に、てきぱきと手桶の水と手拭いを取り換える。

彼は騎士には向かないが、従僕としては優秀だった。ルカの後に付いた従僕は、身体は大きいが察しが悪く、苛立ったものだ。

「今日は三曜日で特別礼拝の日ですが、食欲がないようでしたら、朝食は礼拝の後にご用意いたしましょうか」

前回の今日も、ルカにこんなふうに聞かれたのだった。

アレッシオの念者となったことに浮かれ、寝坊しかけた。あの時は慌ただしくパンを詰め込み、苦心して普段と変わらない顔を作って特別礼拝に出かけた。誰かに気づかれはしないかと、ドキドキしながら。

アレッシオの姿を遠くに見つけて浮かれ、視線を合わせて軽く会釈をし合って、それだけで天にも昇る気持ちになった。

すべてを思い出して、今は苦々しい気分になる。

(特別礼拝、か)

神への祈りは僧侶の務め、聖騎士の大切な仕事だ。そう信じていた。

だが実際は、礼拝を怠ける騎士も多かった。特別礼拝は週に二度、三曜日と七曜日に、通常礼拝の前に行われる。

朝の礼拝はそもそも騎士の出席率が悪く、それよりさらに早い特別礼拝は神官以外、ともに出席している騎士は少なかった。

ガブリエーレにはそれが許せなかった。神への祈りを怠るなど、聖騎士としてあるまじきことだ。

欠席者を一人一人確認しては目くじらを立てていたが、今はそうした過去の自分が、ひどく幼稚に感じられる。

朝早くから制服をきっちりと着込んで、いそいそと礼拝に赴くのも馬鹿馬鹿しい。

ガブリエーレがどれほど真摯に祈っても、神が悪を正すことなどなかったではないか。

それどころか上層部の不正がまかり通り、正義を貫こうとした自分が処刑された。そんな神に祈りたくない。

それにまだ、頭が混乱していた。

どうやら過去に戻ったらしいが、なぜなのか、巻き戻る前の記憶を持っているのが自分だけなのか、考えると礼拝どころではなかった。

少しの間だけでもいい、ゆっくりと頭の中を整理する必要がありそうだ。

「今朝の礼拝は欠席する。特別礼拝も、通常礼拝もだ」

ガブリエーレが告げると、ルカは「ええっ」と驚いて目をむいた。

「ガブリエーレ様が礼拝を欠席されるなんて。それほどお加減が悪いのですか。お熱は」

まるで主人の気が触れた、とでもいうような狼狽《ろうばい》ぶりだ。

無理もない。ガブリエーレは神殿庁に入ってこの方、一度も礼拝を欠かしたことはなかった。特別礼拝はもちろん、毎日朝晩に行われる通常礼拝もだ。

礼拝だけではない。

熱があっても怪我で手や足が不自由でも、勤めを怠ったことはなかった。武術の訓練だって、足を捻挫して一度だけ、見学をしたことがあるくらいだ。

それほど頑張る必要などなかったのに。

「体調――そうだな。体調が悪くて伏せっている、ということにしておいてくれ。今日はゆっくりしたい気分なんだ」

「え……」

「朝食はここで食べる。昼食の時にはまた呼ぶから、朝食を運んだ後は昼まで自由にしていていい。というか、一人にしておいてほしい」

「……は、はいっ」

仮病を使うことにしたガブリエーレに、ルカは目を白黒させたものの、すぐに頭を切り換えたらしかった。

頭にいっぱい浮かんだ疑問を呑み込んで、平静を取り戻し、踵を返す。すぐにパンと温かいスープ、それに山羊の乳を運んできた。

役目を終えるや直ちに部屋を出て行く少年に、本当に気が利く従僕だと感心する。

過去の自分は、判断を誤ったかもしれない。たとえ騎士に向かないにしても、これほど優秀な少年をすぐに手放すのではなかった。

「私はどれほど、愚かだったのかな」

今も別段、賢くなったわけではない。ただ一度目の人生より、世俗の理《ことわり》は見えている。寄ってたかって陥れられ、父に捨てられ、念弟だった男には裏切られて、人間とはどういうものかを知った。

「さて、これからどうしたものかな」

部屋の丸テーブルの前に寝間着のまま座り、柔らかな白パンをちぎりながら、ガブリエーレは独りごちた。

朝食を食べて、二時間ほど寝直した。二度寝など、記憶にある限り生まれて初めてだ。よく寝たおかげか、目が覚めると頭がすっきりしていた。

そろそろ通常礼拝が終わる時刻で、今までだったら朝のうちにできるだけ書類仕事をすませ、それから会議と訓練と、午前中はびっちり予定が入っていた。

午後だって昼食を手早く食べて、日中いっぱい執務をこなし、夕方に自主訓練を行い、また夕食もそこそこに禊《みそぎ》をし、夜の礼拝、それが終われば残った書類仕事を日付が変わるまで片づける。

こんなに忙しいのは自分だけだ。ガブリエーレが真面目に仕事をこなすので、上司や同僚たちから面倒な仕事を押しつけられる。

腹が立つ反面、頼られることに一抹の喜びも感じていた。自分が優秀だから、頼りがいがあるから、みんな仕事を頼むのだと思っていた。

単に、体よく使われていただけだというのに。薄々わかっていたくせに、自分に都合良く考えていた。

過去の自分を皮肉に思い返しながら、今後のことを考える。

窓の外はようやく明るくなり、鳥たちが鐘楼の周りを羽ばたく長閑《のどか》な姿が見えた。

これが本当に三年前なら、部隊長に就任した自分は、いずれそう遠くないうちに汚職に気づくことになる。不正を正そうとすれば処刑される運命だ。

それにアレッシオ。

告白したのは昨晩のことで、これをなかったことにはできない。

義兄弟の契りを交わして最初の頃は、何とか時間を作って二人で頻繁に会っていた。睡眠時間を削って夜に会っていたのだが、アレッシオが「少し、夜に会うのを控えませんか」と言い出して、頻度が減った。

ひょっとしてアレッシオは、頻繁にガブリエーレと会うのが負担だったのかもしれないと、しばらく落ち込んだのだった。

会ったところで話をするだけだが、ガブリエーレにとっては、それだけのことがたまらなく幸せだった。

だがアレッシオは違った。仕方なくガブリエーレに付き合っていたのだ。出世頭の上司に言い寄られて、断れなかった。

一度目の人生の、何が本当で嘘だったのか、今となってはよくわからない。

二人でいる時のアレッシオは誠実に見えたが、ヌンツィオはそれが彼の手なのだとも言っていた。

獄中で尋問係の騎士たちが話していたことも、どこまで本当なのか不明だ。

だが、証言書と処刑承諾書の署名は本物だった。ガブリエーレが告白した時にどう思っていたにせよ、ヴァッローネ家の跡継ぎとしての立場を固めるために、ガブリエーレを死に追いやったのは事実だ。

逮捕されてからの日々を思い出すと、怒りと恨みがこみ上げて冷静な思考ができなくなる。

夢や幻ではない。爪を剝がされる痛みも、かつての仲間たちが投げつけた侮蔑やその時の表情、獄中で出た腐ったスープの酸っぱい臭い、不潔な床を這い回る虫や鼠《ねずみ》の姿まで、克明に思い出すことができる。

もう、あんなつらい目に遭いたくない。あの絶望を二度も味わいたくない。

このまま素知らぬふりを続け、静かに暮らしていれば、ありもしない汚名を着せられることもないだろう。

仕事には適度に手を抜いて、騎士団長なんて目指さなくていい。

どうせ出世など、自身が望んでいたことではなかった。父親に期待され、応えようと躍起になっていた。父の望むとおりにすれば、愛情を返してもらえると思っていたから。

実際は父にとって、前妻の息子などただの手駒に過ぎなかった。邪魔だとわかればすぐ切り捨てられる。そんな男に何か期待するとすれば、家名と毎年の寄進くらいだろうか。

寄進の何割かは、ガブリエーレに与えられる。その潤沢な財産を、贅沢《ぜいたく》は教義に反するからと貯《た》め込むだけだった。

これからはせいぜい、散財するのもいいかもしれない。他の聖騎士たちのように、遊興に使うとか。

面白おかしく生きている自分が、まるで想像できなかった。

けれど、ガブリエーレにすべての罪を着せた人々は、その後ものうのうと生を謳歌《おうか》したのだろう。

アレッシオは不都合な過去から目を逸らし、妻子と家庭を築いたはずだ。時が経って、日常にガブリエーレのことを思い出すこともなかったかもしれない。

みんな幸せに暮らした。

ガブリエーレ一人に、あらゆる苦痛と絶望を押しつけて。

自分が処刑された後のことを想像すると、許しがたい憎しみが溢れて制御できなくなった。

力任せに拳を握りしめる。爪が手のひらに食い込んで血が流れ始めた。痛みを覚えたが、自分が獄中で受けた苦痛はこんなものではないと思った。

(——許せない)

自分を陥れた連中も、いたぶった尋問係たちも、誰よりアレッシオが。

このまま素知らぬふりで生活を続けることなど、とてもできそうにない。いつか耐えきれなくなって、彼らを殺してしまいそうだ。

では、どうすればいい？

三年前の今日は、まだ何も起こっていない。

いや、こちらの気づかぬところで不正はすでに行われているはずだが、ガブリエーレの立場でそれを知るのは不可能で、犯人たちもまだガブリエーレのことを、愚かで扱いやすい部下としか思っていないはずだ。

アレッシオはまだ、自身がヴァッローネ家の後継者になる運命を知らない。

今ならもっと、うまく立ち回れないだろうか。

彼らの裏をかいて不正を調べ、真犯人を炙《あぶ》り出せないか。

(いや、だめだ)

そんなことをして失敗したらまた、前回の二の舞になる。

憎しみはあるが、それと同じくらい恐怖があった。彼らを許せない。でももう、あんな目に遭うのは嫌だ。

(慎重にいこう)

何がしか行動に移すのは、熟考し、周りをよく見てからだ。

今度は用心深く生きなければ。誰も彼もを疑おう。

この世に神などいない。いたとしても、何もしてくれない。人は皆、己の欲のために簡単に他人を陥れる。

自分はもう、二度と神に祈らない。誰かのために働かない。誰かの愛情も期待しない。

愚かなガブリエーレは死んだ。

これは二度目の人生、やり直しの人生だ。生まれ変わった自分は、狡猾《こうかつ》に立ち回り、人に利用されるのではなく利用する側に立ってやる。

そうしてできるなら、自分を陥れた連中に復讐《ふくしゅう》する。

不正を暴かなくてもいい。ただ、誰と誰が一度目の人生でガブリエーレを陥れたのか、突き止めるのだ。

（奴らと、そしてアレッシオに復讐する。そのためなら、悪魔に魂を売っても構わない）

手のひらから流れる血を見つめ、ガブリエーレがそう心に誓った時、どこからか笑い声が聞こえた。

――アハハッ！

甲高い、子供のような女のような、わざとらしい声だった。そういえば今朝、目覚める前もこの声を聞いた気がする。

「誰だ！」

思わず声を上げると、部屋の扉の向こうで、「申し訳ありません」というルカの焦った声が聞こえた。

入れ、と鋭く告げると、薄く扉が開かれ、従僕が怯えた様子で顔を出す。

「申し訳ありません。朝食の食器を下げさせていただこうと思いまして」

大方、厨房係《ちゆうぼうがかり》から言われたのだろう。だめだと言われたらどうしよう、という悲愴感《ひそうかん》が表情に滲み出ていた。

「今、笑ったのはお前か？」

「えっ？　いいえ、僕は笑ってなどおりません。一人にしろと言われたので、どうお声かけしようかと迷っておりました。……あっ、こらっ」

その時、縮こまるルカの足元をすり抜けて、黒い塊がするりと部屋の中に入ってきた。

一匹の黒猫だった。それもまだほんの子猫だ。

猫は素早く部屋の中央まで走った後、ルカに向かって甘えるようにニャアと鳴き、テーブルの脚に首を擦《こす》りつける仕草をした。

「申し訳ありません。こら、早く出るんだ。だめだったら」

ルカは泣きそうになりながら、必死で子猫を追いかけた。しかし、少年が抱き上げようとすると、子猫はするりと身をかわす。しまいにぴょんとガブリエーレの寝台に飛び乗って、その上で優雅に毛づくろいを始めた。

「も、申し訳ありません。こら、だめだったら！　頼むよ、もう」

少年は今にも泣き出しそうで、気の毒なくらいだった。

「お前の猫か？」

宿舎で動物を飼うのは、珍しいことではない。神殿庁には番犬がいるし、騎士や神官たちの何人かは、鳥だの猫だのを飼っている。厩舎《きゆうしや》では毎年、野良猫が子猫を産み、それを誰かが引き取るのも、よくあることだった。

「は……いえ、こいつは先日、厩舎で生まれた猫で、里親を探そうと思っていたんです」

五匹の猫が生まれたが、この子は一番小さくて死にかけていたせいか、母親に見捨てられてしまったらしい。ルカはその猫を保護し、どうにか育てようとしていたという。

「でも昨晩、動かなくなったんです。死んでしまったと思ったのに、今朝になったら元気になっていて。そうしたら同じ部屋のウーゴが、『悪魔が取り憑《つ》いた』って騒ぐものだから……」

　民間の俗習で、黒猫を悪魔の使いと呼ぶことがある。くだらない迷信だが、ルカと同室のウーゴはルカより二つ年上で身体が大きい。むやみに逆らえないのだろう。

　部屋に置いておいたら、ウーゴに何をされるかわからないから、連れ出したのだ。

「食器を下げにきたのだろう。持って行ってくれ」

　目の前でくつろぐ黒猫を眺めながら、ガブリエーレは中央のテーブルに置かれた食器を顎で示した。

「は、はい。あの」

　ルカは食器と猫とを交互に見ながら、うろたえている。

「猫は放っておけ。どうせ両方は運べないだろう」

「いいんですか」

　縋るような目を向けられるのが居心地悪く、ガブリエーレは顔を窓へ向けた。

「私はこれから、部屋を空ける。寝ているのも飽きたんでな。鍵はかけないでおくから、好きな時に猫を取りにくればいい。時間がなければそのままでもいいさ」

　このまま従僕の部屋に置いておいたら、子猫は殺されてしまうかもしれない。

別に猫好きではなかった。どちらかと言えば、動物全般が苦手だ。しかし、母猫に見捨てられたという黒猫が他人事《ひとごと》と思えず、ついお節介を焼いてしまったのだった。

「ありがとうございます。……本当にありがとうございます、ガブリエーレ様」

ほんの思いつきだったのに、ルカは涙ぐんで深々と頭を下げた。

「いいから、早く持って行きなさい」

居心地が悪く、追い払うようにぞんざいに手を振る。ルカはそれでもにっこり嬉しそうに微笑み、空の食器を手にした。

「良かったな、ルッチ」

寝台に寝そべる子猫に話しかける。

「ルッチというのか」

「本名はルチーフェロっていうんです。カッコいいでしょう？　いわれはよくわからないけど、誰かがそう呼んでて……誰が呼んでたのかな」

ブツブツ独り言を言うルカは、途中で我に返り、「失礼します」と、頭を下げて部屋を出て行った。

子猫はすっかりくつろいでいた。まるで警戒していない素振りで、目をつぶっている。

ガブリエーレはクスッと笑い、ルカが前の晩に用意してくれた服に着替えた。

上着のボタンを全部一人ではめるのが面倒で、シャツとズボンだけにする。

部屋を出る前に、思いついて衣装棚を漁《あさ》った。

目当ての絹の手巾を取り出し、子猫の首に巻く。実家を出る際、家令がベリ家の家紋を刺繍《ししゅう》したものを持たせてくれたのだ。

刺繍の部分を広げ、家紋が見えるようにする。こうすれば、一目でこの子がガブリエーレの猫だとわかる。誰も不用意なことはしないだろう。

「どうだ、ルッチ。窮屈じゃないかな」

ルカを真似て話しかける。返事が返ってくるなど夢にも思わなかったが、果たして子猫のルッチは片目を開け、「ニャア」と短く鳴いた。

その甲高い声は、先ほどの笑い声によく似ていた。


部屋を出て、しばらくぶらぶら歩いた。

何か目的があって出かけたわけではない。部屋にこもっているのが性に合わないのだ。

朝の空気が清々《すがすが》しい。神官や騎士たちの姿はなく、下働きの者たちが時折、水場のある裏庭に出入りするのを見るだけだ。

ガブリエーレはふと、自分はこれまで、こんなふうにのんびりと散歩をしたことがあったかと考えた。

一度もなかった。見習いの頃から綿密に予定を立てて、散歩などと悠長なことをしている暇はなかった。けれど礼拝に出ないだけで、こんなにのんびりできるのだ。

人がいない場所で考えごとをしたくて、宿舎から遠ざかった。

神殿庁は広い。一つの都市や国家に例えられることもあるほどだ。

この神殿庁がある半島の南に広大な神官領を持ち、潤沢な税収が教会を支えている。

教会の聖座、大神官が座所とする神殿庁は、堅牢な城壁に囲まれ、よく訓練された聖騎士団と手入れされた軍馬、武器が揃っている。

これに加えて有事になれば、神官領の領民が徴兵され、さらに各地に布教の名目で散らばった地方神殿の騎士たちも招集される。

これらを考えても、教会が神への奉仕のために組織されたのではない、世俗的な集団だとわかるだろう。

わからないのは年端もいかない子供か、さもなければガブリエーレのような愚かな狂信者だけだ。

美しい石畳の道を北側の森に向かって歩きながら、ガブリエーレは自嘲する。

その時、森に近い裏門の方角から男が三人、こちらに歩いてくるのが見えた。

素知らぬふりをして森に逃げ込もうかと思ったが、彼らの姿を見て思わず足を止めた。

ガブリエーレと同じくらいの年の騎士たちだ。熊みたいに縦にも横にも大きな男と、痩せぎすの男、真ん中に子供の背丈くらいの短軀《たんく》の男がいる。

（シモーネ、マリオ、ダンテ）

彼らは騎士団きっての問題児で、三バカと呼ばれていた。ガブリエーレもそう呼んでいた。

共に獄中に繋がれるまでは。

――なあに、どのみち長生きできるとは思っていませんでしたからね。

背の低い、お調子者のマリオの声が蘇る。

彼らがガブリエーレと同じく冤罪《えんざい》で逮捕された後、数日だけ同じ獄舎で過ごしたことがあった。彼らがいるとガブリエーレが自白しないと判断され、早々に引き離されたが。

その数日、彼らと交わした会話をガブリエーレは決して忘れない。

三人が捕まったのは自分のせいだ。ここぞとばかりに面倒な連中を厄介払いしようと、ガブリエーレのついでに逮捕されたのだった。

つまりは、とばっちりだ。申し訳ないと謝るガブリエーレに、マリオが先の言葉を吐いたのだった。

三人とも、恨み言一つ言わなかったし、ガブリエーレが不正をしたなどとは微塵《みじん》も疑っていなかった。

――それはそうでしょう。ガブリエーレ様ほど、不正から遠い人はいませんから。あなたの容疑を信じるとしたら、あなたをよく知らない人間か、よほどの馬鹿でしょうよ。

熊のように厳《いか》つく、それでいて三人の中で一番所作が上品なシモーネが、穏やかに言ってのけた。

——俺は拷問なんかには耐えられませんよ。あなたもさっさと、自白してしまいなさい。大食いなのに、どんなに食べても太らないんだという痩せっぽちのダンテが、ガブリエーレが拷問の痛みに呻《うめ》くのを聞いてそう言った。

三人とも、人が言うように馬鹿ではなかった。それどころか気持ちのいい連中だった。神を信じていないし、ちょっとばかりいい加減で怠け者だが、それでいて腕っぷしは強かった。

そして弱い者いじめが嫌いで、部下をいびる上司に盾突いた。さらにその上司の鼻を明かしてやったばかりに、上から大いに睨まれる羽目になったのだ。

——それじゃ、お先に。

ガブリエーレが処刑される直前、マリオが言って、先に断頭台に立った。拷問で折られた前歯をむき出しにして笑いながら。それが彼の、精いっぱいの抵抗だったのかもしれない。

でも今、彼らは生きている。真ん中で笑うマリオの歯も欠けていない。

ガブリエーレが三人を見つめていると、彼らもこちらに気がついた。驚愕《きょうがく》に大きく目が見開かれる。

一瞬、彼らも処刑された記憶があるのではないかと考えた。

無念の死を迎えた自分と彼らだけが、記憶を持ったまま過去を遡ったとしたら。協力を得られるかもしれない。

た。

「シモーネ、マリオ、ダンテ」

親しみをこめて、ガブリエーレは彼らの名を呼んだ。しかし、期待はすぐさま裏切られた。

「ガ、ガブリエーレ様」

「え？　わっ、中隊長」

「馬鹿。今は部隊長なんだよ」

三人三様の声を上げ、焦った顔をする。ダンテの顔が酒に焼けて赤い。三人とも一晩中、外で飲み明かし、たった今、戻ったところなのだ。

礼拝に執務にと忙しいはずのガブリエーレが、こんな場所をうろついているとは思ってもみなかったらしい。

「あ、あの、ここで何を。まさか、俺たちを捕まえに？」

「俺たちはぁ、裏門で礼拝をしてたんです。えっへへ。断じて花街なんて……」

まだだいぶ酔っているらしいマリオが口を滑らせ、ダンテに頭を叩かれていた。

以前のガブリエーレだったら、本気で怒って三人をすぐさま懲罰房へ入れていただろう。

今は、とても怒る気にはなれなかった。それより落胆していた。

彼らには、処刑前の記憶がないのだ。当人たちにとってはその方が幸いなのだろうが、味方を失ったようで寂しかった。

彼らはこのまま、何も知らずに過ごしていくのだろう。ガブリエーレがいなければ冤罪事件は起こらず、巻き込まれて処刑されることもない。

（いや、本当にそうなのか？）

三人もある意味で、ガブリエーレと同じだったのではないか。世渡りが不得手であったために上司に目をつけられ、抹殺されてしまった。

この先も上司の不条理に目を背けず、やりたいようにやっていたら、いずれ何かの折に冤罪を着せられ、処刑されてしまうかもしれない。

彼らを死なせたくなかった。悪人ではない。それどころか義勇に生きる男たちだ。

三人を死なせてしまうようなことがあれば、ガブリエーレはずっと後悔し続けるだろう。

といって彼らが今、ガブリエーレの忠告を聞くとも思えない。

逮捕される以前、彼らが末端の部下だった頃は、ガブリエーレも三人を問題視していたし、向こうもこちらを煙たがっている節があった。

彼らにとってガブリエーレは今、誰よりも厳しくうるさい、厄介な上役なのだ。

「……お前たち。トンマーゾ部隊長に目をつけられているぞ」

頭の中で素早く記憶を巡らせた後、ガブリエーレは事実を端的に述べてみた。

「えっ」

マリオが声を上げ、三人が互いに顔を見合わせる。

このクソ真面目な上司がなぜ、自分たちを咎めないのか。どうして、どこまで、トンマーゾのことを知っているのか。混乱した様子だ。

「何か、部隊長から聞いたんですか」

三人の中で一番用心深いダンテは、細い眉をひそめ、ガブリエーレの顔色を窺うように尋ねてくる。

なんと答えるべきか、一瞬迷った。これは本来なら、現時点のガブリエーレが知り得るはずのない事実だ。

この三人は今から少し前、従者を虐待するトンマーゾという上司に、密《ひそ》かにある意趣返しをしていた。

花街の娼婦《しょうふ》たちに、トンマーゾ部隊長は性病だと吹聴して回ったのだ。

おかげでトンマーゾは、さんざん貢いだ娼妓《しょうぎ》に袖にされ、まともな娼館では相手にされなくなってしまった。

トンマーゾはしばらく経ってから、三バカが嘘を吹聴していたと知ったものの、事が事だけに表だって追及することができなかった。それで、裏でネチネチと三人に嫌がらせをするようになったのだ。

これらは、獄中でマリオらの口から直接聞いた話だった。

ガブリエーレはその時まで、トンマーゾ部隊長が花街に通っていることも知らなかったし、気分屋だとは感じていたが、むしゃくしゃしたという理由だけで自分の従者を殴る男だとも思っていなかった。

ただ、そう言われてみればある時から、トンマーゾが三バカの問題行動について、頻繁に吹聴するようになった。

どれもつまらない問題で、それくらい同僚たちに告げ口せず、自分で処理すればいいのにと思ったものだ。

とはいえそれは、今日より未来の話である。

今時分はトンマーゾが、なぜ自分が気に入りの娼婦に袖にされ、挙句に娼館から出禁を食らわなければならなかったのか、その原因を知った頃だろう。

獄中で聞いた三人の話と、時間軸とを照らし合わせてみる。

「いいや、トンマーゾ部隊長からは、何も。だが今頃彼は、性病持ちの噂を流した犯人を突き止めている頃かもな」

にやりと意味深に笑って答えると、三人は面白いくらい驚いていた。

「な……どうして」

なぜよりにもよってガブリエーレが、そんな事実を知っているのか。

花街に通う連中の中には、もしかしたら噂を耳にする者もいたかもしれない。けれど三人との因果関係まで知る者は、そういないはずだ。

「情報源は秘密だ。だが、小銭を与えればなんでもおしゃべりする連中が、花街にはいるだろう」

これも獄中にいた時の三人の受け売りなのだが、ガブリエーレはさも裏事情に精通している口ぶりで言ってみせた。

三人は、まじまじとガブリエーレを見る。

お堅くてクソ真面目なお坊ちゃんだと思っていたのに、当事者以外に知るのが難しい情報を持っていたのだから、訝《いぶか》しむのは当然のことだ。

世間知らずの自分が世慣れた彼らを出し抜いたようで、ガブリエーレはちょっとだけ気分が良かった。

「義侠《ぎきょう》心《しん》を持つのはいいことだが、もう少し上手に立ち回らないと、敵を増やすばかりだぞ」

今ならば、少しは忠告を聞き入れてくれるのではないかと思い、伝えてみる。三人はますます困惑した顔をした。

「……まあ、私に言われたくはないと思うが」

考えてみれば、一番立ち回りが下手なのはガブリエーレなのだ。我に返って恥ずかしくなり、ぼそぼそと付け加える。

「いや、ええっと。すみません。ちょっと驚いていて」

真ん中にいるマリオは、返事に困ったように言って、ボリボリと頭を掻《か》いた。ダンテはまだ、ガブリエーレの表情を窺っている。シモーネは何を考えているのかわからない。三人とも、性格はまったく違うのだ。

「私が、誰も知り得ないような情報を持っていたからか？」

「それもありますが。いつものあなたなら、まず俺たちが朝帰りをしたこと、酒気を帯びていることを怒るでしょう。礼拝を欠席したことも」

痩せっぽちのダンテが答えた。マリオが「そうそう」と、調子良くうなずく。

「俺たちのことを見る目つきも、なんか優しいし。いつもだったら、ナメクジを見るみたいな目で見て……痛っ！　なんだよ、ダンテ。本当のことだろ」

マリオは、思っていることを端から口にする。ダンテに頭を叩かれて唇を尖《とが》らせた。

ガブリエーレはクスッと笑いそうになって、表情を引き締めた。

彼らの言うとおり、ガブリエーレはつい昨日まで、三人を軽蔑し、問題視していた。

それがいきなり旧知の友人を見るような目で接してきたら、怪しく思うのは当然だろう。

慎重に振る舞うのだと誓ったのに、処刑直前の記憶が鮮明すぎて、まだ頭を切り換えられない。

三人に忠告するどころではない。自分こそうまく立ち回らなければいけないというのに。

「ガブリエーレ様。失礼ですが、今朝に限ってなぜ、このようなところへ？」

それまで黙っていたシモーネが、静かな口調に不安を滲ませて尋ねた。

この辺りは宿舎を挟んで、礼拝所とは反対方向にある。礼拝に出席したなら、今時分はここまで来ていないはずだ。

「理由はない。ただの散歩だ。礼拝をさぼって二度寝したんだが、部屋にこもっているのは性に合わなくてね」

正直に話すと、三人はルカと同様、慄《おのの》くような目でこちらを見た。

「お前たちもほどほどにな。……ああ、それから」

ここらが引き際だと、森へ向かって歩きかけ、ふと思いついた。

「今度から、上司が理不尽な行動を取っていたら、直接喧嘩《けんか》を吹っかけるのではなく、私に報告してくれ。お前たちは告げ口を嫌うかもしれないが、騎士たちの行動を正すのも私の仕事なのだ」

言うだけ言って、三人に背を向けた。

彼らが急に行動を改めるとは思えないが、自分が案外話せる上司だということは、印象づけておきたい。

それに彼らは、上司に目をつけられてはいるが、ガブリエーレのような嫌われ者ではない。

いい加減だが義侠心の強い三人は、従者や従僕、それに下働きの使用人たちには慕われていた。仲間の騎士たちの中にも、三人の気性を好む者はいただろう。

気さくだし、ガブリエーレよりよほど騎士団内部の人間関係に詳しい。

三人と通じていれば今後、何か有益な内部情報を得ることができるかもしれない、という打算があった。

(そういえば、アレッシオが三人を悪く言ったことは一度もなかったな)

三人から遠ざかりながら、一度目の人生に記憶を馳《は》せる。

ガブリエーレが彼らを問題児だと評した時、アレッシオは異を唱えた。

——でも、あの人たちはあれで、曲がったことが嫌いなんですよ。俺は、そう悪い人たちだとは思いません。

そんなことを言っていた。ガブリエーレの意見に真っ向から対立するのは珍しかったから、覚えている。

いや本当は、アレッシオのことはすべて覚えていた。

どんな小さな思い出も、些細な言葉も、彼にまつわることは忘れていない。忘れられない。

彼がいなければ、ガブリエーレの人生は灰色だった。色が付いていないことにも気づかず、神への信仰だけをよすがに生きていた。

アレッシオに関する記憶は鮮やかだ。そこだけが色を持ってはっきりとしている。

だからこそ、彼に抱いた愛も憎しみも、鮮やかに生々しく覚えているのだ。

もし今、彼と顔を合わせたら。自分は冷静に振る舞えるだろうか。

ふと考えて、アレッシオに会うのが怖くなった。

結局その日、ガブリエーレは丸一日、仕事も訓練も休んだ。

午前中は森をブラブラして、自室に戻ってルカが運んできた昼食をとり、惰眠を貪った。

「ガブリエーレ様はよほどお身体が悪いのかと、皆様が心配しておられましたよ。医師には見せたのかと、副団長様や神官様までもが何人も聞きにこられました」

夕食を取りに厨房に行ったルカが教えてくれた。無遅刻無欠勤のガブリエーレが休んだのだから、相当具合が悪いと思われているのだ。

誰も、ガブリエーレがずる休みをするなんて考えない。例えばこれが三バカだったら、本当に病気だったとしても、怠けていると疑われるだろう。

品行方正なのもそう、悪いことではない。当分は猫を被っていよう。一度目の人生と同じ、世間知らずで愚直なガブリエーレを演じるのだ。

使える手駒もほしい。ガブリエーレは孤立無援だ。親しい友人もおらず、気安く頼みごとをできる仲間もいない。

誰も信じるべきではないが、二度目の人生ではもう少し、交友を広げるべきだ。

そう考えたのは、ルカの変化を見たからだった。

子猫の一件があったせいか、ルカの態度は以前と違っていた。

いつもおどおどしてガブリエーレの顔色を窺っていたのに、今は怯えの色が消え、それどころかこちらを慕うように、真っすぐな眼差しを向けてくる。

「ルッチの首に巻いた手巾の家紋を見て、ウーゴが慌てていました。もうルッチが何かされることはないと思います」

夕食を運んだ時に、そんな報告をしてきた。

森の散歩から帰った時には、子猫は寝台からいなくなっていた。かと思うと、夕食の一時だけ、ニャアと鳴きながら部屋に入ってきて、ルカが皿を下げる時にまた出て行く。

この分だと、今後も猫と共生することになりそうだ。

煩わしさが頭を過《よぎ》ったが、猫のおかげでルカが懐いてくれた。ルカはガブリエーレの味方になって、様々な用向きに手を貸してくれるだろう。

しかし、具体的に何をするべきかはまだ、思い浮かばなかった。

自分は神殿庁の人間関係に疎すぎる。人と積極的に関わることがなかったせいで、こればかりはすぐにどうにかなるものではない。

湯で身体を清めて寝間着に着替えると、ルカにもう下がっていいと告げた。まだ多くの者が起きている時間だが、今日は何もしないと決めたのだ。

ルカが挨拶をして居室を出て行こうとした時、部屋の扉を叩く音がした。

ルカが応じると、「アレッシオです」という声が扉の向こうでした。

その声を聞いた途端、全身の血がざわざわと沸き立つのを感じた。心臓が不自然なほど速く脈打ち、手足の先と頭の奥が痺《しび》れたようになる。

彼が来た。なぜかと考え、自分が今日、いつにない行動をしたからだと悟る。

告白した翌日だ。恐らくは見舞いにきたのだろう。表向きはどうにか平静を保ったものの、心臓はまだバクバクと音を立てていた。

「ガブリエーレ様。お断りしましょうか」

ルカが不安げな表情を浮かべて言った。こちらが顔色を失っていたからだろう。

「いや、見舞いだろう。通してくれ。お前はそのまま下がっていい」

少年は心配そうにガブリエーレの表情を確認したが、すぐにうなずいて扉へ向かった。

最初は扉を小さく開けて顔を覗かせ、ボソボソとやり取りをした後、大きく扉を開く。

その扉をくぐるようにして、長身の男が入ってきた。

アレッシオだった。燃えるような赤い髪を後ろで一つに束ね、シャツとズボンという騎士の普段の装いをしている。

あの時、処刑される直前に見た彼は、名家の跡継ぎらしい豪華な衣装を身に纏っていた。

目を背けたその横顔を思い出し、叫び出しそうになる。拳を握り、衝動をこらえた。

ルカはアレッシオと入れ替わりに、部屋を出て行った。出て行く時、まだ気がかりそうにこちらを窺うので、大丈夫だというふうにうなずく。

ガブリエーレは居室の丸テーブルについたまま、アレッシオを迎えた。

扉が閉まり、二人きりになっても、彼にかける言葉が見つからなかった。

「起きていて大丈夫なのですか」

アレッシオが先に口を開いた。その時に気づいたのだが、彼は手に花を持っていた。

真っ白な花弁が星の形のように広がった可憐《かれん》な花で、手折ったばかりのように瑞々《みずみず》しい。

「あ、これはっ……お見舞いにこれくらいしか浮かばなくて」

ガブリエーレの視線に気づき、自分の手元に目を落とす。恥ずかしそうに打ち明けた。

そんな青年の姿を、ガブリエーレはまじまじと見つめる。

赤毛の獅子《しし》のように美しいアレッシオ。朴訥《ぼくとつ》とした奥ゆかしい態度で、狡猾とはほど遠く見える。

部屋に入って最初に向けられた眼差しも、心からガブリエーレを心配しているようだった。

「……見舞いに、来てくれたのか？」

ようやく、それだけ口にした。我ながらぎこちなく、声はしゃがれていた。

「はい。ご迷惑かとも思いましたが、ガブリエーレ様が休みを取ることなど、俺の知る限り初めてでしたから。よほど具合が悪いのかと心配になりまして。お加減はいかがですか。ルカから、少し熱があると聞きました。医師には診てもらいましたか」

アレッシオが近づいてくる。片方の手がついとこちらに伸びてきて、額に触れようとした。

ガブリエーレは反射的にその手を払いのけていた。

皮膚を叩く乾いた音がして、アレッシオが大きく目を見開く。呆然としたように、しばらくガブリエーレを見ていた。ガブリエーレもまた、自分自身の行動に驚いていた。

「あ、も……申し訳ありません。馴《な》れ馴《な》れしいことを」

「いや。私こそ、悪かった。花をありがとう」

硬い笑みを浮かべて、どうにか取り繕う。見舞いの花を受け取ろうと手を伸ばした。

アレッシオも同じくぎこちなく微笑み、花を渡そうとした。

しかし、視線がガブリエーレの手のひらに向いた途端、その笑みがかき消える。無言で手のひらに顔を近づけるから、思わず引っ込めてしまった。

「怪我をしているじゃありませんか」

言われて気がついた。今朝、死刑台から時間が巻き戻った時、握りしめて自ら傷つけたものだ。

もう血は止まっていたし、気にも留めていなかった。ルカも気づかなかったくらいだ。

「手当てをしましょう」

「大袈裟だな。ちょっと強く握っただけだ。もう何ともない」

言って手を後ろに隠したのに、アレッシオの視線はまだ、ガブリエーレの後ろ手に注がれていた。

話題を変えるために、アレッシオが手にした花に目を落とす。

「その、摘んだ花はどうするべきなのかな。従僕を休ませたので、どうすればいいのかわからないのだが」

「ああ、気が利かなくてすみません。そこの桶の水に浸けておいてもいいですか。花はきちんと井戸の水で洗ったので、水を汚すことはないと思います」

構わないと言うと、アレッシオは戸口の近くにある手洗い桶に花を浮かべた。

「ありがとう。わざわざすまなかった」

もう帰ってほしいという願いをこめて言ったのだが、人一倍気が利くはずのアレッシオは、「いいえ」と答えたきり帰ろうとしない。

再び沈黙が落ち、仕方なく「座るか?」と、向かいの席を勧めた。

アレッシオはこれにも、「いいえ」と首を横に振った。戸口に近い場所で、迷うように視線をさ迷わせる。何か言いたそうだった。

「どうした」

相手が躊躇《ちゅうちょ》しないように、なるべく優しく尋ねてみる。アレッシオはそれでもまだわずかな間ためらい、やがて決意を固めた様子で顔を上げた。

「……今日休まれたのは、俺のせいですか」

迷った末にそんなことを尋ねられるとは思わなくて、ガブリエーレは驚いた。

「お前の?」

アレッシオのせいかと言うなら、そうとも言える。三年後の未来でお前に裏切られ処刑されて、何もかもに絶望したから仕事などする気も起こらなかった。

だがもちろん、アレッシオが気にしているのはそんなことではない。

ガブリエーレが聞き返すと、アレッシオは用心深くこちらを窺ってから答えた。

「一日休んだわりに、お元気そうだったので。それに、昨日の今日ですし。俺のせいで、お気を悪くしたのではないかと思ったんです。……浮かれて、やりすぎたのかと」

言いにくそうに打ち明けられて、ガブリエーレは自身にとって三年も前の記憶である

「昨晩の出来事」について記憶を巡らせた。

告白したのはガブリエーレからだ。アレッシオは承諾し、それからガブリエーレの唇に口づけた。

「唇に口づけたことか？」

アレッシオは即座に「申し訳ありません」と、謝った。

「やりすぎだったと思います。浮かれてしまったんです」

頬を染め、うつむく。少年のように初々しい男を見て、ガブリエーレはどんな反応をしたらいいのかわからなかった。

三年後に知ることになる本当のアレッシオは、世渡りのために渋々上司と義兄弟の契りを交わし、その上司を自分の足場固めのために売る男だった。

ヌンツィオの話では地方神殿にいた頃から、年上の男を誑《たぶら》かしていたというではないか。

還俗するや良い家柄の女を娶り、すぐに子をもうけた。

気づくと、強く拳を握りしめていた。傷の痛みがぶり返し、同時にアレッシオへの憎しみも蘇る。

うつむく男の顔を見据えた。それは心から照れているようにも、そう演技しているようにも見えた。

ガブリエーレは必死に考えて、彼にかけるべき言葉を探し出した。

「……昨夜のことを、後悔している」

アレッシオが弾《はじ》かれたように顔を上げた。琥珀色の瞳が縋るようにこちらを見る。ガブリエーレは憂いの表情を浮かべてみせ、彼から目を逸らした。

「冷静になって、一晩考えてみたんだ。私は部隊長だ。聖職貴族のベリ家の嫡流で、何もしなくても出世する」

「そのような……昇進は、ガブリエーレ様の努力の賜物《たまもの》だと思います」

「ありがとう。しかし私が、騎士団内で気を遣われる存在であることに変わりはない。そういう上司から念者になりたいと言われたら、目下の者は逆らえないだろう」

はっと息を呑む音が聞こえた。

「もしかして、俺が渋々、あなたの告白を受けたと思ってるんですか？」

ガブリエーレが顔を上げるのと同時に、アレッシオは「違います」と真剣な眼差しで訴えかけてきた。

「昨日、あなたに想いを打ち明けられてどれほど嬉しかったか。俺は、俺だって、あなたをお慕いしてきたんです。……本当です！」

疑いの表情を浮かべていたらしい。アレッシオは必死に言い募った。

「地方から神殿庁に来た時、遠目にも美しい方だと思いました。それから水場で初めてお会いした時、凍える寒さの中、凛《りん》と前を向く姿に心を打たれたのです。……あなたは覚えていらっしゃらないかもしれませんが」

もちろん、出会った時のことは覚えている。彼が覚えているのが意外だった。

「それから一度、あなたが訓練で足をくじかれた時、手当てをしたんです。ひどい痛みのはずなのに、あの時も涼しい顔をしていらして。決して弱ったところを見せないあなたは、いつも美しい。それにあの時、あなたは俺の地方での奉仕活動を、『得がたい経験』だと言ってくださいました。信徒との交流は僧侶の本分だと」

確かに、そんな話はした。

「嬉しかったです。誰もが地方出身者だと馬鹿にするのに、あなただけは俺を蔑んだりしなかった。それどころか、地方での経験をそんなふうに言ってくださった。あなたは、誰より美しくて清らかで、優しい。あの時からずっと、あなたをお慕いしていたのです」

目を潤ませ、思い詰めた表情で言い募る。あまりにも真に迫っていた。これが演技なら、この男はやはり悪魔だ。

「私の気持ちは、迷惑ではなかったか？　正直に言ってくれ。振られたからといって、意趣返しをしたりしない」

「迷惑など！　天にも昇る気持ちでした。どんなに想っても手に入らないと諦めていた方から、気持ちを打ち明けられたのですから」

即座に畳みかけてくる。ガブリエーレは思わず目をつぶった。

時が戻る前の自分ならば、きっとその言葉を信じて舞い上がっただろう。

しかし今は、アレッシオが言葉を尽くして愛を語れば語るほど、薄っぺらく感じられてならない。

愛していると言うのなら、なぜ黙って神殿庁を去った？　どうしてガブリエーレを陥れ、処刑台に送ったのだ。

「ガブリエーレ様」

呼びかけられて、目を開いた。琥珀色の瞳がガブリエーレを見つめていた。

「信じてください」

ガブリエーレは視線を逸らした。この男の本性を知ってなお、騙されそうになってしまう。

やはり、この男は悪魔だ。ヌンツィオが言っていたとおり、信用ならない男なのだ。

そんな狡猾な男が、今また甘い言葉で近づいてくる。

ガブリエーレのような朴念仁など、ちょっと優しくしてやれば落ちると思っているのだろうか。

苦しくて悔しくてたまらない。アレッシオを傷つけたくてたまらなかった。自分と同じ目に、いやもっとひどい絶望を植えつけてやりたい。

——死んだ方がましだと思うくらいに。

死の間際に感じた憎しみが蘇る。残酷な感情がガブリエーレを支配した。

「怖いんだ」

ガブリエーレは声を震わせてつぶやき、まつ毛と唇をわななかせてみせた。

演技などしたのは初めてだが、思いのほか自然にできた。強い憎しみが自分を大胆にしてくれる。

「怖い？」

アレッシオが膝をついて覗き込んでくる。ガブリエーレは顔を背けながら、自然と目を潤ませることができた。

「お前が本当に、私を受け入れてくれているのか」

アレッシオが何か言いかけるので、「わかっている」と、相手を制した。

「お前の気持ちは聞いた。それでも不安なんだ。意気地がなくて、自分でも嫌になる。これが剣術のことなら、どんな相手でも臆したりはしないんだ。でもお前のことになると……途端に意気地がなくなる」

お前のことなんか、端《はな》から信じちゃいない。ガブリエーレは胸の内でつぶやく。

昨日の告白をなかったことにするのは簡単だ。だが、それではつまらない。気まずくなって終わりだ。

アレッシオの懐に入って、この男に復讐する機会を窺ってやる。

「……ガブリエーレ様」

「こんな私で、幻滅しただろう」

自嘲してみせる。いいえ、と答えが返ってくるのはわかっていた。アレッシオなら、ガブリエーレにおもねるはずだ。

「いいえ」

すぐに予想どおりの答えが返ってきたから、危うく笑ってしまいそうになった。

「幻滅なんてしません。あなたの気持ちはわかります。俺も同じだから」

彼は立ち上がり、ガブリエーレの両手に自分の手を重ねた。払いのけられないと知ると、強く握る。

ガブリエーレは黙って彼の目を見つめた。琥珀色の瞳に、いつもと違う色がある。情欲の色だと気づいた時、ガブリエーレの身体も熱を帯びた。

過去の習慣からその衝動を否定しそうになり、もうその必要はないのだと言い聞かせる。性欲を否定しない。僧侶は情交をしないだとか、教義がどうのとか、そんなことはもうどうでもいいことだ。

この身体を使うことだって、ためらったりしない。快楽で男の歓心を買えるなら、せいぜい利用してやろう。

ガブリエーレは、自分からアレッシオに顔を口づけた。三年前の昨晩、彼が自分にしたのを思い出し、唇を押し当てる。

柔らかな感触は三年前と変わらなかった。唇を離すと、アレッシオが驚いたように目を瞠っていた。

「嫌だったか?」

不安そうな表情を作って尋ねた。アレッシオが緩くかぶりを振る。

「抱きしめても、いいですか」

言いながら、こちらの返事を聞く前にもう、ガブリエーレの身体を抱きしめていた。

アレッシオの息遣いが浅い。彼は今、二十一歳だ。ガブリエーレが知る限り、娼館に通うこともなかった。知らないところで行っていたのかもしれないが、こちらが気づかないくらいだから、そう頻繁ではないだろう。

騎士団の若い男たちは、いつだって性を持て余している。

たとえ相手が好きでもない上司でも、そこに女のような白い肌さえあれば、その気になるはずだ。

「……抱きしめるだけか？」

下腹部を密着させながら尋ねると、相手は軽く息を呑んだ。

「……いいんですか」

「お前が嫌でなければ」

アレッシオは答えず、抱擁を解いた。ガブリエーレの顔を窺い見る。何かを訝しむように、ガブリエーレの瞳の奥を覗き込んだ。

どうしてそんなことをしたのか、わからない。

しかし、ガブリエーレは咄嗟《とっさ》に彼の唇を奪った。そうしなければならない気がした。

「嫌なら言ってくれ。これ以上のことも、無理にしなくていい。強制したいわけじゃない」

真剣な表情を作って言う。アレッシオはそれ以上、ガブリエーレの表情を覗き込むことはしなかった。

目の奥に再び情欲を湛《たた》え、「いいんですね」と、念を押す。

「隣の……寝室へ行っても?」

「ああ」

ガブリエーレは、アレッシオの指に自分の指を絡めた。彼は驚いた顔をしたが、すぐさま迷いを振り切るように頭を振る。

それから、わずかに身を屈《かが》めた。ガブリエーレの身体を抱え上げる。

「おい」

「もう、待ったはなしですからね」

冗談とも本気ともつかない声で言って、アレッシオはガブリエーレを抱えたまま、隣の寝室へと移動した。


寝台に下ろされると、ガブリエーレは不意に我に返った。心臓がバクバクと高鳴り始める。

アレッシオが寝台の縁にどさりと腰を下ろすと、さらに鼓動は速くなった。

これからは、やりたいようにやる。威勢のいいことを考えていたが、いざ行為に及ぶ段になると、急に不安になった。

「あの……私はその……こういうことは、初めてなんだ」

間抜けな声が口を突いて出た。情けない。二度目の人生だろうと、経験のないこと、ろくな知識もないことを、うまくやれたりしない。

「でしょうね」

アレッシオも肩をすくめる。それから軽く、ガブリエーレの唇をついばんだ。

「あなたに経験があったら、そちらの方が驚きですよ。でも言ったでしょう。待ったはなしです」

また美しい顔が近づいてきて、ガブリエーレはびくっと身を震わせた。唇を奪われるのかと思いきや、こめかみに口づけされた。

それは頬に滑り落ち、さらに首筋を愛撫《あいぶ》する。男の無骨な指先が、ガブリエーレの寝間着の襟元にかかった。合わせの紐をほどこうとする。

「じ、自分で……」

「俺にやらせてください」

クスッと小さく笑って、アレッシオが身体の上にのしかかってくる。それから、ゆっくり紐をほどいた。

「さっきは、人が変わったみたいに大胆だったのに。……妖艶で、理性が飛びそうでした」

なぜか嬉しそうに言う。芝居を見透かされたようで、顔が熱くなった。

「うるさい」

そっぽを向いて悪態をつくのは、演技ではなかった。さっきまでは何も考えなくてもできた芝居が、今はうまくやれない。

アレッシオはそれにまた、クスリと笑った。ガブリエーレの襟元をゆっくりはだけ、こちらを見つめたまま、ちろりと肌を舐《な》める。

微笑みを浮かべて服を脱がせるアレッシオこそ、妖艶で美しい。しかし、今までとはまったく別人のようにも見えて、恐ろしかった。

いや、これが彼の本性なのかもしれない。

慣れた手つきでガブリエーレの寝間着を剝いでいく。寝る前だったので、下着は身につけていない。すぐに一糸纏わぬ姿になった。

羞恥に震えるガブリエーレを見つめ、アレッシオはため息をついた。

「思ったとおりだ。あなたはすべてが美しい」

ガブリエーレは目元を赤くして相手を睨む。

「お前も脱いでくれ」

こちらが裸になったのに、アレッシオがシャツ一枚脱いでいないのは、不公平だと思った。

「ああ、そうでした。すみません」

アレッシオは我に返ったように瞬きをすると、柔らかく微笑んで衣服を脱いだ。

逞しい裸体が露《あら》わになる。訓練後の水浴びなどで、アレッシオが上半身を脱いだ姿を見たことはあったが、完全な裸を見るのは初めてだった。

隆々と筋肉が盛り上がった上半身に見惚れ、それから脚の間の一物に視線が吸い寄せられる。黒光りするそれは、ガブリエーレのものより二回りは大きくて、しかも緩く勃《た》ち上がっていた。

男同士でどのようにまぐわうのか、知識としては知っている。従者時代、知りたくもないのに騎士たちが教えたからだ。

（これが……）

自分の中に入るのかと、圧倒される。じっと凝視していると、アレッシオが苦笑しながら前を隠した。

「すまない」

慌てて目を逸らし、それからあることを思い出して、そろそろと寝台を這い下りた。寝室にある戸棚から、予備の軟膏《なんこう》が入った小瓶を探し出して戻る。ガブリエーレが小瓶の中身が何か教えると、アレッシオもすぐに意図がわかったようで、目を細めた。

騎士は訓練で豆や靴擦れができるし、怪我もするので、常に傷薬を持っている。男同士でまぐわう時、騎士たちは潤滑油代わりにこの傷薬を使うのだと聞いたことがあった。

「ガブリエーレ様でも、こういうことをご存知なのですね」

小瓶をガブリエーレの手からすくい取り、アレッシオは言う。からかわれたような気がして恥ずかしい。

「お前こそ」

ボソボソと不貞腐れたように言い返したのがおかしかったのか、アレッシオはクスクス笑った。

「知識だけなら、俺の方が詳しいと思いますよ。それこそ従僕の頃から、騎士たちの猥談《わいだん》を聞かされてきましたから」

話のついでにガブリエーレの唇をついばみ、ごく自然にガブリエーレが寝台に横たわるよう促した。あまりに自然だったので、ガブリエーレは自分から寝転がったかと勘違いしたくらいだ。

知らずのうちに脚を開くよう誘導されていて、ようやく我に返った。

「じ、自分でやる」

小瓶を取ろうと手を伸ばしたが、すいっとかわされた。

「だめです。俺にやらせてください」

「意地悪するな」

思わず言うと、あはは、と声を立てて笑われた。

「可愛いな」

その声が甘く、同じ年の友人にするような気さくなものだったので、どきりとする。

彼はどうあっても、小瓶を譲る気はないようだ。上体を起こしたガブリエーレに何度も口づけをして、再び横臥《おうが》させた。

「すみません。浮かれてるんです」

言いながら小瓶の蓋を取る。指で軟膏をすくい、ガブリエーレの脚の間に潜り込ませた。

「……っ」

誰にも触れられたことのない窄《すぼ》まりに、指が届く。息を呑んで内腿を震わせると、アレッシオはあやすように頬や唇に口づけを落とした。

「俺の無礼が許せないなら、後で鞭《むち》で打つなり殴るなりしてください。でも、よく準備をしておかないと。あなたに嫌な思いをさせたくないんです。できれば、忘れられないくらい気持ち良くしたい。また、俺としたいと思えるくらいに」

声が真摯な色を帯びて、ガブリエーレは抵抗できなくなった。

きっとこれが、アレッシオの手管なのだろう。

彼は恐らく、こうした行為は初めてではない。ガブリエーレよりずっと余裕があるし、あくまでも感覚に過ぎないが、手慣れた感じがする。相手は男か女か、それとも両方だろうか。

ほだされてはいけない、と言い聞かせながら、男の甘い言葉や優しい愛撫に流されていくのがわかる。

彼に裏切られ、ひどい苦痛と死を与えられたのに、懲りずに悦《よろこ》んでいる。

（違う、これは）

指が後ろを何度も行き来する。その感触にこらえきれず声を漏らしながら、ガブリエーレは内心で言い訳をした。

これは肉欲で、愛ではない。ただ生理的な快楽を感じているだけだ。

「は……ぁっ」

浅い部分を突かれた時、強い快感が這い上がり、大きくあえいでしまった。慌てて口を両手で塞ぐ。アレッシオがにやりと意地の悪い笑みを浮かべた。

「ここ、いいですか」

同じ部分を何度も突く。そのたびに先ほどの快感が駆け抜けた。

「んっ、ふ……んぅっ」

頭の奥が痺れてぼうっとなる。口を覆っていないと、とんでもない声を上げてしまいそうだった。

アレッシオは長い時間をかけて、ガブリエーレの後ろを弄《いじ》り続けた。

今にも射精しそうなのに、アレッシオは寸前で指の動きを止める。

「あ……アレ、シオ……もぉ……」

生理的な涙をこぼしながら、ガブリエーレは懇願した。アレッシオの唇がわななき、ごくりと喉仏が上下する。

太い指が無言で引き抜かれた。アレッシオはまた軟膏をすくい取り、今度は自分の陽根にたっぷり塗りつける。

彼の性器は今や、腹に付きそうなほど反り返っていた。鈴口にはぷっくりと先走りが玉を作っており、それが時折、涙のようにこぼれる。

余裕の微笑みはいつの間にか消えて、無表情になっていた。息が浅い。

熱い手が、ガブリエーレの脚を抱え上げた。「ひ」と、反射的に声を上げると、「大丈夫です」と囁《ささや》かれた。

「大丈夫。楽にして」

ね、とあやすように口づけされた。けれど、口調にも態度にも、先ほどの余裕はない。性器を性急に後ろにあてがうのが、どこか焦っているようにも見えた。

たっぷりと軟膏を塗り込められたおかげで、それは思ったよりすんなりと中に入ってきた。

「あ、あ」

圧迫感を覚えると同時に恐ろしくなったが、アレッシオが懇願するような必死の表情で「ガブリエーレ様」と呼ぶので、少しだけ冷静になった。

「ガブリエーレ様。……ああ」

アレッシオは根元まで自身を埋め込んだ後、目をつぶって大きくため息をついた。

「う……」

アレッシオがぶるりと震え、その振動がガブリエーレに伝わる。小さく呻くと、アレッシオは我に返ったようにまぶたを開いた。

「ガブリエーレ様、おつらくはないですか」

優しい問いかけに、ガブリエーレは首を左右に振る。つらいとかつらくないとか、考える余裕もなかった。初めての行為にただただ、呆然としている。

「すみません。萎《な》えてしまいましたね」

腹の間に横たわるものに気づき、アレッシオはそれに手を添えた。ゆるゆると扱《しご》き上げる。同時に、浅く腰を揺すった。

「ん、あっ……」

こちらから何かを仕掛ける余裕はなく、ガブリエーレはされるがまま、声を上げる。何度か性器を扱かれ、浅い部分を突かれているうちに、再び快楽の火が身体の奥に灯った。

「あなたをこうして抱けるなんて、夢のようだ」

腰を揺する動きが、次第に大胆になっていく。ガブリエーレが膝の裏を抱えて相手に協力すると、アレッシオは喜色を浮かべて腰を打ちつけた。

ガブリエーレはしばらく、若い動きに翻弄されていた。アレッシオが我を忘れて腰を振りたくり、熱に浮かされたようにガブリエーレの名を呼びつつ唇や首筋に口づけるのに、嵐をやり過ごす兎《うさぎ》のように縮こまって耐えていた。

しかしそれは、突如訪れた。アレッシオがガブリエーレの身体を征服するようにがっちりと抱きしめ、身動きが取れない中で滅茶苦茶《めちゃくちゃ》な抽挿を始めた時、身体を何かが突き抜けた気がした。

するとそれまで蹂躙《じゅうりん》としか感じなかった内壁を擦るアレッシオの動きが、快楽を生み出すものへと変化した。

「あ……っ」

ひとたび、身体がそれを理解すると、今まで何も感じなかったのが不思議なくらい、快感が引き出されていった。

後ろが自然と雄を締め上げ、さらなる高みを求めて腰が動く。

ガブリエーレの変化に、アレッシオも気づいたのだろう。ふっと艶めいた笑みを浮かべ、ガブリエーレの動きに合わせて腰を振った。

「あ、んっ、あっ」

甘い声が上がる。自分のものだと、しばらくしてから気づいた。一瞬、羞恥がこみ上げたが、すぐにどうでもよくなった。

「あっ、あっ……なん、だ……これ」

自分の身体がどうにかなったみたいだ。挿入時には萎えていた性器は反り返っている。

射精したいけれど、そうするとこの行為が終わってしまいそうで嫌だった。

「や……アレッシオ……」

「いいですよ。俺ももう、いきそうだ」

アレッシオは獰猛《どうもう》な笑いを浮かべ、噛みつくように口づける。身を起こすと、腰を振りながら再びガブリエーレの性器を愛撫し始めた。

「あ、あ、だめ」

一瞬で射精してしまいそうで焦った。アレッシオはそんなガブリエーレの態度を見て、楽しそうに愛撫の手を速める。

「や、は……あっ」

こらえきれず、ガブリエーレはアレッシオの手の中で射精した。息を詰め、ひと際大きな快感の波に身を浸す。

「ガブリエーレ様……あ、あ……っ」

それからすぐ、アレッシオが呻いて動きを止めた。息を詰め、時に頬を震わせ、長いこと射精していた。

やがて、ふっと息を吐き、ガブリエーレの上にどさりと覆い被さる。どくどくと脈打つ相手の心臓の鼓動が、自分の心臓のようにはっきりと感じられた。

「重い」

本当に重かったので、思わず言った。アレッシオが耳元で笑う。それから強く抱きしめられた。

「すごい」

何の脈略もなく、アレッシオがつぶやいた。何がすごいんだ、と言う気力はガブリエーレにはなかった。

視界がちかちかする。まだアレッシオは自分の中にいて、相手の鼓動が伝わってくる。腹の間の体液がべたついて気持ちが悪いのに、気分は妙に清々しかった。

「ガブリエーレ様。ああ」

アレッシオはまた急に、感極まったような声を上げ、強くガブリエーレを抱きしめる。ガブリエーレも感情的になっていて、アレッシオを抱き返した。

「愛しています、ガブリエーレ様」

思わず、びくりと身体が跳ねた。愛、という言葉が心に刺さる。快楽に酩酊《めいてい》していた頭が、急にはっきりとした。

そういえば一度目の人生では、アレッシオから愛していると言われたことはなかった。ガブリエーレも愛を言葉にしなかった。

愛を信じ、何よりもそれを欲した。でも、手に入らなかった。

「愛しています」

アレッシオがもう一度言った。同じ言葉を返してほしいのだろうか。考えたが、どうしても「愛している」という言葉が出てこなかった。

「……私も」

ようやくそれだけ口にした。言えない代わりに、相手をさらに強く抱きしめる。

アレッシオは満足そうなため息をついて、ガブリエーレの力に対抗するように腕に力をこめた。ゆらゆらと身体を揺らし、ふふっと楽しそうに笑う。

ガブリエーレの胸にも甘い感情が湧き上がりかけ、慌ててそれを心の奥に押し戻した。

三

一晩中、アレッシオと激しい情交を交わしたおかげで、翌日は身体がギシギシと悲鳴を上げていた。

夜明け前、アレッシオは水場へ水を汲みに行き、欲望の残滓《ざんし》にまみれたガブリエーレの身体を拭き清めてくれた。ついでのように自分の身体も手早く拭いて、「すみません」としょげた顔で謝った。

「お身体が思わしくないというのに、無茶をしてしまいました」

行為の最中、彼は絶妙な優しさと強引さとでガブリエーレを導いていた。アレッシオの方が年上のように思えたのに、身支度をする段になって急に弱気になった。

大きな肩を落として謝罪する姿が、飼い主に叱られた犬のようで憐《あわ》れを誘う。

「構わない。私がしたいと言ったんだ」

ガブリエーレが慰めるように返すと、「ガブリエーレ様」と、極まった声で言って抱きついてきた。身体を重ねたせいか、アレッシオに遠慮がなくなった気がする。

彼が自室に戻った後、ガブリエーレは今日も朝の礼拝に行くのはやめて、少しだけ仮眠を取った。

おかげでわずかに体力が戻ったが、万全の体調とは言えない。普段は使っていない筋肉を使ったせいか、訓練でしごきを受けた後のように、身体がうまく動かなかった。

さすがに二日も休むわけにはいかず、自室で朝食をとった後、ふらつきながら宿舎を出た。

しかし、仮病で休んだ身としては、逆にそれが功を奏したようだ。

朝から満身創痍《まんしんそうい》といった体で現れたガブリエーレに、周りは口々に「無理をするな」と、身を案じる言葉をかけてきた。

ずる休みをした上に、男に抱かれて寝不足なのだが、これまでの真面目な行いのおかげで、誰もガブリエーレを疑わない。

「ガブリエーレ。今日の訓練はトンマーゾに代わってもらえ」

朝の会議を終えた後、副団長のジロラモに言われた。彼の後ろで、同じ部隊長のトンマーゾが不満げな表情で立っている。

トンマーゾ部隊長は、逮捕されたガブリエーレの尋問係だった男だ。部下と共に、ガブリエーレに執拗《しつよう》で凄惨な拷問を与えた。

記憶と共に様々な感情が噴き上がりかけ、どうにかそれを押し留める。

体調が万全でなくてよかった。ここで余計な体力があったら、我を忘れてトンマーゾの胸倉を摑んでいたかもしれない。

「まだ体調が良くないんだろう」

「いえ、大丈夫です」

毅然とした態度で答えたつもりだが、ジロラモは「だめだ」と、いつになく厳しく返した。

「昇進したばかりで張りきる気持ちはわかるが、そんな体調で部下を導けるか。君はどうも、自分にも他人にも厳しすぎるきらいがある」

ジロラモの言葉にハッとした。

そうだ。頑張らないと決めたはずなのに、気づくと生真面目に仕事をこなそうとしている。習い性というのは恐ろしい。

「以前からトンマーゾにはよく、仕事を押しつけられていたな。彼に代わってもらえ。トンマーゾも、借りを返すちょうどいい機会だろう」

そう言うジロラモも、たまにガブリエーレに仕事を押しつけてくるのだが、確かにトンマーゾが一番、ガブリエーレをこき使っていた。

部下たちの様子を、ジロラモはちゃんと見ていたらしい。団長や神官たちにおべっかを使うばかりの副団長だと思っていたから、少し意外だった。

しかし、トンマーゾの方は不満顔だ。

ジロラモの言うとおり、今まではガブリエーレがさんざん仕事を肩代わりしてやったのだから、たまには借りを返してくれてもいいと思うのだが。

そこまで考えて、ガブリエーレはふと、周りの視線に気がついた。

他に四人いる部隊長たちは部屋を立ち去りかけていたが、雑談するふりをしてこちらのやり取りを窺っていた。騎士団長のカルロも、奥の席で欠伸をしながらこちらを見ている。

みんな、周りの人間関係に大いに興味があるのだろう。

「ありがとうございます、副団長。本当に、私は張りきりすぎていたようですね。実を言えば、立っているのもつらかったのです」

ガブリエーレは、ジロラモの言葉に目が覚めた、という表情を作り、気遣いに喜んでみせた。いつになく素直な部下に、ジロラモは軽く目を瞠ったが、すぐ「そうだろう」と、満足そうにうなずく。

ガブリエーレは大袈裟にならないよう気をつけながら、ジロラモの気遣いに喜び、感謝しているよう振る舞った。

「トンマーゾ部隊長、それではお言葉に甘えて、今日の訓練はよろしくお願いします」

ジロラモの後ろにいるトンマーゾに頭を下げると、彼はわざとらしくため息をつきつつ、「仕方がないな」と渋々答えた。

「いいか、今回だけだぞ。副団長の命令だから仕方なく交替してやるんだ。いつでもこんなことがあると思ったら大間違いだからな」

居丈高に言うので、その場に白けた空気が流れた。ジロラモが咎める顔で彼を睨む。

トンマーゾはいつもこうなのだ。誰にでも偉そうだが、特にガブリエーレに対しては、自分の方が上だと示したいのか、ことさら不遜になる。ガブリエーレが彼の部下だった頃からこうだった。

彼は四十半ばという年齢だ。ベリ家ほどではないが、実家はそれなりの名家で、なのに部隊長に昇進したのはごく最近だった。

それだけ、上に立つ者としての資質に欠けているということだが、本人はそうは思っていない。いつも誰かのせいだと思っている。

他人への妬みや僻《ひが》みが強いので、出世の早いガブリエーレはいつも当たられた。

以前はただ理不尽に感じ、彼に真っ向から反発していたが、今は馬鹿なことをしたと思う。

言わせておけばよかったのだ。彼が偉そうに喚くのを、ただ黙って見ていればよかった。

トンマーゾは馬鹿だ。今だってジロラモの前で、「副団長の命令だから仕方なく」などと、大声で言い放ち、場を白けさせている。

ジロラモは自分の采配に水を差されて気を悪くしているし、周りの部隊長たちも、また始まったとばかりに疎ましそうな顔をしている。まったく愚の極みではないか。

僻み根性の強いトンマーゾを嫌っていたのは、ガブリエーレだけではなかった。彼は皆から疎まれているのだ。

こんな男に正面から対抗していた過去の自分も、やっぱり愚かだと思った。

「はい。本当に申し訳ありません」

傲慢や理不尽に盾突くことはせず、ガブリエーレは殊勝に頭を下げる。

「今回だけは、どうかお願いいたします。その代わり、トンマーゾ部隊長からいただいた会計書類の処理は、こちらでやっておきますので」

押しつけられた仕事の内容に言及すると、トンマーゾが顔色を変えた。

「な……余計なことは言わなくていい！」

ガブリエーレを怒鳴りつけると、くるりと向きを変え、逃げるように部屋を出て行った。

「まったく。自分の部隊の会計書類まで、ガブリエーレに回していたのか」

ジロラモがため息をついた。ガブリエーレは、ここぞとばかりに告げ口する。

「トンマーゾ部隊の会計書類を回されたのは、これが初めてです。人事考査や訓練予定案などは、部隊長になる以前から回されていましたが」

それを聞いたジロラモは、救いがたい、というように頭を左右に振る。

「ガブリエーレ。君も人の仕事の肩代わりをするのは、ほどほどにしておきたまえ。相手が図に乗るだけだ」

さんざん仕事を押しつけたお前が言うなと言いたかったが、もちろんそのことは胸の内に留め、はい、と殊勝な返事をした。

「肝に銘じておきます」

ジロラモはその答えに満足した様子で、団長と共に部屋を去っていった。他の部隊長たちも、余興は終わったとばかりに部屋を出て行く。

「トンマーゾより、ガブリエーレの方が上手《うわて》だな」

去り際、彼らが話す声が聞こえた。

午前中は執務室で、昨日から溜《た》まっていた書類を処理するのに時間を費やした。

トンマーゾの件があったせいか、その日は誰も仕事を押しつけにこず、おかげで午後はずいぶんゆっくりすることができた。

これは確かにジロラモの言うとおり、相手の言いなりになるのも、ほどほどにしておいた方がいいかもしれない。

「ガブリエーレ様、クッションを持って参りましたので、お使いください。座り仕事が楽になると思います」

午後、ルカがお茶と一緒に執務室にクッションを運んできた。

彼はルッチの一件があってから、甲斐甲斐《かいがい》しくガブリエーレに尽くしてくれる。

それまで始終おどおどして、こちらの顔色を窺っていたのが嘘のようだ。まだガブリエーレ付きになって間がなく、主人がどんな人物だかわからなかったのだろう。厳しい人物だと事前に聞いていたのかもしれない。

一度目は、ルカのこの怯えた態度が騎士に相応《ふさわ》しくないと思い、余計に厳しくしてしまった。それでルカは、いっそう怯えるようになってしまったのだ。

でも、今のはきはきとして聡明なルカが、本来の彼なのだろう。ガブリエーレは以前の彼に対して、申し訳ない気持ちでいっぱいになった。

そんなガブリエーレの負い目をよそに、ルカはこちらを慕うように明るい眼差しを向けてくる。

「ありがとう。だが、そんなに気を遣ってくれなくても、身体は大丈夫だ」

差し出されたクッションを受け取りながら、複雑な気持ちになって言った。

昨晩、部屋を訪ねてきたアレッシオとガブリエーレに何があったのか、ルカは知っている。

情事で汚れた寝具を取り換えたのは彼だから、気づかれるのは当然だ。

ガブリエーレはしどろもどろになりながら、アレッシオと義兄弟の契りを交わしたのだと説明した。

おめでとうございます、と、ルカはにっこり微笑んで祝福し、手洗い桶に浮かべた花は、花瓶に移されて執務室の窓辺に飾られた。

ルカもまた御多分に漏れず、大人の騎士たちから義兄弟の契りとは何か、男同士で何をするのか、すっかり聞かされているらしい。

いや、耳年増の彼はガブリエーレよりよほど詳しいようで、それでクッションなど持ってきてくれるのだった。

「大丈夫と仰いますが、お顔の色が悪いですよ。無理をなさらないでください。アレッシオ様は逞しくていらっしゃるから、あちらも大きそうですもんね」

「ルカ！　子供がなんてことを」

明け透けな物言いに声を上げると、少年は小さく舌を出した。飛び跳ねるように部屋を出て行こうとする。扉を開けたところで、廊下にいた人物とぶつかった。

「申し訳ありません！」

「いや、大丈夫か」

アレッシオの声だった。その声を聞いて、静かだった胸にさざ波が立つ。

「執務中に申し訳ありません」

ガブリエーレは表向き冷静に、「構わない」と答え、中へと促した。執務室の端に設えた応接用のテーブルの席を勧め、ルカにお茶をもう一つ運ぶよう頼む。

ルカは礼儀正しく返事をして出て行ったが、どこか楽しそうだった。

「彼は明るくなりましたね」

アレッシオは少年の背中を見送って、椅子に座りながら言った。

「ようやく打ち解けたんだ。今まで緊張していたんだろう。私は厳しいと評判だし」

「良かったです。彼、他の従僕たちから意地悪をされていたから」

「そうなのか？」

ルカは一言もそんな話をしなかった。

「同室のウーゴが、理不尽な振る舞いをしているとは聞いたが」

「ええ。彼が他の従僕を先導しているみたいですね。ルカはもともと小柄で喧嘩も弱い。でもよく気が付くし聡明だ。先輩に可愛がられるので、妬みを買っていたようなのです。

あなたに付く前、別の騎士に付いていた頃、先輩の従者からひどいいじめを受けて、それですっかり気弱になってしまったらしいんです」

主人である騎士が見かねて間に入り、いじめられているルカが解任されることになった。その頃ちょうどガブリエーレの従僕が従者に昇進したので、後任にとルカを推薦したのだそうだ。

「そんな経緯があったのか」

ガブリエーレはちっとも知らなかった。ただ当時の同僚である中隊長に推薦され、それを受け入れただけだ。

おどおどしていたのも、ガブリエーレのせいだけでなく、いじめが原因でもあったのだ。

「私は本当に、何も知らなかったのだな」

周りに疎いにもほどがある。こんなことで、人の上に立つなどできるはずがなかった。

「俺は、たまたま耳に入っただけです。ルカはよく気の付く子供なので覚えていて、彼の様子がおかしいので気になっていたんです」

慰めるように言うが、それこそアレッシオが、目下の者たちをよく見ている証拠だ。ガブリエーレは上しか……いや、自分のことしか見えていなかった。

その時、ルカがお茶を運んできたので、この話はおしまいになった。ガブリエーレも執務机から応接用のテーブルに移動し、アレッシオの向かいに座った。

「突然押しかけて、申し訳ありませんでした。午前中の訓練が、トンマーゾ部隊長だったので気になって。昨日のことで、また体調が悪くなったのではありませんか」

ガブリエーレの身体が心配で、様子を見にきたらしい。

その表情は、本当にガブリエーレの身を案じているように見えた。やっぱり彼は優しい男だと思い、慌てて自制する。

アレッシオは優しくなんてない。今のこれも、きっと演技だ。言い聞かせたが、本当にそうなのだろうかと、訝る自分がいた。

この男は確かに、ひどいことをした。自分の足場を固めるために、かつて恋人も同然だったガブリエーレを陥れたのだ。

でもいったい、この男のどこからどこまでが演技だったのだろう。

一度目の人生では、アレッシオは上司のガブリエーレに言い寄られて、断りきれずに義兄弟の契りを交わしたということだった。

だが昨夜の彼は、そんなことはないと否定した。嫌なら逃げられる状況だったのに、逃げなかった。それどころか、ガブリエーレを愛していると言ったのだ。

これが演技だとして、ガブリエーレと恋人になって、彼に何の得があるのだろう。

上司にすり寄って、お目こぼしや贔屓《ひいき》をしてもらうため？　それならもっと、別の相手に近づくはずだ。ガブリエーレほどすり寄り甲斐のない上司もいまい。

身体が目当てだというなら、もっと年下で扱いやすい後輩や従者がいたはずだ。自分で言うのも何だが、ガブリエーレは潔癖で遊び相手には向かない。何しろ前の人生では、アレッシオに口づけしか許さなかったのだから。

では、何が目的でガブリエーレに近づくのか。あるいは、これは演技ではない？

そこまで考えて、やめた。また自分に都合のいいように考えそうになる。

アレッシオに陥れられた。だから自分は彼に復讐する。

単純な話だ。それでいいではないか。

「昨日は申し訳ありませんでした。あなたは体調が悪くて休んでいたというのに。感極まってつい、無茶をしてしまいました」

肩を落とし、申し訳なさそうに目を伏せる。これが嘘かどうかなんて、判断がつかない。

憶測で判断を下すのはやめよう。ガブリエーレは自身を諭した。

慎重に。今は誰のことも信用せず、表向きは無知で蒙昧《もうまい》なガブリエーレを演じよう。

「なぜお前が謝る。誘ったのは私だろう。それとも、昨晩のことを後悔しているのか」

不安を表情に乗せて、相手を見る。アレッシオは慌てて首を横に振った。

「まさか！　夢のようでした。とても……その、良かったですし」

「私もだ。情交の快楽があれほどとは知らなかった。神が禁じるはずだな。起きてからずっと、お前のことばかり考えている」

これは嘘ではなかった。気を抜くと、アレッシオのことばかり考えそうになる。

男の汗ばんだ肌、苦しげに眉根を寄せる表情の艶《なま》めかしさ、掠《かす》れた声。思い出すと快楽が蘇り、身体の奥が疼《うず》いた。

今も危うく思い出しそうになり、小さくため息をつく。

「今ここで、そんな悩ましげな顔をしないでください。抱きしめたくなるじゃないですか」

アレッシオが言って、艶めいた視線で睨む。ガブリエーレの中にも、甘ったるい感覚が湧き上がった。

いいさ、と、ガブリエーレはその甘美を素直に受け入れる。

今はせいぜい、恋人のふりをしてみせる。愚にもつかない睦言《むつごと》を口にして、アレッシオを心から愛しているふりをしよう。

そうして様子を窺い、復讐の機会を待ち続ける。過去の苦しみと憎しみを思い出すと、迷いが吹っ切れて腹が据わった。

「だめなのか？　ここには、私とお前しかいないが」

微笑むと、アレッシオは息を呑んだ。それからふらりと立ち上がる。ガブリエーレの脇に立ち、本当にいいのか、というようにこちらを窺った。

ガブリエーレは椅子に座ったまま、黙って両腕を広げる。アレッシオはくしゃりと顔を歪《ゆが》め、ガブリエーレを抱きしめた。

「信じられない。本当にあなたと……恋人になれたんだ」

恋人という言葉を、ガブリエーレは否定しなかった。

義兄弟の契りなど、所詮は男同士が肉欲を貪るための言い訳にすぎない。それくらいわかっていたくせに、過去の自分は意気地がないのを神の教義や騎士の矜持のせいにして、己の欲望から目を逸らそうとしていた。

本当はいつだって、アレッシオに抱かれたかったくせに。一度目の人生でだって、きっと強引に組み敷かれたら、拒まなかっただろう。

アレッシオと同じくらい、過去の自分が呪わしかった。自己嫌悪に顔が歪みそうになり、誤魔化すように大きく息を吐いた。

「私だって、信じられない気分だよ。お前は誰からも好かれている人気者だ。私みたいなつまらない男など、相手にしてもらえないと思っていた」

これは本当のことだ。アレッシオを手の届かない存在だと思っていた。明るくて優しい人気者。みんな彼のそばにいたがる。自分はアレッシオにとって、数多《あまた》いる崇拝者の一人だ。

その事実を突きつけられるのが怖かった。だから告白だって、なかなかできなかったのだ。

「嘘でしょう。あなたが自分のことも俺のことも、そんなふうに考えてたなんて。それこそ信じられない」

「真実なんだから仕方ない。私は自分に自信がないんだ。真面目に神を信仰する以外、生き方がわからない。冗談一つ言えない。気位だけは高くて、そのくせ孤独に耐えられない」

一度死んだせいか、それとも演技だと開き直ったからか。以前なら決して口にしなかった自分の弱みを、今はつらつらと打ち明けることができた。

アレッシオが抱擁を解き、信じられない、というようにこちらを見つめる。

「あなたのことをいつも見ていました。勝手に理解したつもりでいたけど、まだ俺は、あなたのことをよくわかっていないみたいだ」

「私だってお前のことを知らない。ただ遠くから、見つめているだけだったから」

言葉どおり、じっと相手を見つめると、琥珀色の瞳が怯《ひる》んだように揺れた。

「誘惑しないでください。これから仕事に戻らなくてはならないのに」

ガブリエーレはクスッと笑い、腰を浮かせて戯れるように相手の唇に口づけた。

びっくりしているアレッシオを見てまた笑い、相手の身体に抱きつく。恋人同士のやり取りは楽しくて幸せだった……たとえそれが偽りであっても。

「お前のことをもっとよく知りたい。これから、少しずつ教えてくれないか」

何を考えているのか。本当はどういう男なのか。

どういう方法を取れば、お前を一番苦しめることができるのか、教えてほしい。

「はい。俺もあなたのことが知りたい。もっと話をしましょう。あなたと俺の話を」

男は本当に嬉しい、というように表情を綻ばせた。屈託のない笑顔は、ガブリエーレが信じていた頃の彼と変わらない。

不意に悲しみが押し寄せて、泣きたくなった。相手の胸に顔を伏せ、心の中で誓う。

もう二度と、お前を愛さない。

今度は自分が嘘の愛を囁き、快楽を与えて、この男を利用してやるのだ。


その後しばらく、ガブリエーレは一度目の人生と同じように、真面目に仕事をした。馬鹿馬鹿しいと思える礼拝にも欠かさず出席し、事務仕事も訓練もこなす。

ただ、以前よりほんの少しだけ手を抜くようにした。

四時には起きていたのが、礼拝の時間ぎりぎりまで寝ているようになった。睡眠を削って勤《いそ》しむほど重要な仕事などない。

それに、自分が張りきって起床し、就寝の時間を延ばせば延ばすほど、従僕のルカはそれより長く起きていなければならなくなる。

まったく愚かしいことに、ガブリエーレは今になってようやく、自分の従僕に注意を払うようになった。

これはルカがうっかり口を滑らせて知ったのだが、ガブリエーレ付きの従僕や従者は、他より仕事が大変なことで有名だったらしい。

理不尽に折檻《せっかん》されることはないが、その分、朝は早くて夜は遅い。食事も質素だから、下の者もそれに合わせなければならない。

他の騎士たちは、自分で肉やパンを買って厨房で調理させ、それを自分の従者や従僕にも振る舞う。

でもガブリエーレは、厨房があらかじめ用意した質素な食事しかとらなかった。

聖騎士たるもの、贅沢は禁物だ。育ち盛りには厳しいが、自分だって少年時代は我慢した。だから下の者も我慢するべきだと思っていた。

食べる物に困ったことがない者の、傲慢な考えだ。平民出身の従僕たちは、実家から小遣いが与えられるような、裕福な貴族の子供たちとは違う。いつもお腹を空《す》かせている。

従者になればささやかな給料が出るが、従僕は無給だ。主人がくれなければ、厨房で与えられる料理だけがすべてで、それも弱い者は強い者に取り上げられてしまう。

神殿内で人の物を奪うなどあるまじきことだが、しかし現に存在するのだから仕方がない。

ルカを推薦した騎士は、小柄で体力が劣り、仲間内でいじめに遭っているルカに退団を促すために、わざと厳しいガブリエーレに付けたのかもしれない。

ともかく、自分が張りきれば張りきるほど、ルカにも負担がかかる。そうとわかってからは、ルカや従者の休息時間も考えて行動するようになった。

肉やパンなども買うようにして、従者やルカにも振る舞う。時には、贅沢な菓子なども買い与えた。たったそれだけのことで、ルカだけでなく従者の態度も変わった。

今まで用事を言いつけても、無表情に応じていた従者は、快く引き受けてくれるようになった。裏を返せばそれほど、ガブリエーレに対して不満が溜まっていたということだ。

騎士たちの訓練についても、以前のように熱心に指導することはなくなった。

これまで部下全員を漏らさず導かなくては、と気負っていたが、やる気のない者に熱意を傾けても無駄だと理解した。自分に付いてくる者だけを指導し、怠ける者は何も言わずに放っておいた。ただ、誰が真面目で不真面目か、常に評価を下していた。

時間が巻き戻ってから半月ほど経つ頃、ガブリエーレが変わったという話が、騎士たちの間で頻繁に交わされるようになったらしい。

これを教えてくれたのは、アレッシオだ。

彼とはあれから、三日に一度は会っている。大抵は、ガブリエーレの私室でだ。会えば必ず寝室へ行く。

最初の時ほど激しい交わりではなく、最後までしないこともあるが、ガブリエーレはもう姦淫に耽ることをためらわなかった。

肌を合わせると、その分だけ二人の距離が近くなる気がする。

少なくとも、義兄弟の契りを交わしてためらいがちに触れ合っていた頃より、互いに遠慮がなくなった。

二人きりになれば当然のように口づけを交わす。どちらも触れたい時に相手に触れる。いちいち許可を取ったりしない。そしてそれが、当たり前になっている。

まだ半月しか経っていないにもかかわらず、である。前回の人生では、三年経ってもぎこちなかったのに。

「身体を交えるというのはやはり、大切なことなんだな」

寝台に裸のままうつ伏せに寝ころんで、ガブリエーレは言った。その身体にある情交の残滓を、アレッシオが濡れた布で拭き清めてくれる。

これも最初は恥ずかしかったが、今は慣れた。アレッシオの奉仕が心地よい。

ルカも心得ていて、アレッシオが訪ねてくると二人分のお茶を淹《い》れた後、たらいにたっぷり水を汲んで部屋に置いていってくれるようになった。

「どうしたんです、急に」

アレッシオの声は、笑いを含んでいた。

「もし私が情交を拒んでいたら、こんなふうに打ち解けられなかったんじゃないかな」

一度目はそうだった。アレッシオも「そうかもしれません」と同意する。

「身体は時に、言葉以上に雄弁ですから」

言って、伏せたガブリエーレのうなじと肩に口づけた。ガブリエーレは笑って身を捻《ひね》り、アレッシオの唇をついばむ。

「それに、好きな相手と身体を繋げるのは、大きな充足と幸福感があります。性が愛に勝るとは思いませんが、俺はやっぱり、好きな人と深く触れ合いたい」

アレッシオの言葉は、いつも真摯だった。ガブリエーレを大切にしてくれる。愛情に満ちた眼差しで見つめ、時に切なげな表情さえ見せる。

これが演技だとか、ガブリエーレに迫られて無理に付き合っているとは、とても思えなかった。彼がたやすく人を裏切るような、卑怯者にも見えない。

どんな人間でも、身体を重ねて互いに遠慮がなくなれば、ふとした隙に素顔が覗くはずだ。

彼は情交の最中、よく意地悪くいやらしい言葉でガブリエーレを責めたり、こちらが快楽に涙をこぼすのを見て愉悦に満ちた表情をする。

そういう時、普段の彼とは違う顔を垣間見《かいまみ》た気がするし、雄臭く獰猛なアレッシオに畏怖に似た感情を覚えることもある。

また、彼はこちらが驚くほど騎士団内部の人間関係に精通していて、何気ない会話から漏れる観察眼に底知れなさを窺わせることがある。

まだまだ、ガブリエーレの知らない彼がいるようだが、それでもこの先、ガブリエーレをあっさり裏切って、死刑台に送るような男には見えなかった。

まだ判断するには早すぎる。もっと彼を知り、見極めなければわからない。

そう自身を諭しているが、アレッシオの邪悪な二面性というものが、どうにも窺えないのである。

彼が本当はどういう男なのか、少しもわからなくて困惑している。

「アレッシオ、横になれ。今度は私が拭いてやる」

丁寧に拭き清められ、ガブリエーレは起き上がった。

「俺は、自分でやります」

「お前はいつもそう言う。私だって……恋人には尽くしたい」

素直に言葉が出てこなくて口ごもると、アレッシオはふっと笑いを漏らした。おかしそうな、でも愛おしそうな笑いだ。

「早く横になれ。これは部隊長命令だ」

「俺はガブリエーレ部隊ではありませんけど。いえ、かしこまりました。命令に従います、部隊長殿」

アレッシオがおどけながら横たわる。

ガブリエーレはアレッシオの手から手拭いを取り、たらいの水で濯《すす》いで相手の身体を拭き始めた。首から胸や背中、腕、そして下半身へと、アレッシオがやってくれたように丁寧に拭っていく。

最初の晩は行為に夢中だったのと、アレッシオが背中を見せなかったので気づかなかったが、彼の身体には無数の傷痕があった。

剣術の稽古で付いたらしい太刀傷、野営の訓練の時に起こした火で火傷《やけど》をした痕もあったが、一番ひどいのは背中の鞭の痕だった。

皮膚が破れた痕がみみず腫れになり、背中にいくつも横たわっている。よほど激しく打たなければ、こんなふうにはならない。

「背中の傷は、地方神殿にいた頃につけられたものか？」

今まで、あえて気づかぬふりをしていた。今夜に限って言及したのは、もうそろそろ踏み込んでもいい頃合いだと思ったからだ。

「ええ。醜いでしょう」

「醜くはない。ただ、限度を超えている」

使用人に鞭を打つのは珍しいことではないし、従者や従僕も時に鞭打たれる。躾だと、鞭打つ者の多くは言う。それでも、これはひどすぎる。

「俺が従僕として付いていた騎士は、嗜虐《しぎゃく》の趣味があったんです。特に子供に鞭を打つのが好きでした」

ガブリエーレは思わず顔をしかめた。

「最悪だな。その男は聖騎士なんかじゃない。最低のクズだ」

吐き捨てると、アレッシオは低く笑った。暗い笑いだった。

「その男はどうした。今も地方神殿にいるのか」

もしまだ騎士をやっているなら、すぐに手を回すべきだ。しかし、アレッシオから返ってきたのは予想外の答えだった。

「死にました。俺が従者になって一年目だから、十五歳の時だったかな。真冬の夜、鐘楼の階段を踏み外して落ちたんです。地方は中堅の聖騎士も夜警の当番があって」

足だか腰だかの骨を折って身動きが取れなくなり、夜中なので助けを呼んでも誰も来てはくれず、凍死したのだそうだ。

ある意味、ふさわしい死かもしれない。

「神の思《おぼ》し召しだな」

言ってから、さすがに人が死んだのにその物言いはどうかと思い直した。以前のガブリエーレなら、そんな不謹慎なセリフは言わなかっただろう。

「本当に、そう思いますか？」

アレッシオにとっても、ガブリエーレの反応は意外だったらしい。驚いたように顔を上げてこちらを見た。

「ああ、思う。おかげで子供たちは、男の鞭に怯えることはなくなったのだからな」

答えると、アレッシオは無言のままこちらを見つめた。あまりに長いこと見つめるので、居心地が悪くなる。

「なんだ。私はそんなに、ひどいことを言っているか？」

「いえ……いいえ。違います。そんなんじゃありません」

ではどういうことなのか。アレッシオはしかし、それ以上は何も言わなかった。

無言のまま腕を伸ばし、ガブリエーレを抱きしめる。突然のことだったので、ガブリエーレは均衡を崩してアレッシオの身体の上に倒れ込んだ。

「おい」

まだ身体を拭いている途中だったのに。けれどアレッシオは、強くガブリエーレを抱きしめて離さない。

「あなたの言葉はいつも、俺を救ってくれる」

どういう意味か、よくわからなかった。

ただ、そうつぶやいた男の声が苦しげで、ガブリエーレを抱きしめる腕は、必死に縋りついているようにも感じられた。

これも演技かもしれない。そんな考えが頭を過ったが、いちいち相手の態度を疑うのにもうんざりしていた。

それに、いつになく弱々しいアレッシオの様子が気がかりで、ガブリエーレは黙って相手の背に腕を回した。

労《いたわ》るように背中を撫でる。

でこぼことした鞭痕が、指先に当たった。


その月の終わり、トンマーゾがガブリエーレの執務室に怒鳴り込んできた。

「まだ会計の書類を提出してないそうじゃないか。どういうことだ。俺が訓練を代わってやるかわりに、お前が書類仕事を引き受けると言ったんだぞ」

そうは言っていない。会計の書類は、ガブリエーレが訓練を代わってもらう前に、一方的に押しつけられたものだし、訓練指導だってジロラモに言われて仕方なく代わったはずだ。

しかし、もちろん余計なことは言わず、淡々と返した。

「書類はとっくにできてますよ。取りに来られると思って、待っていたんです」

トンマーゾは人を食ったガブリエーレの態度に怒気を強めたものの、時間がないのか「早く寄越《よこ》せ」とだけ言った。

ガブリエーレはことさらのんびりと立ち上がり、執務机の横の書架から書類を取り出す。最初に書類の束を渡し、続いて一枚だけ抜いておいた書類を渡した。

「なんだ、これは」

「一点だけ、渡された資料によくわからない間違いがあったので、抜いておきました」

トンマーゾが後から渡された一枚を眺める。まったく理解していないようなので、「ほらここ」と、該当の部分を示してやった。

「前年の数字がおかしいでしょう。ただの複写の間違いだと思いますが、そのままにしておきました」

「これくらい、副団長に確認すればすぐわかるだろうが」

ガブリエーレは、「申し訳ありません」と、素直に謝った。

「そういうものなのですね。次からはそうします。何分、部隊長に昇進したばかりで勝手がわからないものですから」

「まったく、気の利かん奴だな」

トンマーゾは舌打ちし、ブツブツ言いながらも書類を持って部屋を出て行った。ジロラモ副団長にせっつかれているのだろう。書類の提出期限はとうに過ぎている。

足音が遠ざかった後、ガブリエーレはクククッと笑いを漏らした。

トンマーゾから押しつけられた会計書類を、提出期限が過ぎるまで黙って抱えていたのは、もちろんわざとだ。

書類の間違いを副団長に確認せず、放置しておいたのも。

前回、騎士団の汚職に気づいたきっかけが、トンマーゾから押しつけられたこの会計書類の誤記だった。

一度目の人生でも、ガブリエーレはトンマーゾから彼の部隊の会計書類を押しつけられた。

そこで間違いを見つけ、副団長のジロラモに確認した。すべてはそこから始まったのだ。

やり直しの人生でどう動くべきか考え、トンマーゾに処理させることにした。

つまらない間違いだから、普通に渡したのでは、トンマーゾは気づかないかもしれない。

期限前に指摘をしたら、お前が確認して直しておけと言われるだろう。

それで、提出期限まで黙って持っておくことにした。

今までのガブリエーレは、押しつけられた仕事でも、相手に言われる前に完璧な書類を作り上げ、提出までしに行っていた。

ガブリエーレが何も言わなければ、押しつけた側は、問題なく期日どおりに仕事を片づけ、提出したものと思っている。

案の定、トンマーゾはガブリエーレに進捗を尋ねることもなく、頼んだ書類は提出したかと確認することもしなかった。

副団長から言われて、ようやくトンマーゾ部隊の会計書類が未提出だと知ったのだ。

この段階で間違いを指摘されたら、さすがに自分で副団長に確認しに行くしかない。

果たしてトンマーゾはこちらの狙いどおり、不平を言いつつも書類を持ち帰った。

ジロラモ副団長は「こちらで処理しておく」と言うだろう。ガブリエーレの一度目の人生と同じように。

その後、トンマーゾがどう動くか。汚職の可能性に気づくだろうか。

いや、あの男のことだから、副団長に渡した書類がどうなったかなど、気にしないかもしれない。そうなったらそれでいい。

とにかくこれで、ガブリエーレが汚職に気づき得るきっかけはなくなった。ガブリエーレは表向き、上層部の汚職など何も知らないままだ。

重要なのは何より、その点だった。

ガブリエーレが知っていることを、誰にも気づかれてはならない。

復讐を急ぐ必要はない。慎重に自分を守り、誰と誰が自分を陥れたのか確かめ、最終的に彼らを苦しめて息の根を止められれば、それでいい。

機会が訪れるまで、ガブリエーレは辛抱強く待つつもりでいた。

自分では誰にも気づかれていないと思っていても、案外と人は見ているものである。

会計書類の件からひと月ほどして、ガブリエーレはトンマーゾが汚職の事実に気づいたことを悟った。

彼が武器庫や備蓄用の食料庫に出入りしたり、過去の書類が保管された書庫にいるところも見かけた。

どこも部隊長であれば、出入りをしてもおかしくない場所ではある。しかしトンマーゾは、自分から書類の保管庫に足を踏み入れるような男ではなかった。

とはいえガブリエーレが気づけたのは、トンマーゾの行動にことさら注視していたからだし、さらに彼が、一度目のガブリエーレの行動をなぞるように、まったく同じ動きをしていたせいだ。

周りは誰も気づいていないと、トンマーゾも思っているに違いない。

そして、彼の以前とは違う行動に気づいても、その真意がわかるのは、汚職の事実を知る者だけだ。

それにしても、トンマーゾが汚職の調査をする目的がわからない。

あの書類の誤記から汚職の事実に辿り着いたことは、彼にしては上出来だが、気づいても放っておくだろうと思っていた。

不正を正したいとか、そんな理由ではないだろう。それほど殊勝な男ではないはずだ。何を考えているのかわからないが、ガブリエーレはその後も密かにトンマーゾの行動を見守った。

もしかしたら、前回のガブリエーレが調べきれなかった汚職の首謀者に辿り着くかもしれない。わずかにそんな期待もしていた。

トンマーゾには自分の代わりに汚職の調査を頑張ってもらって、その間にガブリエーレは、部隊再編の根回しをしていた。

他の部隊にいるシモーネ、マリオ、ダンテの三人を、自分の部隊に移すことにしたのだ。

「なぜ、よりにもよって彼らを？　三人とも問題児だ。今まで何度か小隊の編成を変えてきたが、あの三人はどこでも問題を起こす。誰もが手を焼いている連中だぞ」

三人を引き抜きたいという希望を出すと、すぐさま団長室に呼び出され、騎士団長のカルロから問い詰められた。

隣に座るジロラモ副団長も、怪訝《けげん》というより警戒の眼差しで見ている。

怪訝に思われるのも当然だ。回答はあらかじめ用意していた。

「彼らは確かに以前から、たびたび問題を起こしています。職務態度も決して真面目とは言えません。礼拝にもほとんど参加しない。しかし、この三人にも良い面はあるのです。三人には弱きを助け、強きをくじく義侠心がある。今までの問題行動も、上司や同僚の理不尽さ、目下の者に対するいじめを正そうとしたことが原因でした。三人は決してならず者ではありません。その証拠に、後輩や従者、従僕などからは兄貴分として慕われています」

ガブリエーレは愚直の仮面を被り、真っすぐな眼差しで上司たちに力説した。

「三人のやり方がまずいのは確かです。今のままではそのうち、大きな問題を起こすことになるでしょう。しかし、扱い方を変えれば彼らも立派な騎士になるはずです。それに何より私は、彼らのように不器用な正義漢が嫌いではありません」

「嫌いではない、か。君が好き嫌いを言うとは珍しいな」

椅子の背もたれに身を預けていたカルロが、にやりと笑った。その隣にいるジロラモからは警戒の色が消えていたが、カルロは何を考えているのか、その表情からは窺えない。

「それで具体的には？　どのような編成を望んでいるんだ」

「三人を私の部隊に引き抜き、ヌンツィオ小隊に配置します」

「ヌンツィオ？　なぜ彼なのだ」

カルロの顔にほんの一瞬、あるかなしかの微《かす》かな警戒が浮かんだ。ジロラモの顔色は変わらない。ガブリエーレはどちらにも気づかぬふりをした。

「理由は二つあります。あの小隊はもともと、他の小隊より一名少ない状態で、さらに一名の欠員が出ていました。もう一人増やしても、人数的には問題がないと思われます。こちらが一つ目の理由です」

ガブリエーレは少しだけ得意げな顔を作り、若い自意識を覗かせて二人の顔を見た。上司に認められたい、そんな若造を演じるために。

かつての自分は二人を、とりわけカルロ騎士団長を尊敬していた。

父親と同じ年代のカルロは、どっしりと腰が据わっていて何事にも動じず、いかにも武人らしい逞しさを持ち、頭も切れた。厳しくもあるが、部下をよく見ている。

そんな騎士団長の中に父性を見出《みいだ》し、彼に認められたいと思っていたのだ。父に愛されなかった分、彼に目をかけられたかった。

だから不正に気づいた時、カルロを疑いつつ、心のどこかで無関係であってほしいと願っていた。

そんな過去の自分を思い出しながら演じたのだが、果たしてうまくいったようだ。カルロの中にある警戒の色が、ほんの少しだけ和らいだ。

「なるほど。二つ目の理由は？」

「ヌンツィオはやや気弱で、部下たちから軽んじられる傾向があります。以前にも、部下が彼に対して無礼な態度を取り、たまたま居合わせた私が注意する場面がありました」

はっきり言うと、ヌンツィオは部下に馬鹿にされ、いじめられていた。騎士なのに腕っぷしは弱いし、押しの強い相手に逆らえないところがあるからだ。

「しかし、決して上司の権限を笠に着て、部下に理不尽な罰を与えることはしません。もっとも、だからこそ弱腰と見られて軽んじられるわけですが。ここに正反対の三人をぶつ

POSTCARD

STAMP HERE

1 0 1 - 8 4 0 5

東京都千代田区
神田三崎町2-18-11

二見書房
シャレード文庫愛読者 係

通販ご希望の方は、書籍リストをお送りしますのでお手数をおかけしてしまい恐縮ではございますが、**03-3515-2311までお電話くださいませ。**

<ご住所>

<お名前> 様

<メールアドレス>

＊誤送を防止するためアパート・マンション名は詳しくご記入ください。
＊これより下は発送の際には使用しません。

TEL	職業／学年
年齢 代	お買い上げ書店

Charade 愛読者アンケート

この本を何でお知りになりましたか？

1. 店頭　2. WEB（　　　）　3. その他（　　　）

この本をお買い上げになった理由を教えてください（複数回答可）。

1. 作家が好きだから（小説家・イラストレーター・漫画家）

2. カバーが気に入ったから　3. 内容紹介を見て

4. その他（　　　）

読みたいジャンルやカップリングはありますか？

最近読んで面白かったBL作品と作家名、その理由を教えてください（他社作品可）。

お読みいただいたご感想、またはご意見、ご要望をお聞かせください。

作品タイトル：

ご協力ありがとうございました。
お送りいただいたご感想がメルマガに掲載となった場合、オリジナルグッズをプレゼントいたします。
HPのご意見・ご感想フォームからもアンケートをご記入いただけます ➡

けて、双方の現状の打開を図りたいのです」

「そううまくいくかね」

ジロラモが難色を示し、カルロを見る。カルロも考え込むように視線を伏せ、何も言わなかった。しばらくそうした後、鋭い目でガブリエーレを見た。

「君から申し出た以上、彼らに何かあれば君の責任だ」

「無論、心得ております」

「君は最近になって、少し変わったな。何かあったのかね」

カルロの静かな問いかけに、ガブリエーレは思わずぎくりと表情を変えてしまった。裏切られ処刑され、時を遡って自分は変わった。そうした変化を言い当てられたのだと思ったが、そうではなかった。

「そろそろ人事編成の季節だ。だからこそ君も今こうして、根回しをしているのだと思うが。この三人の他に、他部隊から引き抜きたい者がいるのではないかね」

「……と、言いますと？」

「アレッシオだよ」

にやりと、カルロは人を食った笑みを浮かべた。ガブリエーレは驚きを隠せなかった。

「な……どうして」

カルロがもうすでに、自分とアレッシオの関係を把握しているとは思わなかった。

どこから漏れたのだろう。アレッシオが吹聴したのかと考えたが、彼とは三日にあげずに会っている。ガブリエーレの部屋を訪ねるところを、誰かに見られていた可能性はじゅうぶんにある。

うろたえるガブリエーレに、カルロは「騎士たちは噂話が好きだからな」と、いたずらっぽく笑った。

「そう怯えなくてもいい。義兄弟の契りを交わすことは、むしろ戦場に身を置く聖騎士たちに推奨されていたことだ。君も知っているだろう？」

「それは……そうですが」

「君は最近、周りと関わるようになった。以前から真面目で切れ者だったが、やや人を拒絶するきらいがあると心配していた。周囲に気を配れるようになったのは良いことだ。アレッシオの影響ではないかな」

「彼の影響かどうか、わかりませんが。確かに以前に比べて、自分の内面に大きな変化があったとは感じています」

「素直じゃないな。だが、良い変化があったのは確かだ。アレッシオもそうだ。彼は少し、周りに気を遣いすぎて押しの弱いところがあったが、君と付き合うようになってから、優しさに力強さが加わった。互いに高め合えるのは良い関係だ」

「あ、ありがとうございます」

ほっと息を吐いたのは、演技ではなかった。

この人は、実によく人を見ている。それに恐ろしく地獄耳だ。

（それだけ手駒がいるということか）

彼の耳に逐一、情報を入れている者がいる。それも一人や二人ではないだろう。

油断できないと思った。改めて、行動は慎重にしなくてはならない。

「ジロラモと少し前から話をしていた。アレッシオを小隊長に昇進させようと思う」

「本当ですか」

信じられない、という顔をしてみせたが、一度目の人生でも、この頃にアレッシオが昇進したのだ。

何の後ろ盾もない地方出身者としては、異例の速度だと驚いたものだが、彼がヴァッローネの庶子だと知れば何の不思議もない。

カルロ騎士団長は、ヴァッローネの遠縁にあたる。今の段階で他の誰も知らなくても、彼だけはアレッシオの出自を知っていたはずだ。

「アレッシオ小隊長を、ガブリエーレ部隊に配属させる。どの中隊に編成させるかは君に任せよう。発表は一週間後だ。その前に、君が考える編成案を持ってきたまえ」

「え……」

部隊の編成について、ガブリエーレの意向を最大限、聞いてくれるということだ。こんなことは滅多にない。

どういう真意があるのだろう。考えたがわからなかった。

「素直に喜びたまえ。君の能力を買っている証拠だ」

こちらがよほど困惑した顔をしていたのか、カルロは目尻に皺《しわ》を寄せて笑った。何も知らない者ならそれを、人懐っこい笑顔と評しただろう。

しかしガブリエーレには、歯をむき出しにした獣の威嚇に見えた。


シモーネたち三人をヌンツィオの下に配属させたのには、もちろん思惑がある。

一番の理由は、三人に前回と同じ轍《てつ》を踏ませたくないということだが、彼らの身の処し方を考えているうちに思いついた。

彼らにヌンツィオの動向を探らせる。

ヌンツィオは、確実に汚職の事実を知っている。そのことをカルロは知っていて、副団長のジロラモは知らない。

ヌンツィオの話題が出た時の、団長と副団長の表情の変化を見てわかった。

ヌンツィオはカルロの仲間なのか。ではジロラモは？

誰と誰が汚職に関わっているのか、明らかにしなければならない。自分を陥れた者たちに、一人残らず復讐してやりたい。

と言っても、シモーネたちは素直に上司の言うことを聞く者たちではない。そこはガブリエーレの交渉と、あとは運次第だが、失敗しても大きな痛手はない。

少なくとも、上司に目の敵にされている三人の現状は打開できる。カルロに語った表向きの理由もただの建前ではなく、ヌンツィオと三人をぶつけることで起きる、双方の変化を期待していた。

「もしヌンツィオの下でもうまくやれない時は、お前の下に配属させる。その時はよろしく頼む、アレッシオ小隊長」

ガブリエーレが言い、うつ伏せに寝ころぶ男の赤毛を指先でいじる。アレッシオは笑ってされるがままでいた。

「まだ小隊長じゃありません。通達は一週間後なのでしょう。でも、わかりました。あなたのお役に立てるなら、俺も嬉しい。新しい部隊でも頑張ります」

カルロと人事編成について話したその夜、ガブリエーレはアレッシオを自室に呼び出した。

短くも激しい情事の後、裸のまま寝台に寝ころんで人事の話をした。もちろん、カルロに語ったのと同じ表向きの事情のみだ。

シモーネたちが今の上司から目の敵にされていること、ヌンツィオが部下から馬鹿にされていること、どちらもアレッシオは知っていた。

ガブリエーレが配属の意図を打ち明けると、なるほどいい案だと賛同してくれた。

「お前は、なかなかの情報通だな。騎士たちの人間関係をよく知っている」

本当に詳しい。ガブリエーレが二度目の人生で新たに知る人間関係はすべて、アレッシオが先に知っている。

「確かに友人は多いかもしれません。そのおかげで噂を聞く機会も多い。でも、俺が他人のことをよく知っているのは、俺がいつも人の顔色を窺っているからです。相手がどういう人間か、どうすれば好かれるか考えている。それから会話の中に質問を織り交ぜて、それとなく相手の情報を引き出すんです。相手の弱みを知っておけば、こちらの思うように操れるでしょう」

枕にうつ伏せたまま、何でもない口調で言う。ガブリエーレは驚いて、思わず愛撫の手を止めた。普段の彼らしからぬ物言いだった。

「ずいぶん露悪的だな」

ガブリエーレが言うと、彼はクスクス笑った。うつ伏せのままなので、相手がどんな表情をしているのかわからない。

「急にどうしたんだ。おい、こっちを向け」

「それは、上官命令ですか」

「……恋人命令だ」

ガブリエーレは、なおも笑うアレッシオの肩に手をかけ、強引に向きを変えさせた。口元は笑っていたが、楽しそうには見えない。目元は腕で覆っていて見えなかった。

いつもと違う恋人の様子を訝しく思い、ガブリエーレはアレッシオの腕を取る。両腕を摑んで自分の身体の下に組み敷くと、ようやく彼の表情が露わになった。

泣いているのかと思ったが、彼の目元は乾いていた。瞳はこちらを見ているようで、別の場所を見つめていて、凍ったように感情が見えない。

「今度は、あなたが私を抱くのですか」

「いいのか？」

冗談にしようとして、真剣な声になってしまった。アレッシオがうっすらと笑みを浮かべる。

「あなたが望むなら。経験がないので、うまくできるかわかりませんが」

それを聞いてホッとした。彼の虚《うつ》ろな目を見て、地方神殿での虐待を思い出したのだ。

完全に安心はできないが、少なくとも肛虐《こうぎやく》は受けていない。

「俺は、あなたが思うような人間じゃない」

しかし、安堵したのも束《つか》の間、アレッシオは虚ろな瞳のままつぶやいた。

ガブリエーレは組み敷いていた腕をそっと離す。それから子供に対するような、優しい声音で問いかけた。

「私がお前を、どんなふうに思っているというんだ？」

ぼんやり見開かれた目が、少し意外そうにガブリエーレを見た。

「人畜無害なお人よし」

「はは。そうだな。素直で誰にでも優しくて、特に目下の者の面倒をよく見ている」

「誰にでもいい顔をしているだけです。誰にでも優しくて、でも誰の味方でもない。俺が大事にしているのは、俺自身だけだ」

突き放した言い方だった。アレッシオが、こんなふうに自分のことを話すのは初めてだ。何か、ガブリエーレを新たに陥れようとする前振りだろうか。

アレッシオが何を考えているのかわからない。しかしともかく、彼はガブリエーレに何かを打ち明けたがっているようだ。

「本当の俺は、狡猾な臆病者です。誰にも優しくなんかない。自分だけは被害に遭わないように、うまく立ち回ろうとしている」

「それで？　本性を打ち明けて、私が幻滅するかどうか知りたいのか」

アレッシオはこちらの問いには答えず、視線を宙にさ迷わせた後、強く目をつぶった。

「……あなたは、誰かを殺したいほど憎んだことはありますか」

きっとないのでしょうね。そんな口調だ。でも、俺にはあります。言外の声が聞こえてきそうだった。

ガブリエーレはすぐさま、「ないな」と、答えた。

「殺したいほど憎むなんて」

「あなたは……そうでしょうね」

アレッシオは美貌を歪めて微笑む。いつもの快活な彼らしくない、皮肉げで卑屈な笑いだ。

これが彼の本性なのか。それとも演技なのか？

ガブリエーレは鼻先で笑った。

「殺してやるなんて、お前の憎しみはずいぶん生やさしいんだな」

驚いたように琥珀の瞳が開いた。ガブリエーレはその瞳に笑いかける。

「死んだら終わりだ。天国も地獄もない。そうだろう？　私なら、本当に憎い相手を殺して楽になんかしてやらない。いっそ殺してくれと、泣いて懇願するまで苦しめてやるね」

それでも許してやらない。ガブリエーレが血の涙を流して懇願しても、誰も助けてくれなかった。同じ苦痛を味わわせてやる。

（アレッシオ。お前もだ）

琥珀色の瞳が、驚愕を湛えてこちらを見つめていた。ガブリエーレは冷たく相手を見つめ返す。

「――いったい、どうしたんです」

「それはこちらのセリフだよ」

微笑むと、相手は怯んだように口をつぐんだ。

「なんだか……俺が憎まれてるみたいだ」

「憎んでいるのはお前だろう」

アレッシオはガブリエーレの言葉の真意を問いたいようだったが、はぐらかした。

これ以上、手の内を見せるつもりはない。

ガブリエーレは起き上がると、裸のまま寝台を下りて窓際のテーブルに移動した。ルカが用意していった葡萄酒《ぶどうしゅ》の壺《つぼ》を取り、二人分の 盃《さかずき》 に注《つ》ぐ。

片方を飲みながら、もう片方をアレッシオに差し出した。

「私のことはいい。お前が始めた話だ、アレッシオ。いつも人畜無害のお人よしを装っていたと言うなら、今夜に限って私にそれを打ち明けたのはなぜだ」

アレッシオは盃を受け取ったが、すぐには答えなかった。盃に口をつけながら、視線をさ迷わせて迷う仕草をする。

ガブリエーレは寝台の縁に腰掛け、相手が話し始めるまで黙って酒を飲んでいた。

「……怖いんです」

やがてアレッシオは言った。

「それに、苦しい。あなたのそばにいるのが」

心臓がどきりと跳ねた。指先が震えそうになる。

自分はアレッシオを愛してなんかいない。今こうして一緒にいるのは、利用して復讐してやるためだ。

そう思っていたのに、彼との別れを意識した途端、ひどく動揺している自分がいる。

「それは、私と別れたいということか」

しわがれた声が出た。アレッシオは黙って首を横に振る。

安堵のあまり、深い息を吐きそうになって、葡萄酒を飲むことでどうにかやり過ごした。

「あなたのそばにいたい。この想いに嘘はありません。でもだからこそ、このまま騙すようにしてあなたの隣にいるのがつらいのです」

「……騙す？」

「あなたは、俺と違って清らかな人だから」

アレッシオはつぶやいて、また卑屈な笑みを浮かべる。

「初めてあなたを見た時、宗教画の天使が抜け出たようだと思った。美しくて清廉で。姿だけじゃない。自分にも他人にも甘えを許さない。努力し、時に自分を傷つけながらも信念を貫いている。危ういほどの誠実さに惹かれたんです。俺には持てないものだから」

自分の人物評を聞き、ガブリエーレは笑わずにはいられなかった。

「それは真面目じゃない。蒙昧というんだ」

吐き捨てるように言うと、アレッシオは顔を上げた。驚き、訝しむようにガブリエーレを見つめる。

「今のは独り言だ。忘れてくれ。私が清らかで、お前はそうではないから、一緒にいるのがつらいと？」

話の腰を折ってしまった。アレッシオは何度か瞬きをし、ガブリエーレの瞳の奥を覗き込んでいたが、先を促されてぎこちなくうなずいた。

「あなたに憧れていたけれど、それだけではなかった。あなたに劣情を覚え……汚してやりたいと思っていました。無理やり組み敷いて、あなたの清らかな身体の中に俺のどす黒い欲望をぶちまけてやりたい。……頭の中で、何度もあなたを犯す想像をしました」

そう言ってこちらを窺う男の目に、一瞬、仄暗《ほのぐら》い欲望が宿る。ガブリエーレは、自分がこの男に押し倒され、犯されるのを想像し、官能に震えそうになった。

「あなたが欲しかった。でも同時に、相手にされるはずがないと諦めてもいました。あなたは恋にうつつを抜かすようには見えなかったから」

だから、告白された時は嬉しかった。そう、アレッシオは言った。

「夢のようでした。嬉しかったけど、怖くもあった。深く付き合えばいつか、あなたは俺の本性を知るでしょう。俺はあなたが思うような人間じゃない。あなたが好きだと言ってくれた俺は、ただの外面に過ぎないんです。本当の俺は卑劣でずるくて……そして……」

そこで言葉を切り、両手で盃を握りしめる。先の言葉を待ったが、アレッシオは黙り込んでしまった。

ガブリエーレは寝台の脇の小机に自分の盃を置くと、アレッシオの手に自分の手を重ねた。

アレッシオは、誠実でもお人よしでもない。真面目なガブリエーレを犯して汚してやりたいと思うくらいだから、よほど歪んでいる。

でもまだ、彼は何かを隠している。アレッシオが本当に打ち明けたいのは、己の不誠実さや腹黒さではなく、その奥に隠された何かだろう。

「お前は何を抱えているんだ？」

アレッシオの手から盃を取り、小机に置いた。彼の顔を覗き込む。向こうもこちらを見て、それからくしゃりと顔を歪ませた。

「ガブリエーレ様」

不意に泣くような声で言い、アレッシオはガブリエーレに抱きついた。強く、縋りつくようにガブリエーレを抱きしめる。

「あなたに話したい。俺の秘密を。でもそれで幻滅されるのが……あなたに去られるのが怖い。会うたびに、抱くたびに、どんどんあなたを好きになるのに」

怖い。耳元でアレッシオは繰り返す。

「言いたい。でも、言いたくない」

駄々っ子のようだ。自分でも、どうすればいいのかわからないのかもしれない。ガブリエーレはアレッシオを抱きしめ、背中をさする。

「俺は罪人なんです」

「罪人？」

「俺は、許されない罪を犯しました」

意外な言葉に息を呑んだ。いったい、どんな罪だろう。

話の続きを待ったが、その晩、アレッシオがそれ以上の話をすることはなかった。

ガブリエーレは、真っ暗な寝室の窓を見つめていた。

盃が空になっているのに気づき、酒を注ぎ足す。いくら飲んでも酔えない。ひどくだるいのに、頭の奥が冴《さ》えて眠れない。

ため息をついて、寝台を見る。さっきまで自分に縋りついていたアレッシオは、今はもういない。

彼と入れ替わりに今、寝台の下で子猫のルッチが毛づくろいをしていた。

俺は罪人です、と彼は言った。どういう意味か聞こうとした時、ルッチがニャアと短く鳴いて部屋に入ってきたのだ。寝室の扉が薄く開いていた。

扉はアレッシオと共に居室から移動した時、確かに閉めたはずだ。それにそもそも、廊下に面した居室の扉には鍵がかかっているはずだった。

どこからともなく湧いて出たようで不可解だったが、アレッシオが訪ねてきた時、気づかないうちに部屋に入ってきて、どこかに潜んでいたのかもしれない。

ともかくも、この小さな闖入者《ちんにゅうしゃ》のおかげでアレッシオの懺悔《ざんげ》は中断され、真相を聞くことができなかった。

アレッシオは悪夢から目が覚めたように、ガブリエーレを抱きしめていた腕をほどいた。

「すみません……」

それだけ言って、彼はうつむいた。打ち明けたいけれど、どうしても言えない。怖い。

内心の葛藤が垣間見えて、ガブリエーレもそれ以上は追及できなかった。

「構わん。その気になった時でいい」

もっと、優しく耳障りのいい言葉をかければよかったのかもしれない。だが罪に怯えたような恋人の姿を見ていると、どうしても上っ面な社交辞令をかけられなかった。

アレッシオは、すみません、と謝罪を繰り返し、肩を落として自分の部屋に帰っていった。

自室に残されたガブリエーレは、眠ることもできずにこうして酒を飲んでいる。

あれらがすべて演技だとは、もう思えない。

彼は確かに、以前のガブリエーレが思っていたような、ただ優しく誠実な男ではなかった。

自身が言っていたとおり、常に人の顔色を窺い、狡猾に立ち回る人間なのだろう。

アレッシオが神殿庁に来た当時、あっという間に人の心を摑んだ彼を、薄気味悪く感じたことを、ガブリエーレは今になって思い出す。

それほど強い存在感を放っていたのに、彼はやがてすぐに、騎士団の中に埋没した。

アレッシオが意図的に調整していたのだとしたら。なるほど、彼は悪魔と呼ぶにふさわしい器かもしれない。

けれど、それだけではなかった。今夜見せた顔は、狡猾な自分を恥じていただけではない。

誰にも打ち明けられない罪を抱え、苦しんでいる。それが何なのか教えてくれなかったが、よほど重大な罪なのだろう。

一度目の人生でも、彼は同じ罪を抱えていたのではないか。内面のそうした深刻さに、一度目のガブリエーレはまるで気づかなかった。

やはり自分は、何も見えてはいなかった。物事を自身に都合良く解釈し、都合の悪いことからは逃げていた。

(もっとお前のことを知ろうとしていたら、裏切られることはなかったんだろうか)

どれが嘘で、何が本当だったのだろう。今夜のあれが演技だとは思えない。

でもそれもやはり、自分に都合のいい解釈なのだろうか。

「……わからない」

誰よりもアレッシオを憎んでいる。彼に必ず復讐する。二度と、何があっても彼を愛さない——。

そう誓ったのに、もう心が揺らいでいる。アレッシオが演技ではなく、本当に自分を愛してくれているのだと思いたがっている。

そんなはずがないと自分を叱責し、次の瞬間には、でも、と言い訳する。気持ちの持って行き場がなくて、ガブリエーレは頭を抱えた。

「——ハハッ」

その時、すぐそばで甲高い声が聞こえた。あまりにも間近だったから、ガブリエーレは驚いて跳ねるように立ち上がった。

「だ、誰だっ」

慌てて辺りを見回した。だが、そこにいるのはルッチだけだ。

空耳ではなかった。確かに甲高い、子供のような声が聞こえたのだ。

「こっちだよ、こっち」

途方に暮れた時、またもや甲高い声が聞こえた。

声のする方にはやはり、ルッチがいる。毛づくろいをやめ、澄ましたつぶらな瞳がガブリエーレを見上げていた。

目が合うと、ニャア、と甲高い声で鳴いた。先ほどの声とよく似ている。

いや、この声を以前にも聞いたことがあった。

処刑された直後の混濁した意識の中で、それから時が戻った後、苛立つ笑い声を聞いた。

「お前、なのか……?」

恐る恐る、猫に話しかける。自分は、頭がおかしくなったのだろうか。それともこれは夢なのか。

「安心しな。これは夢じゃないし、あんたの気が触れたわけでもない」

またもやルッチから声が聞こえてくる。猫の口は動いていないが、甲高い声が部屋に響いていた。

「ルッチ……」

「そう、僕はルッチ。ルチーフェロ様だ。まあ、猫がいきなりしゃべったんだから、驚くのも無理はないやね。僕も話しかけるつもりはなかったんだが、あんたがあんまり悩んでるんで、焦れったくなってつい、声をかけちゃった」

信じられなかった。いったい何が起こっているのだろう。

「えっ、信じられない？　ちょん切れた首が戻ったことより、猫がしゃべる方がまだ、受け入れやすいと思うけど」

どうやら、ガブリエーレの思考を読めるようだ。ますます信じられない。愕然としていると、猫は「やれやれ」と、人間臭く首を左右に振った。

「やっぱり神を崇《あが》める連中ってのは、古今東西を問わず頭が固いねえ。そんなんだから真実が見分けられないんだ。いいか？　時が巻き戻って、あんたは生き返った。そして死ぬ前の記憶がある。これが現実で真実だ。素直にそのまんま受け入れな」

「もしかして、お前が時を戻したのか」

このしゃべる猫は、時間が戻ったことを知っている。こいつの仕業ではないか。ガブリエーレが詰問すると、ルッチは後ろ脚で首の後ろを掻きながら「まあね」と、答えた。

「僕がやったとも言える。手順を踏んでこの世に呼び出されて、呼び出した奴の願いを叶《かな》えてやったのさ。いやまだ、叶えてる途中だけど」

「お前は……悪魔か」

呼び出されたという言葉に、閃《ひらめ》いた。

堕落した天使、神に背く者。聖アルバ教ではそれを悪魔と呼ぶ。

悪魔崇拝の異端者が、悪魔を呼ぶ儀式をしている、というのを聞いたことがある。その儀式のやり方を記した本が、神殿庁の図書館にあるというのも知っていた。

異端者は魔法陣を描き、自分の魂を生贄《いけにえ》に捧げて悪魔を呼び出すのだそうだ。悪魔は生贄と引き換えに呼び出した者の願いを何でも一つだけ叶えてくれる。

誘惑的な話だ。だから神に背いて悪魔を呼び出す異端者が、後を絶たない。

「悪魔ねえ」

しかし猫は、いささか不愉快そうに顔をしかめた。

「人間ってのは、自分が崇める神以外の都合の悪いものを、みんな悪魔って呼ぶんだ。そういう意味じゃ、僕も悪魔かもね。ハハッ」

「悪魔の定義などどうでもいい。お前は誰かに呼び出され、時を戻したんだな。呼び出した者も、記憶があるのか。それは誰だ。なぜ時を戻した?」

「そう、何でもかんでも問い詰められちゃ、答えられないよ」

うんざりしたように言い、寝室の扉から出て行こうとする。ガブリエーレは「待て」と、慌てて猫を追いかけた。

「待ってくれ。私に何か教えるために、話しかけたんじゃないのか」

「あっ、そういえばそうだった」

猫は思い出した、というように脚を止めた。

「でも、ぜんぶ教えちゃつまらないよね。呼び出したのが誰かは、秘密。教えなーい」

ふざけた口調に腹が立ったが、怒鳴りつけたくなるのをぐっとこらえた。

情報がほしい。ガブリエーレはやはりあの時、刑場で死んだのだ。

その後、何者かが悪魔を呼び出し、時を戻した。それでガブリエーレも蘇った。

いったい誰が悪魔を召喚したのか。どういう願いごとをするために？　ただ時を戻すことが目的ではあるまい。

なぜ当人ではないガブリエーレに、時が戻る前の記憶があるのか。

「時間を巻き戻したのは、そうしないとその人の願いが叶わないからさ。時を戻し、もう一度やり直す必要があった。そのやり直しの利くギリギリの日付が、あんたが覚醒したあの時だったってわけ」

九八八年の三月十七日。あの日、何があった？

「お前を呼び出したのは誰だ。そいつも巻き戻る前の記憶があるんだな？　私にも記憶があるのは、その人物と何か関係があるのか」

「もーっ、だから誰かは教えないってば。人の話を聞かないなあ。あ、僕、悪魔だけど」

ふざけてはぐらかす口ぶりには腹が立つ。首根っこを摑んで揺さぶってやりたいが、臍《へそ》を曲げられて何も教えてもらえないのは困る。

「私に関係があるのか」

じりじりしながら辛抱強く尋ねたが、猫はやはり「んー、どうかなあ」と、とぼけた返事をした。

「あるっちゃあ、あるような。うん、あります。たぶん」

「どっちだ！」

「うるさいな。そんなに短気じゃ、二度目の人生もうまくいかないよ？　せっかく記憶があるんだから、うまく立ち回らないと。あんたがどうして前のことを覚えてるのか、僕にもわかんない」

「なっ……どういうことだ。お前が時を戻したんだろう」

はっきりしなくてイライラする。猫は後ろ脚でカッカッと首を掻きながら、「しょうがないじゃん」と、ぼやいた。

「僕だって万能じゃないんだよ。でも、何か意味はあるんだろうね。あんたに記憶があるのも、それでいて彼に記憶がないのも」

「彼？　呼び出した本人か。なのに記憶がない？」

「そう言ってるだろ。可哀そうな人だよね。名前は教えないけど。僕、同情しちゃうよ。自分の魂を生贄にして願いごとをしたっていうのにさ、記憶がないんだから。これじゃあ願いが叶おうが叶うまいが、自分じゃ気づけないじゃない。なのに願いが叶った途端、魂は僕に食べられちゃうんだもの。うう、可哀そう……」

わざとらしく、前脚を目元に添えて泣き真似をする。

「その男は、お前にどんな願いごとをしたんだ。……と、尋ねたところで、答えてはくれないんだろうな」

「そりゃあね。誰かって質問と同じくらい、核心に触れるものだもの。それに、僕があんたに教えちゃったら、その人の願いは叶わなくなっちゃうかも」

「と、いうことは、私とその男とは関わりがあるんだろうな」

「わーお。まんざら馬鹿でもないんだね」

むかつくが、正解ということだ。ガブリエーレがその男の願いを知れば、叶わなくなる恐れがある。ガブリエーレが憎む相手、汚職の犯人、ということだろうか。

「要するに、こうなったのは結果論だってことだな？　その男の願いを叶えるためには、あの日付に巻き戻らなければならなかった。加えて私が記憶を保ち、人生をやり直す必要があったんだ」

時を遡ったガブリエーレは、自分を陥れた汚職の犯人たちと、死刑に至らしめたアレッシオに復讐することを決意した。

ガブリエーレが復讐することで、あるいは復讐に動くことが、結果的にその男の願いを叶えることになる。

「そういうこと。ああ、あの男にもあんたくらいの冷静さと思慮分別があったなら！　願いごともっと単純明快だったのに。生贄だって、自分の魂一つだけなんてケチ臭いことにはならなかったはずなんだよ」

「悪魔召喚には、自分の魂を捧げるのだと聞いたが。そうでなくてもいいのか」

ふと疑問に思って聞いてみたのだが、ルッチは愛想良く「いいよー」と答えた。

「人間の世界には、勝手な解釈をした魔術書なんかが出回ってるらしいじゃない。別に誰の魂だって構わないんだ。僕らはいつだって魂に飢えてるんだから」

直接関係のないことには、素直に答えてくれるらしい。

「魂を生贄にしたら、その魂はどうなるんだ」

「答えてもいいけど。知らない方がいいよ」

猫は歯をむき出しにして、にやりと笑った。

「知ったら最後、眠れなくなるかも。真相を知った奴はみんなおかしくなっちゃったよ」

ゾッとして、さすがにそれ以上は聞けなくなった。猫はふあっと欠伸をする。

「ともかくさ、頑張ってよ。あの赤毛の彼が演技をしてるとかしてないとか、そんなところでぐるぐるしてないでさ。一生懸命考えて、答えが出る？　出ないでしょ」

そのとおりだったので、言い返す言葉がすぐには見つからなかった。

「だが……答えが出ないとわかっていても、人は悩むものなのだ」

「無駄、無駄。いいじゃない、演技でも。もっとこう、どーんと構えてこ。騙されてもいい、ってくらい大らかにさ。細かいことでくよくよしてたら、復讐なんてできないぞ？」

「復讐することが、お前を呼び出した男の願いに繋がるのか」

猫は「んーん」と、言葉に迷う素振りをしながら、ぺろぺろと身体を毛づくろいする。

「どうかなあ。復讐なんて虚しいだけだしなあ」

やはり答えてはくれないらしい。

「お前は、そんなくだらないことを言いに、私に話しかけたのか」

このふざけた会話も、我慢の限界に来ていた。何を言うために話しかけてきたのか、さっぱりわからない。相手が猫でなければ、二、三発殴りつけていたところだ。

「まあ、そう怒らないでよ。あっ、そうだ。最後にいいこと教えてあげる。もしもあんたが、すごく、すごーく……ものすごーく困ったことになったら。書庫に行くといいよ」

「書庫？　どこのことだ。騎士団にいくつ書庫があると思っている」

「それとさ、ルカが武芸の稽古で伸び悩んでるみたいだから、何とかしてやってくれない？　あの子、僕にすごく良くしてくれるんだ。僕も助けてあげたいんだよね。損得抜きで」

ルッチはこちらの質問に答える代わりにそんなことを言って、首に巻いた手巾を得意げにちらつかせた。それをやったのは私だぞ、と言いたかったが、数か月前にやったそれは、綺麗なままだ。ルカがこまめに洗ってやっているのだろう。

「それじゃあ、くれぐれもよろしく」

黒猫は尻尾をくねらせ、薄く開いた寝室の戸の向こうへ消えていく。ガチャリと居室の扉の鍵を開ける音と、扉が開閉する音が聞こえた。

ガブリエーレは気になって、隣の居室に移動する。

猫の姿はどこにも見当たらず、廊下に面した扉には、しっかりと鍵がかかっていた。

四

一週間後、騎士団の新しい人事編成が公開され、その次の週にはアレッシオとシモーネたちがガブリエーレ部隊に移ってきた。

当事者を含む誰もがこの編成に驚き、困惑したようだ。ヌンツィオなどは直接ガブリエーレに、「何を考えているのですか」と、話しかけてきた。

「この編成が意外とうまくいくんじゃないかと、考えたまでだ」

ガブリエーレは澄まして返した。その他に、何も指示は出していない。シモーネたちにヌンツィオを探れと命じるのは時期尚早だと考え、様子を見ることにした。

ヌンツィオ小隊と同じ中隊組織の中に、アレッシオ小隊も入れた。実のところ、このアレッシオ小隊の編成に一番、頭を悩ませたのだ。

アレッシオの部下に付けるのは、どんな人物がいいか。一度目の人生では、アレッシオはトンマーゾ部隊に配属され、当然部隊内の顔ぶれも今とは違っている。

アレッシオが小隊長として能力を発揮できるように、けれど私情を交えて彼を甘やかさないように、悩みに悩んで、彼の下に付ける部下を決めた。

事前に編成案を提出すると、カルロからは、

「愛情が滲む編成だな」

と、からかわれた。ガブリエーレはその時になってようやく、自分が復讐やアレッシオ

を利用するためではなく、純粋にアレッシオのためだけに頭を悩ませていたことに気づいた。

いくら抗おうとしても、自分はアレッシオに惹かれてしまう。

こすっからい男、卑怯な裏切り者だとわかっても、彼に心を傾けるのをやめられない。

罪人だと打ち明けられたそのすぐ翌晩、ガブリエーレはアレッシオを自分の部屋に呼び出した。

前の晩にあんな別れ方をして気まずかったが、間を置けばますます、どう接したらいいのかわからなくなる。

向こうも、ガブリエーレに前の晩のことを問い質されると考えていたのだろう。思い詰めた顔をして現れたが、ガブリエーレは何も聞かずに自分から艶事を仕掛けた。

激しく何度も抱かれて、でも昨晩のことには決して触れなかった。

「言っただろう。お前がその気になった時でいい」

始終、物問いたげだったアレッシオの髪を撫で、優しく口づけをして、それだけ伝えた。

アレッシオはホッとしたような、泣き出しそうな顔をしていて、その表情に胸を突かれた。

それからは、今までと変わらず二人の時間を過ごしている。時折、アレッシオが言おうか言うまいか、迷うような仕草をすることがあったが、こちらは何も言わずにただ、時が来るのを待つことにした。

もはや、アレッシオのそうした態度を演技かと自問することはなくなった。

あの悪魔のルッチの言うとおりだ。考えてもわからないし、アレッシオに問い質したところで、出てきた答えが本当か嘘かでまた、悩むことになる。

アレッシオがどういう人間か、今は鷹揚《おうよう》に構えて観察するしかない。

同様に、彼に惹かれていく自分の心についても、あまり突き詰めずに流れに身を任せることにした。

アレッシオに恋をしたところで、もう溺れることはないだろう。

それよりまずは、復讐だ。ガブリエーレを陥れた人々に復讐する。

そのためには、事実を究明する必要がある。汚職に関わる人物は誰と誰か。復讐すべき人物をすべて炙り出す。

アレッシオへの復讐は、最後でいい。

悪魔を呼び出した人物が誰なのかも気になったが、これも今のところ、調べるすべはなかった。

真実を知るのはあの悪魔、ルチーフェロだけだ。そのルッチは、今もただの猫のふりをして、ルカに可愛がられている。

たまにガブリエーレの部屋でくつろいだりもした。こっそり話しかけても、何も答えない。

そうこうしているうちに、各部隊の編成が終わり、さらにそれぞれが配属先で落ち着いたように見えた頃、事件が起こった。

一度目の人生では、起こらなかった事件だ。

トンマーゾ部隊長が死んだ。


トンマーゾの動向については、彼が汚職の事実に気づいた時以来、ガブリエーレもずっと気にしていた。

彼はしばらくの間、騎士団内部を嗅ぎ回っていたようだ。新たな証拠を探し出してくれるのではないかと、一抹の期待を寄せていたのだが、ある時突然、調査をやめてしまった。

行き詰まって諦めたのか、理由はわからない。端で見ている限り、何ら変化はなかった。

けれど彼は死んだ。休暇中、酒を飲んで川に落ちたという。事故による溺死だと、遺体を確認した医師は結論づけたそうだ。

ガブリエーレは、実際にその遺体を見ていない。トンマーゾの死を聞いた時には、遺体はすでに医師による検死を終えて棺《ひつぎ》に納められていた。

トンマーゾはどうやら、花街に出入りしていたらしい。

慌ただしく葬儀を終えた後、騎士団でそんな噂が流れた。

「そう考えるのが妥当なんですよ。遺体があったどぶ川は、花街の入り口にあるんです。

花街への行き帰りじゃなきゃ、通る道じゃありませんから」

マリオが知識を披露するように、得意げに言う。シモーネとダンテが両脇でため息をついていた。

ガブリエーレは執務机に肘をつき、なるほど、とうなずいてみせる。

「あそこには表門と裏門があって、どぶ川沿いにあるのが裏門です。うちの連中は人に見られちゃまずいから、みんな裏門から帰るんです」

「ではお前たちも、裏門から出るわけか」

「いや、俺たちゃ堂々と表から……いてっ」

ダンテに引っぱたかれて、「なんだよお」と唇を尖らせる。

「上官に聞かれたから、答えてるんじゃねえか」

「余計なことまで話すな。僧侶の女犯は、下手すりゃ死罪なんだぞ」

ダンテが声をひそめて言い、マリオは青ざめたが、すぐに何か思いついたように、表情を明るくさせた。

「ならさ、男を買ってたって、言えばいいじゃん」

馬鹿ッ、とまた引っぱたかれる。彼らは相変わらずだ。三人を従えるヌンツィオに、いささか同情の念を覚える。

しかし、こと花街や盛り場については、この三人はかなりの情報通である。対して、ガブリエーレは外の世界をまるで知らない。

そこで、トンマーゾの事件の後すぐ、彼らを執務室に呼び出した。

表向きは、勤務態度について説教をするため、ということになっている。あえて他の騎士たちがいるところで呼び出したのだが、周りを見るに、ガブリエーレの口実が疑われている様子はなかった。

トンマーゾの遺体が見つかったのは、花街の入り口に面した川だった。

当日、彼を目撃した市民が酔っぱらっていたと証言したため、花街で女を買った後、酔って川に落ちたのだと結論づけられたらしい。

検死と葬儀が慌ただしく行われたのも、聖騎士が花街に出入りしていたという醜聞を隠すため、と考えられる。

トンマーゾが花街に出入りしていたことは、騎士たちの間でも有名だった。誰もが納得する口実だっただろう。

少なくとも、ジロラモ副団長の時よりは自然に思えた。

そう、トンマーゾの死は、時間が巻き戻る前の人生での、ジロラモの死にそっくりだったのだ。

「何度も叩くなよ。今さらだろ。花街では神殿庁の連中はみんな、上得意なんだから。それこそ、ガブリエーレ部隊長もご存知なくらいにさ。ね、部隊長」

「私は何も存じ上げていないぞ、騎士マリオ」

だんだんと調子に乗り出したので、ガブリエーレは無表情のまま釘を刺した。マリオは

「こわ……」とつぶやいて大人しくなる。

「今、お前たちから聞いたのは、あくまで噂話だ。そうだな、騎士ダンテ」

「仰るとおりです、ガブリエーレ部隊長」

ダンテが背筋を伸ばし、神妙な顔つきで答えた。

何事も、建前と本音の使い分けが必要だ。それを知らない者は、淘汰《とうた》される。一度目のガブリエーレのように。あるいは目の前にいる三人のように。

この三人にも、不用意な言動は慎んでもらわねばならない。

「部隊長」

それまで岩のように黙って立っていたシモーネが、不意に口を開いた。

「私も、噂話をしてもいいでしょうか」

含みのある言い方だ。ガブリエーレは軽く片眉を引き上げ、「話してみろ」と、先を促した。

「トンマーゾ部隊長の馴染みは、長らく『白猫《しろねこ》の館《やかた》』という娼館の女でした。店の階級としては中の下で、馴染みの女もその店で中級程度、つまりそれほど金のかからない女だったんです。娼館と一口に言っても、花代はピンからキリまであります。部隊長の給料なら、『白猫の館』は妥当な店だと言えるでしょう」

娼館に詳しくないガブリエーレにも、シモーネの説明はわかりやすい。

「ところが、ここふた月ほど、部隊長は別の店に通っていたようなのです。店は『春《はる》の妖《よう》精亭《せいてい》』。こちらは上の下、といったところでしょうか。それでも『白猫館』に比べると、かなり値が張るはずです」

「たまには、別の店に通いたかったのではないか？　少しばかり贅沢がしたいと思ったとか」

「一度や二度なら、その可能性もあります。ただ『春の妖精亭』のような高級娼館は、一、二度通っただけでは床入りできないんです。三度以上、同じ女のところに通って、それで娼妓が了承すれば、初めて事を成せる。トンマーゾ部隊長には『春の妖精亭』で床入りした女がいたそうで、少なくとも三度以上は通っていたはずです」

床入りするには、ただ通うだけではなく、女に贈り物をしたり、酒や料理を振る舞ったりと、何かと物入りらしい。

高級娼館にそんな約束事があるなど、ガブリエーレは知らなかった。ただ金を積めば、誰でも女を抱けるのだと思っていた。

「部隊長の給料で、それが可能なのか？」

シモーネは軽く肩をすくめた。

「給料だけでは、まず無理でしょうね。騎士団長の給料ならぎりぎり、何とか。あとは実家からどの程度、寄進を受けたかにもよります」

実家の寄進の一部が、本人の小遣いになる。寄進の額が大きければ、高級娼館への出入りも可能だ。

正確な寄進の額は、ガブリエーレも知らない。寄進料の帳簿を管理しているのは、神官たちだ。

だが、その神官たちの態度や当人の羽振りなどで、おおよその見当はつく。トンマーゾの実家はそこそこ名家だが、資金力はさほどでもない。ガブリエーレの実家の毎年の寄進料に比べたら、半分にも満たないのではないだろうか。

それにそもそも、それだけ小遣いが多かったら、最初から高級娼館に通っていたはずだ。ある日突然、高い店に乗り換えたのは、給料と実家からの寄進以外に、どこからか金が入ってきたからだろう。

そこまで考えて、気がついた。強請《ゆすり》だ。

汚職の事実を知ったトンマーゾは、それをネタに金を強請《ゆす》ったのだ。

誰を？　と考えて、副団長の顔が浮かぶ。一度目の人生も、今回も、汚職に気づいたきっかけの会計書類、あれを受け取ったのはジロラモだった。

ガブリエーレが誤記を指摘したら、自分が直しておくと答えた。その後、確認したら、書類の数字は改ざんされていたのだ。

恐らくトンマーゾの時も、同様だったのではないか。

それで汚職に気づいたトンマーゾは、ジロラモ副団長を強請に行った。副団長から金をせしめ、調子に乗って高級娼館にまで出入りをして、そして殺された。

一度目の人生でジロラモが殺された理由は定かでないが、おそらくガブリエーレが詳細な調査を行ったためだろう。

ガブリエーレが下手に証拠を摑む前に、何かと詰めの甘いジロラモの口を封じた。

「シモーネ。その噂の出どころはどこだ。今の話を、騎士団内部の誰かにしたか」

「話は、馴染みの娼……布教に行った花街の女から聞きました」

「布教でね。なるほど」

ガブリエーレは神妙にうなずいてみせる。マリオが横から、「なんだそりゃ。言い訳もいいとこだな」と騒いで、またダンテに叩かれていた。

「えっと、私の布教先と、トンマーゾ部隊長の布教先が、もともと同じだったんです。その縁で、いろいろ」

同じ娼館に通っていたわけだ。ついでにトンマーゾの鼻を明かしてやるために、娼妓に嘘を広めるように頼んだ。性病を持っているという、例の噂だ。

そんなことがあったから、娼妓たちもトンマーゾの噂話をシモーネの耳に入れることがあったのだろう。

「この二人以外、騎士団の仲間にはまだ、話していません。ガブリエーレ部隊長が初めてです」

その返答に、少なからず安堵した。

突如として羽振りが良くなった男が、急死した。そう聞けば、誰もが不審に思う。裏に何かあったと考えるだろう。

シモーネが情報の発信源だと知れたら、彼の身が危うくなるかもしれない。

「ならば、今の話は聞かなかったことにする。お前たちも忘れろ」

シモーネと、それに他の二人も不満の表情を見せた。マリオが「ええー」とこぼすので、

「いいから忘れろ」と、念を押す。

「これからも、お前たちが知り得た情報は私だけに話してほしい。そして、それ以外には一切漏らすな。情報を摑んでいるということすら、気取られてはならない。トンマーゾのように、どぶ川に浮かびたくなければな」

硬い声で告げると、三人は今度は戸惑った顔になった。トンマーゾが通う店を変えた事実が、そこまで厄介な情報だとは思わなかったらしい。

「知らないうちに、虎の尾を踏んでいることがある。シモーネ。お前の布教先にもよく、口止めをしておけ。娼婦を始末するのは、騎士より簡単だ」

言葉を重ねてようやく、三人とも事の重大さを理解したようだ。神妙な顔でうなずいた。

「……ガブリエーレ部隊長は、大丈夫なんですか？」

ダンテが、ためらいがちに窺ってくる。こちらの心配をされるとは思わなかった。普段は煙たがっているくせに。そう考えて思わず、笑みが浮かびそうになった。慌てて表情を引き締める。

「私も油断はできないな。気を抜いたら、トンマーゾのようになるかもしれない。私は花街なんぞには行かないから、たとえば冤罪を着せられて牢にぶち込まれるかもな。むごい

拷問を受けて自白を強要されるんだ。手足の爪を一枚一枚剝がされて、歯をすべて抜かれて……最後は錆びた斧で首を斬られる」

ガブリエーレは過去を思い出しながら、窓の外にある鐘楼を眺める。口調があまりに真に迫っていたのか、三人からごくりと唾を呑む音が聞こえた。

「まるで、実際に見てきたみたいっすね」

マリオのつぶやきに、ガブリエーレは答えなかった。かわりににこりと笑ってみせる。

「そうなりたくなかったら、マリオ。ペラペラ思いついた先から口にする癖を直すんだな。ここに呼び出された口実を忘れたか？」

マリオは慌てて背筋を伸ばす。

「忘れてません。俺たちが呼び出されたのは、同僚を後ろから小突いたからです。……でもあれは、あいつらが」

文句を言いかけて、ガブリエーレがたった今言ったことを思い出したのか、ぐっと口をつぐむ。

今日、午前中の訓練で、マリオは同じ小隊の同僚を突然、後ろから殴った。

同僚は当然怒り出し、あわや殴り合いの喧嘩に発展しかけた。周りが制して止まったが、マリオがいきなり背後から同僚を殴ったのが原因で、目撃者もいたため、また三バカが問題を起こした、という話になったのだ。

「そういえば、その件の聞き取りがまだだったな。お前が襲ったのは、曲がりなりにも同じ小隊の仲間だろう。なぜいきなり殴ったりした？　騎士マリオ、報告しろ」

命令すると、マリオは不貞腐れたように口をへの字に結んだ。両脇のシモーネとダンテに肘で突かれ、渋々口を開く。

「その……小隊長のこと、ニワトリ野郎、って言ったんです」

「ヌンツィオ小隊長か」

原因は、同じ小隊の同僚が自分たちの上司であるヌンツィオの悪口を言ったかららしい。

ニワトリ野郎というのは、鶏姦《けいかん》、つまり男色を揶揄する言葉だ。

騎士団で男色は珍しくない。しかし男色に対して、そうしたからかいの言葉を投げつける連中が一定数いることも把握している。

「それだけの理由で、後ろから殴りつけたのか」

発端がその一言だけだというなら、あまりにも軽率だと言わざるを得ない。

「それだけって言いますけど、あいつらのはいじめですよ。他にもいろいろ、小隊長に聞こえるように言って、ゲラゲラ笑うんです。小隊長の指示や命令なんて聞かないし。けど、小隊長も何も言い返さないで黙っちまうから、相手がますます付け上がるんだ。もう俺、見ていてイライラしちゃって」

我慢できず、手が出たらしい。やはり軽率だ。

「ヌンツィオは、同性愛者なのか？」

尋ねると、マリオは「ええ、まあ」と、渋々うなずいた。

「女はダメみたいっす。それで余計にからかわれるみたいで」

なるほど、とガブリエーレも納得した。

男色は珍しくないが、根っからの同性愛者、異性を愛せないという者は、そう多くない。騎士たちが男同士の性愛に走るのは、神殿庁が女のまったくいない、男ばかりの特殊な環境にあるからで、機会があれば男より女を選ぶ者の方が、圧倒的に多いのだ。

男も女も両方相手にできるのが、聖騎士としてはある意味で「普通」なのだ。

僧侶のくせに、性体験のない者を半人前とする風潮があるし、同性しか愛せない者をからかいの対象としたりする。

「ヌンツィオ小隊長は、街で男娼といるところを、他の騎士に見られたらしいんです。男娼を買うくらい珍しくもないですけど、いじめるのに恰好の材料だったんでしょう」

ダンテが補足する。マリオがそれにまた、口を滑らせた。

「小隊長が同性愛者だって噂は、以前からあったんです。どうせガブリエーレ部隊長は、下世話な噂なんて知らないでしょうけどね。ヌンツィオ小隊長は以前、先輩騎士と兄弟の契りを交わしてたんだとか。あ、兄弟っていっても、本当の兄弟じゃないですよ？」

ペラペラとマリオが話す脇で、シモーネとダンテが泡を食っていた。馬鹿、やめろ、と真ん中のマリオを小突き回す。

その様子から察するに、シモーネとダンテは、ガブリエーレがアレッシオと義兄弟の契りを交わしていると、知っているようだ。

マリオは気づいていないようで、「なんだよお」と、文句を言っている。

「義兄弟の契りくらい、知っている。ああ、よく知っているとも」

微笑むと、シモーネとダンテが青ざめ、マリオは「こわ」とつぶやいた。それから両脇の仲間を見て、何か含むものがあるらしいと、ようやく気づいたようだ。

「私の知識はどうでもいいから、ヌンツィオとその先輩騎士について、知っていることを教えてくれ。噂になるくらいだから、かなり深い仲だったんだろうな」

ヌンツィオと義兄弟の契りを交わした騎士がいた、というのが気になった。

ガブリエーレも堅物で非社交的だったが、ヌンツィオもかなり内気な性格だ。言っては何だが、先輩に可愛がられる性格でもない。相手がどんな人物だったのか知りたかった。

マリオは、うーんと唸《うな》って腕組みした。

「俺も、だいぶ前に先輩騎士から聞いただけで、あくまで噂ですよ。ヌンツィオ小隊長の従者時代ってんだから」

とすれば、ガブリエーレが神殿庁に入る前だ。

「相手は、ヌンツィオ小隊長が従者として付いていた騎士だったとか。小隊長は一途《いちず》に相手を慕っていたらしいんですが、相手は浮気性っていうか、少年趣味らしくてね。小隊長が成長して大人の男になったら、別の見習いを念弟にして可愛がってたんだとか。それでも小隊長は、相手を慕って尽くしていたらしいですよ」

何とも健気《けなげ》な話だ。人のことは言えないが。

「で、相手はどうなったんだ。まだこの神殿庁にいるのか」

どれくらい年が離れているかわからないが、まだ退官しておらず、神殿庁にいる可能性がある。

しかし、マリオは「いえ、それがね」と、いささか芝居がかった様子で声をひそめた。

「相手の騎士ってのが、少年趣味の上に嗜虐趣味だったらしくて。あるでしょう、こう、鞭で打ったり打たれたりっていう、特殊な趣味が」

「鞭……？」

それを聞いて頭を過ったのは、アレッシオの背中の鞭痕だった。思わず眉をひそめたが、マリオは話の興が乗ったのか、構わず先を続けた。

「ええ。念弟になった従者の少年に、鞭を打っていたらしいんですが、それで大怪我をさせてしまったそうなんです。少年は怪我がもとで退団。貴族の子だったんで、相手の家を考慮して、その騎士は地方神殿に左遷になったそうです」

地方神殿、鞭を打つ騎士。気がかりな符号が続けざまに出てきて、心臓が嫌な音を立てた。

「その騎士の名前か、左遷先がどこか、知っているか」

「えっ、それはちょっと」

マリオは両脇を見る。ダンテはすぐに首を横に振ったが、シモーネはずっと、ガブリエーレの様子を窺っていた。

「騎士の名前はわかりません。左遷先は聞いたことがあります」

あるかないかわからない、シモーネの小さな目は、ガブリエーレを見つめながら、その奥にある答えを探しているようだった。

「左遷先は、ヴァッローネ領ボラスカ」

胃に重いものがのしかかるのを感じた。

「アレッシオ殿がいた神殿です」

自分がその時、どんな顔をしていたのかわからない。


その夜、マリオが起こした暴力騒ぎについて話し始めた時から、どこかアレッシオは不機嫌だった。話が進むにつれ、反応が鈍くなる。

「あの三人。馬鹿は馬鹿だが、やっぱり悪い連中ではなかった」

ガブリエーレがそう言ったら、ついには黙り込んでしまった。

「おい。さっきから何だ。私は何か、不愉快なことを言っているか」

相手の態度が看過できなくなって口にすると、寝台の上で裸のままうつ伏せていたアレッシオは、低く呻いて頭を抱えた。

「すみません」

「それではわからん。なぜそんなに不機嫌なんだ？」

アレッシオはまたもや、すみませんと謝る。丸めた背中に、鞭の痕がくっきりとある。

ガブリエーレはそのみみず腫れの傷痕をなぞった。びくんと相手の身体が跳ねる。

昼間、マリオから聞いた話が、頭から離れない。いつものようにアレッシオを呼び出し、情交に耽る間も、忘れることはなかった。

少年趣味、鞭を打つのが好きだった、嗜虐趣味の聖騎士。ヌンツィオの恋人だったという。

その男は問題を起こし、ボラスカに左遷された。

——ボラスカにいた友人も、彼に惑わされました。

ヌンツィオの言葉を思い出す。

友人とは、恋人のことではないか？　その男は、少年だったアレッシオに騙され、惑わされて、命を落としたのだという。

——あなたは、誰かを殺したいほど憎んだことはありますか。

——俺は罪人なんです。

アレッシオは、騎士を殺したのだろうか。それが彼の抱えている闇なのか。

気にはなるものの、相手が打ち明けるまで待つと言った。こちらからは聞けない。

マリオたちの馬鹿話から、さりげなくヌンツィオの恋人の話ができればいいなと考えていたのに、話の途中でなぜか臍を曲げられてしまった。

「何も言わない気か。私はずいぶん信用がないんだな」

わざと冷たく言って、寝台から下りた。一瞬、後ろに引き攣《つ》れたような違和感を覚えて身を硬くする。

アレッシオの性器は大きくて、まだ中に入っているような気がする。

「ガブリエーレ様。痛みがあるのですか」

一瞬の動きに気づいて、アレッシオは慌てたように身を起こした。

「俺が無茶をしたから……。大丈夫ですか、見せてください」

オロオロしながら、ガブリエーレの身体を心配している。しかしガブリエーレは、そんなアレッシオをわざと突っぱねた。

「結構。私の話が退屈なら、そう言えばいいんだ」

「ち、違います。退屈なんて、そんなんじゃありません」

慌てる姿を、可愛いと思ってしまう。相手も、ガブリエーレが本気で怒っているとは思っていないだろう。それでも必死に縋る様子が、飼い主に付いて回る犬のようで愛らしい。

「あなたといるのに、退屈なわけがないでしょう」

「ならどうして、不機嫌なんだ？」

聞くとまた、黙り込んでしまった。それでもガブリエーレが寝台から離れようとすると、背中から抱きついてくる。

「俺が不機嫌に見えるのは……ただの焼きもちです」

モゴモゴと打ち明けられたのは、思いもよらない言葉だった。

「焼きもち？　今の話の、誰に妬く要素が？」

嫉妬されるような話をした覚えはなかった。

「誰って、三人ともです」

ガブリエーレは、よほど困惑した顔をしていたらしい。アレッシオは「だって」と、顔を赤くし、不貞腐れたように言い訳した。

「部隊の再編成の時から、あなたはあの三人の話ばかりするじゃないですか。しかも三人は他の部隊にいたのに、わざわざ引き抜いてきて」

「その件は、説明しただろう。お前だって、いい考えだと賛成してくれたじゃないか」

もしもヌンツィオ小隊で馴染めなかったら、アレッシオの小隊で頼む、とも言った。アレッシオだって快諾してくれたのに。

「わかってます。だからくだらない嫉妬なんです」

アレッシオは言うなり、また低く呻いて顔を抱えた。

「本当に、自分が嫌になる。怖い」

「……また怖い、か？」

ガブリエーレは努めて優しく声をかける。そっと肩を抱くと、裸のままの腰を強く抱き返された。そのまま引きずられるようにして、寝台の上に戻される。

アレッシオはガブリエーレの胸に額を押しつけ、顔を見せない。

　自己嫌悪に陥っているようでも、ガブリエーレに甘えているようでもあった。

「一度あなたを抱いたら、この思慕も薄れると思ってた。あなたを汚してしまえば、それで気がすむと」

「ろくでもない男だな」

　明るい口調で返すと、腕の力がさらに強くなる。

「誰のことも、本気で愛することなんてできないと思っていたんです。俺はいつも上っ面だけだから。なのに、こうしてあなたといればいるほど、執着が強くなる。自分を取り繕えなくなる」

「深みにはまりたくない？」

「もう、とっくにはまってる」

　くぐもった声が答え、胸の突起をついばまれた。「こら」と腕をほどこうとしたが、アレッシオの方が力は強いのだ。

「あなたに嫌われたくない」

「嫌わないよ。お前を嫌いになんかならない」

　自分のものではないかのように、甘く優しい声が出た。弱って自分に縋りついてくる男を見て、釣り込まれるように言葉を投げかけていた。

「……だってもう、憎んでいるから」

　アレッシオは即座に顔を上げ、途方に暮れた表情でガブリエーレを見た。

「憎……え？」

今にも泣きそうな顔だった。もっと傷つけてやりたい衝動に駆られて、慌ててそれに蓋をする。

「冗談だ」

取り繕うように相手の唇をついばんだが、アレッシオはまだ泣きそうな顔をしていた。

「そんな顔をするな。ただの睦言だ。私はお前を愛している。愛して、愛しすぎて憎らしいのだ」

つい、口にしてしまった本音を誤魔化すために言ったのだが、案外真理を突いているかもしれないと思った。

アレッシオを愛していた。今も愛していて、だからこそ誰より憎らしい。

ガブリエーレがこんな狂気を身の内に孕んでいると、彼は想像もしていないのだ。

「以前も、そんな目をしていましたね」

アレッシオはつぶやいた。夜空の月を眺めるように、遠い目をしていた。

「俺を憎んで、殺したがっているような目だ」

殺されたいと言っているように聞こえた。ガブリエーレは両手で男の頬を挟むと、何度か口づけをした。唇や頬、額に。

「お前を愛している目だよ」

囁くと、アレッシオはまたガブリエーレの胸に顔をうずめた。

ガブリエーレは男の背中を撫でる。指先で、ぼこぼことした鞭の痕を辿った。

「……ヌンツィオ殿から、何か聞きましたか」

そんな声が聞こえて、ガブリエーレは手を止めた。

「背中の痕を辿る指が、以前とは違う。確信めいているから」

思わず笑いが漏れた。感心したのだ。

「信じがたいほど鋭い」

男は答えなかった。じっと、ガブリエーレの胸に顔を伏せたまま、息をひそめていた。

「ヌンツィオからは、お前に告白した晩に忠告された。どこからか見ていたらしい。気をつけろと言われた。お前は誠実で善良なふりをして人を惑わす悪魔だと」

観念して、口を開く。胸元で乾いた笑い声が聞こえた。

「――悪魔か」

「ボラスカにいる友人が、お前のせいで死んだのだそうだ。たわ言だと放っておいた。今日マリオから、ヌンツィオの念者だった男がボラスカに左遷されたと聞いた。年下の者に鞭を打ちすぎて重傷を負わせたのだと」

やはり答えはない。ガブリエーレはそっと鞭の痕を撫で、その耳に優しい声を吹き込んだ。

「私が知っているのは、それだけだ。言いたくないなら言わなくていい」

本当は、知りたくてたまらない。だが本能が告げている。焦ってはならない。

目の前の男は、ガブリエーレに心を開きかけている。

不意に、アレッシオが顔を上げた。揺れる琥珀色の瞳でガブリエーレを見つめる。ガブリエーレが覗き込むと、彼はそっと目を閉じた。

ホッと安堵したようにも、絶望したようにも見える表情だった。

「彼を……殺したいほど憎んでいました。早く死んでほしいと思っていた」

再び開かれた瞳は空っぽで、ガブリエーレを映してはいなかった。

「あの男が死んだのは俺のせいです。俺が、彼を殺した」

ゆっくりと、一言ずつ区切るように、アレッシオは言った。


「彼の名はブルーノ。ブルーノ・ディ・コルティ。ボラスカの地方神殿では一番、身分が高くて、誰も逆らえなかった」

寝台に寝ころんで、アレッシオはぽつぽつと話をした。

ガブリエーレはそんな彼に、腕枕をしてやっている。自分の肩口に頭をもたせ、子が母に甘えるように頬をすり寄せるのを見て、愛しさと憐憫がこみ上げる。

その背中の傷痕のように、彼の心はズタズタに切り裂かれているようだった。

それでも心が決まったのか、アレッシオは淡々と語る。何もかも、都合の悪いこともすべて。

当時、ブルーノという聖騎士が神殿庁で問題を起こし、左遷されてきたことは、ボラスカでも有名だった。

ただし子供のアレッシオには、暴力沙汰を起こしたらしい、ということ以外、詳しいことは聞かされていなかった。

「最初は、とてもそんな問題がある人には見えませんでした。赴任した当初、あの男は穏やかで人当たりが良くて、特に子供たちには優しかった」

四十そこその、身なりも良く上品な紳士だった。それに、体格が良くて頼もしい。

「地方神殿は、中央のここよりもうんと貧しいんです。子供たちはみんな、いつでもお腹を空かせていました。教育だって、神殿の外よりはましですが、神殿庁に比べれば雲泥の差だ」

大人たちにも余裕がない。たまに神殿庁からやってくる老騎士たちは、子供たちにとって雲の上の人で、ろくすっぽ会話を交わすこともなかった。

そんな中、ブルーノだけは子供たちに親切だった。子供たちの勉強を見てやったり、剣の稽古をつけたり、時には小さな手伝いをさせ、それに対して必ずご褒美をくれた。

神殿庁ならば、従者や従僕は決まった騎士に仕えることができて、それなりに面倒を見てもらえるが、地方神殿ではそもそも、聖騎士の数が少ない。子供たちは誰か一人に仕えるのではなく、大人全員の下働きだ。

中央では受けられる恩恵が、地方では滅多に受けられないのだった。

「ご褒美はパンや小遣い銭、時には甘いお菓子だったりしました。彼は実家が裕福なせいか、金には困っていなかったようです。少年たちはみんなご褒美がほしくて、いつも彼にまとわりついていた。ご褒美は魅力的だったし、彼はいつだって優しかったんです」

親元を離れ、あるいは捨てられるようにして神殿に連れてこられた少年たちに、ブルーノの優しさとご褒美は、さぞ魅力的に映っただろう。

「俺も、他の子供たちと同様でした。彼の関心を引きたくてたまらなかった」

その当時、アレッシオはそろそろ従者になろうかという年齢だった。もともと大柄なこともあり、同じ年齢の子たちよりうんと大人びて見られた。

そのせいだろうか。はじめのうちブルーノは、アレッシオに関心を見せなかった。

「勉強を見るのも、手伝いをさせるのも、小さい子供が優先だったんです。従者や、それに近い年齢の従僕たちはあまり、顧みられなかった。でも俺たちは……俺は、やっぱりご褒美がほしかったし、大人に優しくされたかった」

ガブリエーレは黙って、彼を抱きしめた。その気持ちはよくわかる。

自分だって同じだ。ひもじくはなかったが、親にも誰にも顧みられたことはなかった。誰かに優しくされたかったし、お腹が空いていてご褒美をくれたら、きっとその相手に一生懸命尽くしただろう。

「俺はブルーノのご機嫌を取ろうと、懸命に先回りをしました。昔から、人の顔色を窺うのは得意だったんです。相手が何を欲しているのか読み取るのが」

アレッシオは自嘲する。

以前から彼は、そんなことを言っていた。顔色を窺うとは悪い言い方だが、見方を変えれば、非常に気働きの利く子供だったということだ。

そしてその働きぶりを見て、やがてブルーノはアレッシオに目をかけるようになった。

「最初は嬉しかった。周りを出し抜いて得意に思っていました」

アレッシオは様々な用を言いつけられ、すべてに応えようと懸命に尽くした。しかし、男は段々と本性を現し始めたという。

「それ以前にも、おかしいと思うことはたびたびあったんです。ブルーノに懐いて、彼の部屋に出入りしていた子供が、急に彼から距離を置くようになったり。ブルーノに稽古をつけてもらった後、怪我をしたと言って寝込む子供もいた。それも一人や二人じゃない。でも、決して人に怪我を見せようとしないんです」

不審に思ってはいたが、その心に蓋をした。後ろ盾のない少年なりの、処世術だった。

ブルーノは感情の起伏が激しく、他に人の目がある時は穏やかなのに、二人きりになると急に不機嫌になったり、些細なことで激昂《げっこう》する。かと思うと、次の瞬間にはニコニコと上機嫌になっていて、読めなかったそうだ。

「彼と二人きりになる機会が増えて、それからよく暴力を振るわれるようになりました。最初は拳で殴っていたのに、そのうち理由を付けて鞭で打たれるようになった。ある時、気づいたんです。暴力を振るう間、それがひどければひどいほど、彼は興奮するんだと」

ブルーノが鞭を打ちながら勃起しているのに気づき、アレッシオはゾッとした。それから彼と距離を置こうとしたが、手遅れだった。

はじめは、専属の従者にしてやると言われた。地方神殿では、騎士の専属になれることは珍しい。誰もが憧れる待遇だ。

ブルーノは時に餌をちらつかせ、言葉巧みにアレッシオを手元に引き留めた。

「奴の手だったんです。離れていこうとする子供を引き留めるのが。離れたら、その子は誰かに告げ口するかもしれない。彼は子供たちの心が離れそうな気配を察知すると、甘い言葉と脅しを交互に使って、巧みに引き留めるんです。気づいたら共犯者になって、逃げ出せなくなっている」

アレッシオも、そうやって搦《から》め捕られていった。

ブルーノはアレッシオの働きぶりに目をかけていたが、性的には魅力を感じないようだった。彼の性の対象は、もっと未成熟で中性的な少年たちだったのだ。

「奴はひどく鞭を振るったけれど、決して俺を抱こうとはしなかった。代わりにもっと幼い子供に手を出していた。その事実を、俺にわざと知らせるんです。子供たちが犠牲になるのは俺のせいだと。俺が大人の身体になっていて、ブルーノを満足させられないから、他の子供が犠牲になるんだと」

「そんなわけないだろう。何の理屈にもなっていない」

ガブリエーレは憤って、思わず言った。責任転嫁も甚だしい。

「俺もそう思いました。でも、暴力を振るわれながら繰り返し、呪いみたいに吹き込まれると、次第にそうかもしれないと考えるようになるんです」

見かけは大人と変わらないとはいえ、まだ従者に上がったばかりの少年だ。虐げられ、まともな判断ができるわけがない。

「お前が受けたのは、拷問と洗脳だ。暴力は人の思考を奪う」

背中には鞭痕が今も残り、それがアレッシオを苦しめている。一方的に暴力を受け虐げられる悔しさを思い出し、ガブリエーレは自身の前世に重ねて歯噛みした。

死人を殺すことはできないが、ブルーノがもし生きていたら、この手で殺してやりたい。

ガブリエーレの怒りに、アレッシオは弱々しくも明るく微笑んだ。けれどすぐ、痛みをこらえるように目を伏せる。

「俺は、ブルーノの専属従者になりました。でも、いいことなんて一つもなかった」

正式な従者になると、ブルーノはアレッシオを自分の所有物として、以前にも増して好き勝手に振る舞うようになった。

上辺の優しさも消え、ちょっとしたことで当たられて、鞭で打たれる回数は増えた。

年下の子供をブルーノの部屋に呼び出すのも、彼らがブルーノに蹂躙された後、その後始末をするのも、アレッシオの役目だった。

「大人たちはたぶん、彼の行動に気づいていたでしょう。誰かがいさめるくらいはしたかもしれませんが、身分の高い者には逆らえません。俺は、彼の従者になったことを後悔した。まだまだ地獄が続くかと思うと、絶望しかなかった」

退官前に神殿庁から来る老騎士たちとは違い、ブルーノは左遷されてやってきた。退官までまだ、二十年近くある。

アレッシオが騎士の叙任を受けた後も、狭い地方神殿の中では上下関係は変わらない。地獄はずっと続くのだ。ブルーノがいなくなるまで。

「先のことを考えると、生きているのが嫌になりました。自分が死ぬか、ブルーノを殺すか、どちらかしかないと思った」

ずっと耐えてきた。けれどある日、とうとう耐えきれなくなったアレッシオは、ブルーノを殴ってしまった。

「ほんの些細なことだったと思います。もう、何が発端だったのか覚えてもいないくらい。普段なら耐えられたのに、その日は無理だった」

張り詰めていた糸が切れ、気づけばブルーノを殴っていた。アレッシオはブルーノの部屋から逃げ出した。

真冬の夜だった。外は雪で、逃げたところで行く場所などない。

「俺の拳は大した威力はなかったようで、怒り狂ったブルーノがすぐに追いかけてきました。俺は鐘楼へ逃げた」

上へ上へ。階段を上った。

「てっぺんまで逃げて。もう、そこから飛び降りるしかないと思った」

ブルーノに捕まれば、間違いなくひどい折檻をされるだろう。そこで生き延びたとしても、もっと過酷な地獄の日々が待っている。

「ブルーノが追いついて、鐘楼の手すりを乗り越えようとしている俺を引きずり戻そうとしました。俺の方が身体が大きかったので、うまくいかなかったけど。その時、気づいたんです。なんだ、俺の方が力は強いんだって」

アレッシオの身体が、ぶるりと震える。ガブリエーレは彼を抱きしめた。

「……アレッシオ」

つらいなら、それ以上は言わなくていい。彼が何をしたのか、聞かなくてもわかっていた。これ以上は必要ない。

しかしアレッシオは、うわ言のように虚ろな声で話を続けた。

「それからは、あっという間でした。夢中だった。手すりを乗り越えるのをやめて、力いっぱい、あの男の身体を押した。鐘楼の階段がどうなっているか、あなたもご存知でしょう。この寝室の窓から見える、神殿庁の鐘楼と同じ造りです。彼の後ろには急な階段があって、てっぺんから下まで一気に転げ落ちた。それでもその時はまだ、彼は生きていたんです」

手足の骨を折って、身動きが取れない状態だったという。

アレッシオは階段下で横たわるブルーノの身体を乗り越えて、鐘楼を出て行った。

「後ろから、痛い、助けてくれって声が聞こえたけど、ざまあみろとしか思わなかった。皮膚から骨が突き出てひどい怪我だったけど、声はしっかりしていた。それに、そのうち助けが来ると思って……いえ、やっぱりそれは嘘だ」

　そこで言葉を切り、アレッシオは両手で自分の顔を覆った。

「鐘楼は宿舎から離れてる。ましてや雪の夜で、人の声なんて届きません。朝にならないと人は来ない。俺にはそれがわかっていた」

　わかっていて、あえて考えないようにした。自分の部屋に戻り、一睡もできないまま夜を過ごした。

　翌朝、朝一番の鐘を鳴らしに鐘楼へ行った従者が、ブルーノの凍死体を発見した。

「怖かった。いつ逮捕されるのかと怯えていました」

　ブルーノが夜中の鐘楼に用もなく上ったとは、誰も考えないだろう。

　アレッシオがブルーノの部屋を飛び出し、ブルーノがそれを追いかけたのを、誰かに見られたかもしれない。

　目撃者はいなくても、アレッシオがブルーノに何をされていたのか、皆知っている。

　アレッシオは、すぐに自分の犯した罪を暴かれると思っていた。

　けれど予想に反して、大人たちの取り調べは簡単なものだった。

　一度だけ、神官長に呼び出され、他の神官や聖騎士たちの前で、あの夜に何があったか知っているかと聞かれた。

アレッシオは、知らない、と咄嗟に嘘をついてしまった。

その夜はブルーノに呼び出されて用事を片づけた後、すぐに自分の部屋に帰って寝てしまったと。

見え透いた嘘だ。ふざけるなと叱責されると思ったのに、それ以上は追及されなかった。

拍子抜けするほどあっさりと、アレッシオは解放された。

後日、ブルーノは事故死だと結論づけられた。気まぐれに一人で鐘楼に上り、階段から足を踏み外したのだと。

幸か不幸か、あの夜のアレッシオの足跡は、雪が覆い隠してくれた。

誰も、事故について言及する者はいなかった。口止めされたわけではないが、子供たちも互いに申し合わせたように、ブルーノの名を口にしなかった。

「ブルーノという男は、誰にとっても厄介者だったのだろうな。みんな、彼が死んでほっとしたんじゃないか」

自業自得だ。ガブリエーレが言うと、アレッシオは両手から顔を離し、微かにうなずいた。

「たぶん、そうでしょう。だから俺が罪に問われることもなかった。でもおそらく、大人たちは知っていたんです。俺があの夜、何をしたのか」

ブルーノの死から間もなくして、アレッシオは引退間近で中央に戻る聖騎士の、専属従者となった。

地方神殿の従者からすれば、とんでもない栄誉だ。

「厄介払い……それに、口止めの意味もあったのかもしれません。ニコロ様……新たに俺を従者にしてくださった方からは、地方でのことは綺麗さっぱり忘れて、神殿庁で新しく生き直せと言われました」

アレッシオを励まし、思いやってのことかもしれない。でもガブリエーレは面白くなくて、ふん、と鼻を鳴らした。

「自分たちは見て見ぬふりをしておいて、ずいぶん上からものを言う御仁だ」

辛辣な物言いが意外だったのか、アレッシオは一瞬、驚いたように目を見開き、それからクスリと笑った。

「考えてみたら、そのとおりですね。でも俺は、嬉しかったんです。過去とは無縁の場所で、新しく生き直せる。ブルーノももういない。幸せでした。地方出身だからとつまらないいじめを受けましたが、ブルーノにされたことを思えば、どうってことはなかった」

アレッシオはこの神殿庁で、以前の自分を取り戻した。ブルーノが現れる以前の、明るく屈託のない自分に。

「でも、だめですね。新しく生き直そう、あの時のことは忘れようとしても、ふとした拍子に思い出すんです」

ブルーノを階段から突き落とした時のこと、苦しむ彼の姿、声。何も知らないと嘘の証言をした瞬間の、大人たちの表情……自分の罪にまつわる過去の場面が、日常の隙間に蘇る。

「表向きは明るく振る舞って、過去を忘れているふりをしていた。ガブリエーレ様に出会えて、あなたに恋をして、やっと人並みにまともな人生を送れると思っていたんです。だから告白された時、本当に嬉しかった。夢かと思いました」

でも、とアレッシオはつぶやく。

「過去は消えたりしない。どんなに忘れようとしても、影みたいに気づくとすぐ足元にいる。あなたと恋人になって少ししてから、ヌンツィオ殿が昔、契りを結んでいたという念者の話を耳にしました。ブルーノのことだとすぐにわかった。それから、ヌンツィオ殿に注視されている理由も理解した」

アレッシオは神殿庁に来てから、ヌンツィオに見張られているように感じていたという。面識がないはずのヌンツィオがなぜ、と疑問に思っていた。ブルーノの念弟だったと知って合点がいった。

「ヌンツィオ殿はたぶん、生前のブルーノから何かを聞いていたんです。ブルーノはたびたび王都の誰かと手紙のやり取りをしていたから。ブルーノの不審な死と、地方出身の俺が神殿庁に引き立てられたことを合わせて、推測を立てたのでしょう。いつか、俺は自分の犯した罪を暴かれるかもしれない。それが怖かった。何より、あなたに知られてしまうのが。それくらいならいっそ、自分から打ち明けた方がいいと思ったんです」

アレッシオは話を終えても、ガブリエーレの胸に顔を伏せたまま、決して目を合わせようとはしなかった。

ガブリエーレは、そんな男の髪を黙って撫でる。

――可哀そうに。

アレッシオが憐れで、そして申し訳ないと思った。

彼がこれほど重い過去を背負っていることを、一度目の人生ではまるで気づかずにいた。

背中にひどい鞭痕があることすら、知らないままだったのだ。

何も知らなかった。気づかなかった。見えていなかった。

アレッシオに裏切られ、彼を恨んで憎んでいたけれど、二人の間に確かな絆《きずな》など存在していなかった。

かつてのガブリエーレは、相手が自分をどう思っているかばかり気にしていた。自ら信頼関係を築き上げようと考えたことはなかったのだ。

アレッシオにされたことは許せない。でも今、一度目では知ることのなかった秘密を打ち明けられて、裏切られる原因が自分の中にもあったのではないかと思うようになった。

そんなふうに考える自分は、甘いのだろう。

けれどもう、以前と同じようにアレッシオを憎めない。怯えて子供のように顔を伏せる男に、死ぬよりひどい苦しみを与えようとは、どうしても思えなかった。

「……証拠はないはずだ」

アレッシオのむき出しの背中を撫でて、ガブリエーレは囁いた。指先で、ぴくりと男の身体が揺れる。

「ヌンツィオが何をどこまで知っているのかわからないが、お前がブルーノの死に関わった証拠はない」

アレッシオが、ゆるゆると顔を上げた。不思議そうな瞳でこちらを見る。ガブリエーレは幼い子供をあやすように、優しい微笑みを向けた。

「何か言われてもしらばっくれればいい。あの男には何もできはしないさ。私に知られることを恐れていたと言うが、私は離れたりはしていないだろう？　だからもう何も、怯えることはない」

ぽかん、とアレッシオが口を開ける。ガブリエーレがこんな反応を見せるとは、想像もしていなかったのだろう。

すべてを打ち明けたら、拒絶されるか、気まずくなるか。どちらかだと考えていたに違いない。以前のガブリエーレだったら、そうなっていた。見当違いの慰めや叱責を口にしていた可能性もある。

「でも俺は……許しがたい罪を犯しました」

「いったい、誰が許さないと言うんだ？　ボラスカ神殿の大人たちは、お前を無関係だと判断した。それでブルーノの件は終わったんだ。お前が法で裁かれることはない」

それに、本人は知らないが、アレッシオはヴァッローネの息子なのだ。

ヴァッローネの側室に生まれた数名の息子たちは、ずいぶん前にすべて亡くなっている。

今残っているのは、嫡男以外ではアレッシオだけだ。嫡男にもしものことがあった場合は、アレッシオが家門の跡継ぎとなる。そのもしものことが、これから数年後に起こるわけだが。

だから今後何があっても、アレッシオの罪が表沙汰になることはないだろう。ガブリエーレが確信をもって告げたのに、アレッシオはまだ、信じられないという顔をしていた。

自分の犯した罪は、決して許されるものではないと思っているらしい。

「他に誰が裁く。神か？　お前は神など信じていないだろう？」

「ガブリエーレ様……」

琥珀色の瞳が戸惑いに揺れている。ガブリエーレは恋人の頬を優しく撫でた。

「私もだ。神などこの世にいやしない。いたとしても、何もしてはくれない。そんなものになぜ、許しを請わなくてはならないのだ？　お前はただ生きようとしたに過ぎない。鐘楼の上で取ったお前の行動だって、他に何かやりようがあったか？　ないだろう。お前はお前なりのやり方で障壁を排除して、ここまで生き延びたのだ。それが何の罪になる」

話をすべて聞いた後でも、アレッシオが悪いとは思えなかった。悪いのはブルーノ、それに見て見ぬふりをした大人たちだ。

それなのに、アレッシオが一人で傷つき、肩を震わせて子供のように怯えるのが許せなかった。

「ボラスカのことで、お前が後悔したり怯えたりする必要は、何もない。それでも自分が許せないと言うなら、私が毎晩、大丈夫だと言ってやる」

顎を取り、相手を上向かせて口づけた。アレッシオから、ふっと笑いが漏れる。赤毛の美しい男は、くしゃりと顔を歪め、泣くように笑っていた。

「ガブリエーレ様は、俺の過去を聞いたら、決して許してはくれないだろうと思っていました」

「私もまた、お前が思うような私ではなかったということだ。――幻滅したか」

子供のように清らかで愚かなガブリエーレは死んだ。もうアレッシオが憧れた自分はいないのだ。

そのことを知ったら、アレッシオの心は離れるだろうか。そう考えて、胸の奥が針で突かれたように痛んだ。

「……いいえ」

アレッシオはすぐにかぶりを振った。一筋の涙をこぼし、ガブリエーレに抱きつく。

「どんなあなたでも、愛しています」

「私もだ。アレッシオ、お前を愛している」

その言葉は、するりと自然に出た。

アレッシオを愛している。二度と愛さないと決めたのに。

今だって、彼をすっかり信用したわけではない。いつか裏切られるかもしれないと思っている。

それでも惹かれてしまう自分は、人生を何度やり直しても愚かなままなのだろう。

「告白を受ける前も今も、ガブリエーレ様を愛しています。でも、あなたは変わりました」

ガブリエーレを強く抱きしめながら、アレッシオはつぶやいた。

「変わった？」

「ええ。最初は、告白の後だからだと思っていました。前の晩とがらりと様子が違ったのは、そのせいだと」

心臓が跳ねたのを、鼓動が速くなったことを、アレッシオに気づかれただろうか。

「でも、すぐに違うとわかった。あなたは暗い目をしている。恋に浮かれているのではなく、一晩で地獄を見てきたような。そんな、深い闇を感じたのです」

「——はは っ」

思わず、ルッチのような神経質な笑いが口を突いて出た。

他に誰が気づいただろう。以前と変わったと言う者は他にもいたが、地獄を見たと言い当てた者はいなかった。

きっと、アレッシオだけだ。彼だけが、ガブリエーレの瞳の奥にある闇に気づいている。

「お前はやっぱり、よく人を見ているな」

「……あなたを変えたものが何か、教えてはいただけないのですね」

未来から戻ってきたと話したら、アレッシオはどんな顔をするだろう。

彼ならば、信じてくれる気がする。話してみようか。

心が揺れたが、慎重に、という最初の戒めが頭に浮かんだ。まだだ。今はまだ、その時ではない。

「お前にすべてを打ち明けてもいいが、それはまた、別の夜にしておこう。今夜はもう遅い」

諭す口調で言うと、年下の恋人はそっと顔を上げ、濡れた目でガブリエーレを見つめた。

思い詰めた、真剣な眼差しをしていた。

「わかりました。あなたが待っていてくださったように、俺も待ちます」

言って、ガブリエーレの唇を甘く食《は》む。

「何があっても、俺はあなたを愛していますから」

その声音は切実で、ガブリエーレは一瞬、すべてを忘れてアレッシオに縋りつきたくなった。

五

季節が移り変わる前に、トンマーゾ部隊長の死は速やかに、人々から忘れ去られていった。

もちろん、誰しも記憶を失ったわけではない。中には彼の死を不審に思う者もいたかもしれない。

けれど少なくとも表向きは、何事もなかったかのような日々が続いていた。

トンマーゾ部隊は、中隊長の一人が繰り上がりで部隊長となった。死者の持ち物は実家に送られ、彼が使っていた部屋は空き部屋になった。来年、退官の時期を迎えて地方から戻ってくる、老齢の騎士の部屋になるそうだ。

ガブリエーレ部隊は、多少のいざこざはあるものの、おおむね平和にやっている。

ヌンツィオは相変わらず部下に舐められているが、マリオたちがいるせいか、あからさまないじめはなくなった。

そのマリオたちも、以前に比べると幾分か大人しい。従僕の子供たちに稽古をつけるようになってからだ。

三バカはこれまで、他の騎士たちとしょっちゅう喧嘩をしたり、訓練をさぼったり、夜は頻々と抜け出して娼館に通ったりと、問題行動が多かった。

ガブリエーレも引き抜いた以上、彼らをどうにかしなければと考えて、思いついた。

週に三日、騎士の小隊訓練の間、ガブリエーレ部隊に所属する騎士の従僕たちに、武術を教えるようにと、三人に部隊長命令を出したのである。

小隊規模の訓練なら融通が利くし、そもそも三人はさぼってばかりだった。今さら抜けたところで、大した問題にはならないだろう。

もちろん、彼らの上司であるヌンツィオには事前に話を通したし、他の騎士たちにも根回しはした。

騎士たちの中には、自分の従僕を三バカに教育させることに難色を示す者もいた。彼らにはガブリエーレが根気よく計画の重要性を説いて、最終的には全員に納得してもらった。

以前の自分なら、説得などしないで、部隊長命令だとゴリ押ししただろう。

しかし、いくら上官とはいえ、頭を押さえつけるだけでは反感を買う。事は自分だけの問題ではないから、穏便に進めた。

これで週に三回、七歳から十四歳前後の従僕たちは、共通した武術訓練を受けられることになる。

今は自分の部隊だけだが、もし結果が出れば、団長たちに相談して他の部隊に取り入れてもらってもいいかもしれない。

従僕である子供たちの教育は、今のところ仕える騎士によって差が大きい。

読み書きなどの座学は神官が一律で教えるため、一定の水準を保っているのだが、武芸に関してはそれぞれの騎士に一任されていた。

従者になれば武術訓練を受けられるが、従僕たちは騎士が空いた時間に稽古をつけてやるか、自己流で学ぶしかない。

教育熱心な騎士に仕えられればいいが、そうでなければ後々苦労する。特にルカのような、体格に恵まれない子供たちは、どうしても体力や腕力で押し負けてしまう。

ガブリエーレも仕事が忙しくて、ルカになかなか稽古をつけてやれなかった。ルッチにも、ルカが武芸の稽古で伸び悩んでいるからと、頼まれたのだ。

どうしたものかと考えあぐねていたところ、三バカの存在を思い出した。

不真面目でいい加減で、いつもへらへらしている三人だけれど、あれで腕は立つ。マリオなど、あんなに小柄でいて、体術にはめっぽう強いのだ。

三人から、ただの力業ではなく技術を学べるのではないかと考えた。

そして、その目論見《もくろみ》は当たっていたようだ。

ルカをはじめ、三人に付いたガブリエーレ部隊所属の従僕たちは、目に見えて武芸全般が上達した。

三バカは子供たちに慕われている。目下の者には優しい彼らだから、稽古をさぼったりはできないようだ。

酒気を帯びて稽古に出るようなこともなく、自然と夜遊びも減っている。

周りの騎士たちも、そうした三人に一目置いているのか、はたまた自分の従僕を預けて何かされたらかなわないと考えているのか、ともかくも衝突が減った。

ルカも、稽古をつけてもらうのが楽しいようだ。稽古の後は嬉しそうに報告してくる。

「お三方は明け透けと言いますか、普通の大人みたいに上っ面なことを言わないんです。ちょっとまずいんじゃないかなってことまでしゃべるので、僕たちがたしなめるくらいで。でも、マリオ様の稽古は実戦的なので、すごく勉強になります。僕なんか、ずいぶん喧嘩が強くなりました」

マリオが教える体術は型破りで、喧嘩のための体術まで教えてくれるのだそうだ。

ダンテやシモーネも、剣術や槍術《そうじゅつ》、馬術などと多岐にわたって丁寧に教えてくれるという。

「騎士たちも以前のようには、あの三人を馬鹿にできないみたいですよ。見習いたちの多くが、三人を支持していますから」

アレッシオが、部隊内の騎士たちの様子を教えてくれた。

三人に特命を出すと決めた時、そのことをアレッシオに話したらまた、焼きもちを妬くのではないかと思ったが、今回はそんなこともなく、騎士たちの根回しにも熱心に協力してくれた。

「子供たちの一人一人は立場が弱いですが、結束すれば無視できません。かくいう俺の従僕も、俺よりシモーネ殿のことを慕っているようなんです」

アレッシオはそんなことを言って、屈託なく笑っていた。

従僕もきっと、本音ではアレッシオを慕っているだろう。彼は今も相変わらず、誰しもに優しく人気がある。

ただ小隊長に昇進して、以前より他者におもねるような、ことなかれ主義的な部分がなくなった……というのは、彼の直属の上司である中隊長の言だ。

ガブリエーレもそばで見ていて、彼の変化を感じている。優しいばかりでなく、冷徹さも身につけた。

小隊長に就任し、部下ができたからかもしれない。彼の成長ぶりは、騎士団長をはじめ幹部たちも認めている。

「お互い、いい影響を与え合っているようだな。あまり色恋にうつつを抜かすようなら、忠告しなければと思っていたが」

カルロから、からかい交じりにまた、そんなことを言われた。

ガブリエーレが一度目の人生とは変わったように、アレッシオもまた変わってきている。

二人の関係が深まったせいだろうか。

ガブリエーレはまだ、アレッシオに真実を打ち明けていない。彼のすべてを信用しているわけでも、一度目の人生でのことを許したのでもない。

しかし、アレッシオに対して以前と同じ憎しみを抱くことは難しくなっている。

一度目の、上辺だけの付き合いをしていた頃とは違う。二人は互いしか知らない秘密を共有し、それでも惹かれ合っている。

アレッシオはガブリエーレを愛している。演技などではなく、恐らく本気で。

罪を打ち明けられたあの晩から、むやみに彼を疑うことをやめた。

目に映る何もかもを疑っていては、真実を見誤る。恨みつらみだけでは、心が疲弊するばかりだ。

アレッシオの態度や言葉は真剣で、嘘を言っているようには見えない。これがすべて嘘で、ガブリエーレを騙すための演技だったというなら、その時はその時だ。

そこまでの演技なら、どうあってもガブリエーレには見破れない。彼にそこまで演技をする動機や必然性があるとは思えないが。

開き直ると、心に余裕ができた。今はアレッシオの愛を、素直に受け取ることができる。

夜は互いに仕事の愚痴や悩みを打ち明け合い、互いの温もりで心を癒やす。

一度目の人生では、アレッシオに告白した後も、ガブリエーレは孤独なままだった。

でも今は違う。アレッシオとは恋人で、互いに愛し合い支え合っている。

従僕のルカは自分を慕ってくれるし、ルカや従僕の稽古を通して、マリオたちも以前よりガブリエーレを信頼してくれているようだ。

ガブリエーレも周りに根回しをしたり、気を遣うことを覚え、不用意に敵を作ることもなくなった。

復讐は遠ざかったように見えたが、それでいいと思っている。

忘れたわけではない。心に余裕が生まれて、より慎重になれただけだ。

そうこうしているうちに、季節が変わった。マリオら三人による稽古は、ガブリエーレ部隊ですっかり定着した。

近頃は噂を聞いて、他の部隊の騎士たちからも、同じような訓練を取り入れたらどうかと、声が上がっているらしい。

トンマーゾ部隊長の死などすっかり過去となり、その名前さえ噂に上らなくなった頃、ガブリエーレはヌンツィオを執務室に呼び出した。

それは特段、おかしな行動ではなかった。執務室には他の部下もちょくちょく呼ぶことがあったし、ヌンツィオは特に、三バカの件もあって、以前は頻繁に呼び出していた。

とはいえ、三人が大人しくなった最近では珍しいことだ。

「何かまた、我が小隊で問題があったでしょうか」

だから、ヌンツィオが執務室に入ってきた時も、彼はまずそんなふうに言った。

「ヌンツィオ小隊長は、自分の隊に何か問題があると認識しているのか？」

「いえ、そういうわけではありません。私の認識では、我が隊は平和です」

こちらの反応を窺いながら、ヌンツィオはぼそぼそと言った。彼は相変わらず、屈託を抱えた陰鬱な顔をしている。こちらが何を言い出すのか、警戒しているようでもあった。

ガブリエーレがアレッシオと交際を続けていることは、彼の耳にも入っているだろう。アレッシオを信用するなという忠告を聞かなかったのだから、内心では快く思っていないはずだ。

二人きりで会えば何か言われるかと思ったが、何度か執務室に呼び出した時も、仕事に関係のないことは口にしなかった。

ヌンツィオのことは、わかっているようでよくわからない。

アレッシオに告白した夜、わざわざ忠告してきたり、一度目の人生では汚職について、警告まででした。

ガブリエーレを嫌っているなら、我が身の危険を冒して警告などしないだろう。

さりとて、彼がガブリエーレに特別な感情を抱いている、というふうにも窺えない。

ヌンツィオとは、どういう人物なのか。汚職についてどのように関わっているのか。ずっと知りたいと思っていた。

ガブリエーレは一度目とは違い、アレッシオやルカ、マリオたちといったそれなりに親しい者もできてきた。

そろそろ、ヌンツィオにもぶつかってみる頃合いだと思い、今日こうして呼び出したのだった。

「例の三人はどうだ。他の騎士たちとうまくやっているか」

ガブリエーレはまず、表向きの話題を口にする。ヌンツィオは、そのことか、というふうに小さく息を吐いた。

「正直、良好な関係とは程遠いです。ただ、以前に比べると衝突は減りました。皆無ではありませんが」

「手を焼いているようだな」

笑いを含んだ声で言うと、ヌンツィオは恨めしそうにガブリエーレを睨んだ。

「別に、あの三人に限った話じゃありません。誰も私の言うことなど聞きません。それは部隊長もご存知でしょう。私は今、あの三人のガキ大将に守られている状況だ」

「ガキ大将か。言い得て妙だな」

ぴったりの表現だったので、思わず笑ってしまった。しかし、ヌンツィオにとっては笑いごとではなかったらしい。

彼にしては珍しく、はっきりとガブリエーレを睨んだ。

「持って回った言い方をせずとも、はっきり言ってくださって結構です。私は上司の資質に欠けている。さっさと降格にすればよろしいでしょう。そもそも、小隊長なんぞ柄ではないんだ。あなたが大事にしている赤毛の騎士と違って」

卑屈な物言いは、いかにも彼らしい。しかしどうやら、呼び出した理由を誤解しているようだ。

「小隊長は柄ではない？　出世したくはないか」

あえて誤解は解かずに言うと、「まさか」と、すぐに答えが返ってきた。

「これ以上の出世をしたところで、私に務まるわけがないでしょう。それ以前に、誰も認めませんよ。小隊長だとて、実家の身分でやむを得ず与えられた役職です」

「そう、卑屈になることもないだろう。実家の身分で出世が決まるのは、お前に限ったことではない。私の部隊長の職だって、ベリ家の後ろ盾があってのことだ」

ガブリエーレにしては、物言いがいささか飾らなすぎたのか、ヌンツィオは驚いたように目を瞠った。年下の上司を意外そうにまじまじと見てから、やがて大きく嘆息する。

「あなたが、そんなことを言うようになるとは。あの男のせいですかね」

独り言のようにつぶやく声は、それまでとは違い、ずいぶん砕けたものになっていた。

「私にも、人並みに欲はありますよ。誰かに勝りたいし、自分を馬鹿にした連中を見返してやりたい。でも、そもそもからして、私は騎士には向いていない。あなたのように真っすぐに努力をしようとも思わなかった。見習いの時に、何度も辞めようと思いました」

「そうしなかったのは、ブルーノの存在があったからか」

ガブリエーレがその名を出した途端、空気が凍りつくのを感じた。

幾分か和らいでいたヌンツィオの表情が険しくなり、警戒の表情が浮かぶ。

「……アレッシオ殿から聞いたのですか」

「彼から聞いたのは、ブルーノという名前と、人には言えない趣味についてだ。あとは噂を繋ぎ合わせた。死んだブルーノという男とお前が、義兄弟の契りを交わした仲だったというのは、騎士たちの間でそこそこ知れた話だからな。お前の背中にも、鞭痕があるのか？」

切り込むと、ヌンツィオの肩がびくりと震えた。恐らく彼の背中にも、アレッシオのような鞭痕があるのだろう。

「それを聞いて、どうしようというのです」

敵に対峙《たいじ》するかのように、強くこちらを睨みつける。ガブリエーレは「誤解しないでくれ」と相手をなだめた。

「特殊な嗜好《しこう》の話を聞きたいわけじゃない。ただ、以前お前に言われたことが気になっていた。なぜあんな忠告をした？」

ヌンツィオは答えず、じっとこちらを窺う。ガブリエーレがどこまで知っているのか、推し量っているのだろうか。

いつまでも押し黙っていそうなので、こちらから話を向ける。

「ブルーノという男の死を、お前はアレッシオのせいだと言っていたな。なぜあんなことを？　彼が事故で死んだことを、知らないわけではないだろう？」

「事故、ということになっていますね。表向きは。私はそうは思いません」

「アレッシオが殺したとでもいうのか。根拠は」

畳みかけると、ヌンツィオはまたも黙り込んだ。

理詰めではなく、感情に訴えた方がいいのかもしれない。そう考えて、ガブリエーレは真剣で思い詰めた表情を作った。

「教えてくれ、ヌンツィオ。私はアレッシオの何もかもを知りたい。たとえ彼にとって、不都合な事実でも。私はあの男を愛しているんだ」

ブルーノの死の真相は知っている。ガブリエーレが知りたいのは、ヌンツィオが何を知っているかだ。

愛している、という言葉を聞いた時、ヌンツィオの暗い瞳が揺れた。視線が左右に行き来し、迷っているのが見て取れる。

「……あの方とは、手紙のやり取りをしていました」

たっぷり迷った後、ヌンツィオは目を合わせないまま、ボソボソと答えた。

「ブルーノ様は、私には本性を隠さなかった。私はもうすべて知っていましたから。誰にも言えないこと、誰かに自慢したいこと、それらを私に宛てて、吐き出していたのです」

こけた頰がひくりと動き、皮肉げに口元が歪んだ。

あの方とはもちろん、ブルーノのことだ。ガブリエーレはヌンツィオの話と口ぶりから、過去の二人の関係を想像してみる。

暴力的で浮気性の騎士と、かつてはそんな彼に従者として仕えていた、根暗で不器用な男。

ヌンツィオが騎士になってからも、主従関係は変わらなかったのだろう。ブルーノについての不都合なことすべてに目をつぶって、それでもヌンツィオはかつての念者を慕い続けた。

ブルーノもまた、何もかも受け入れてくれるヌンツィオに依存していたのかもしれない。そうでなければ、遠く左遷されてまで手紙を書かないはずだ。

不毛な関係だが、ガブリエーレにはヌンツィオを笑うことはできなかった。

「ボラスカでもあの方は、神殿庁と同じことを繰り返しているようでした。自分が可愛がっている子供たちについて、事細かに綴《つづ》られていた。まるで日記のように。特にアレッシオという少年に目をかけているようでした。外見はだいぶ大人びているようで、それはあの方の趣味ではないはずなのに、いつまでも執心していた。アレッシオは自分のことを嫌って憎んでいるようだと、楽しそうに。まるでなびかない娼婦に入れあげているようでした」

「アレッシオはブルーノを嫌っていた。だから事故ではなく、彼が殺したのだと？　言ってはなんだが、ブルーノという男は誰からも憎まれていたのではないかな」

ヌンツィオは答えなかった。ブルーノはアレッシオに執心していた。ヌンツィオはただ嫉妬に駆られて、アレッシオのせいだと言ったのだろうか。

しかし、ヌンツィオはまだ、何か隠しているような気がした。

「身分が高いブルーノは、地方神殿で誰も逆らえない存在だったそうだ。神官たちもブルーノの死を喜んだのではないかな。アレッシオが殺したのなら、これ幸いと彼を断罪して、それで終わりだっただろう。わざわざ事件を隠蔽し、神殿庁までアレッシオを連れてくる理由はない」

「それは……」

言いかけて、黙り込んだ。ガブリエーレはさらに言葉を重ねた。

「アレッシオは、ただの地方貴族の庶子だ。庇《かば》う理由がない。……どこかの、高位貴族の子供ならともかく」

最後の言葉に、ヌンツィオの表情が軽く揺れた。こちらを窺い見る。ガブリエーレも黙って彼を見つめ返した。

しばらく睨み合いが続いた後、ヌンツィオはそっと視線を伏せ、一言だけ答えた。

「……ボラスカは、ヴァッローネの領地ですから」

それが何か？　とは、ガブリエーレも言わない。ボラスカはヴァッローネの領地。誰でも知っている事実だ。

なのに今、わざわざ言及した。それが彼の答えだった。

ヌンツィオは、アレッシオの本当の出自を知っている。ブルーノが知らせたのだ。

ブルーノはなぜ知っていたのか。汚職については？　人付き合いもほとんどなく、重要な書類を手にする機会も少ない小隊長のヌンツィオが、騎士団の汚職を知るとすれば、今のところ最も可能性の高い情報源はブルーノだ。

もう一歩、踏み込んで尋ねたいと思ったが、ヌンツィオはそこで我に返ったように頭を横に振った。

「余計なことをしゃべりました。私は今も、アレッシオ殿があの方を殺したと思っています。嫉妬や羨望が交じっていることは認める。でもあの男は、皆が思っているほどお人よしでも誠実でもない」

ガブリエーレは軽く目を瞠った。ヌンツィオの意見に不満があったからではない。

その逆だ。意外と人をよく見ているのだなと感心したのだ。ヌンツィオの言うとおり、アレッシオは善良な男ではない。

「だからといって、ボラスカでのことを誰かにしゃべろうとは思っていません。今までだって黙っていたでしょう。余計なことをして上司に目をつけられたくありませんし、私がアレッシオ殿の悪口を言ったところで、誰も信用してくれない」

ヌンツィオは早口に言った。

「お話がそれだけでしたら、隊務に戻らせていただきます」

執務室を去ろうとする。ガブリエーレは黙って見送ろうとしたが、ヌンツィオが戸口に近づいたところで、ふと尋ねた。

「お前は、あの男を愛していたか。……今も、愛しているか」

なぜ自分が、そんなことを聞こうとしたのかわからない。ブルーノが死してなお、彼から離れられないヌンツィオと、アレッシオにどうしようもなく惹かれる自分自身とを重ね合わせたからかもしれない。

ヌンツィオは足を止め、小首を傾げた。

「さあ、どうでしょう。かつては愛していたと思います。でも同じくらい憎しみが強すぎて、自分でもわからなくなりました」

言ってから、小さく苦笑する。

「あなたは本当に変わった。以前のあなたなら、いちいち私を呼び出したりしなかったし、愛などという言葉を口にすることもなかったはずだ」

「恋人のおかげかもな」

まんざら冗談でもなく答えると、ヌンツィオはまた静かに笑う。その顔がいつもより寂しげに見えた。

ふと、一度目の人生で彼が死んだことを思い出した。あれは、いつ頃のことだっただろう。

「我が身を大切にな、ヌンツィオ。今まで以上に慎重に生きろ。神はどれほど祈っても、我々を救ってはくれない」

ガブリエーレが教義を否定したのだ。ヌンツィオも驚いた顔をした。

「あなたときたら、本当に……」

目を見開いてつぶやいてから、彼は声を立てて楽しげに笑い出した。そんなふうにヌンツィオが笑うのを、初めて見た気がする。

「肝に銘じますよ。ガブリエーレ部隊長。私とて、我が身が可愛い」

どこか清々しささえ感じる笑顔で、彼は言う。そうして今度こそ、執務室を出て行った。

ヌンツィオの珍しい笑顔を見て、ガブリエーレも清々しい気持ちがした。

これからも少しずつ、こんなふうに腹を割って話ができたら、ヌンツィオともっと親しくなれるかもしれない。

一度目の人生で死んだ彼もまた、被害者なのだ。マリオたちと同様、死なせずにすむものなら、ヌンツィオも死なせたくない。

手の内に取り込めたら、彼の身を守り、なおかつ汚職について知っていることを聞き出せるかもしれない。

そう考えていたけれど、この執務室での会話が、ヌンツィオと私的な会話を交わした最後になった。

それから三日後、ヌンツィオは消えた。


三日後の昼過ぎ、ガブリエーレは自分の部隊の中隊長から、ヌンツィオの姿が見えないと報告を受けた。

その日、訓練の時間になっても小隊長が現れず、ヌンツィオ小隊の一人が様子を見に宿舎の彼の部屋を訪ねたらしい。

部屋はもぬけの殻だった。私物がなくなっていて、聖典やその他の書物、騎士団の隊服などが残されていた。

ヌンツィオの従僕は、朝、彼を起こしに行って不在に気づいたらしい。部下が様子を見に訪ねてくるまで、神殿庁の敷地内を探し回っていたのだそうだ。

従僕は、ヌンツィオの部屋で発見したという手紙を持っていた。

手紙に宛名はなかった。ただ、「騎士団が嫌になった」「どうせ私は騎士に向いていない」などと、卑屈で愚痴めいた言い訳が記されていた。

　一見すると、実に彼らしい内容だと言える。ヌンツィオが騎士らしくないのも、そのことを自覚していたらしいこと、周りとうまくやれていないのも、周知の事実だ。

　ガブリエーレは騎士団長の許可を得て、すぐさま部下たちを動かし、街を捜索させた。

　騎士は自由意志で退団が認められているが、出奔となれば話は別だ。職務を途中放棄したと見なされて、発見されれば罰則を与えられる。

　騎士が逃げ出したとなれば、神殿庁の評判も悪くなる。ヌンツィオの実家も不名誉をこうむるだろう。

「やっぱり、あの三バカを押しつけられたのが嫌だったんじゃないか」

「けど、わりとうまくいってるみたいだったぜ」

「逃げ出すほど嫌なら、退団すればよかったのにな」

　捜索の指示を出す際、部下たちがそんな話をしているのが聞こえて、ガブリエーレはじろりと睨んだ。

　しかし、部下たちの言うのも一理ある。嫌なら退団すればいい話だ。

　実際には実家の許可が必要だろうし、嫌だから逃げ出したとなれば、還俗して家に戻っても身の置きどころがないだろう。

　今まで我慢してきたものを、すべて捨てて逃げ出す理由がわからない。

　何か人に言えない理由があって、自分から逃げ出したのならそれでいい。そうあってくれと、ガブリエーレは願った。

ヌンツィオは恐らく、ブルーノから生前、汚職の事実を知らされていた。

ただの事実だけではなく、もっと重要なことも聞かされていたのではないだろうか。

一度目の人生では、それを犯人側に気づかれて殺された。

今回はどうか、違っていてほしい。

街に捜索隊を派遣する際、ガブリエーレはアレッシオにだけ、密かに耳打ちした。

「もし、生きているヌンツィオを見つけたら、そのまま逃がしてくれ。ただし、誰にも見られていない場合だけだ。お前が巻き込まれる事態は避けたい」

執務室での会話は、アレッシオには話していない。不明瞭な状況だろうに、彼は表情一つ変えずにすぐさまうなずいた。

ガブリエーレも一時は街の捜索に加わったが、それから一週間経ってもヌンツィオは見つからなかった。

「実家にも連絡はないそうです。街の外に出たのかもしれません。私の配下から、捜索隊を幾人か出そうと思いますが、許可をいただけますでしょうか」

ヌンツィオがいなくなって一週間後、ガブリエーレは騎士団長に捜査状況を報告し、今後について指示を仰いだ。

カルロはしばらく執務机の上で両肘をつき、考える素振りを見せた。

ガブリエーレはその時、彼の指に指輪がはめられているのに気づく。カルロが指輪をはめている場面を、今まで見たことがなかった。

　怪訝に思ったが、すぐに指輪から意識を逸らした。今はそれどころではない。

「いや。これ以上の捜索は無駄だ」

「打ち切り、ですか」

　街を出たのなら、捜索はいよいよ困難だろう。自分から出奔した騎士に、これ以上の人員を割くのは無駄だ。カルロの判断に不自然な点はなく、妥当と言える。

「申し訳ありません。上司である私の落ち度です」

　ガブリエーレは神妙に頭を下げた。内心では本当のところを気取られないよう、気持ちを張り詰めてカルロの様子を窺っていた。

「マリオたちを入れてから、ヌンツィオ小隊の雰囲気も以前より良くなっていると思っていました」

「私もそう感じた。ジロラモや、その他の者にも聞いてみたが、お前の人事が功を奏したという評がほとんどだった。なのになぜ、彼はいきなり逃げ出したのだろうな。お前は何か、聞いていなかったか」

　何気ない口調だった。ごく当たり前の会話の流れだ。

　しかし、カルロの眼差しは鋭く、ガブリエーレは背筋がひやりとするのを感じた。内心の動揺を懸命に押し隠す。

「さあ、何も。実は彼がいなくなる三日ほど前、執務室に呼んで近況を聞いたんです。その時に、マリオたち三人の制御は大変だとか、そもそも騎士には向いていない、というような卑屈な発言はありました。しかし、愚痴をこぼすといった程度で、それほど思い詰めているふうには見えなかったんです」

なるべく嘘はつかないようにした。虚偽が増えると、それだけ取り繕うのに神経を使うことになる。

「理由は当人にしかわからない、か」

カルロがつぶやくように言う。ガブリエーレは気を抜かなかった。

「処分は覚悟しております」

自分の部隊から脱走者を出したのだ。それなりの処分は覚悟している。

別の部隊でも以前、賭博の借金で首が回らなくなった騎士が、脱走したことがあった。

あの時も部隊長以下、中隊長と小隊長が減俸処分になっている。

カルロにもその前例が頭にあるのだろう。「まあ、減俸というところか」と言った。

「部隊長のみ減俸とする。ひと月か、ふた月。中隊長以下の処分はお前に任せる」

「え――あ、寛大なご処分、ありがとうございます」

前例よりも軽微な処分だった。中隊長以下については、部隊長に裁量を任せてくれた。

重い罰だと、下の者にも不満が溜まる。特に給与関係は、身分差で不満が出やすい。ガブリエーレの采配の見せどころというわけだ。

逆に言えば、今回の不祥事があったにもかかわらず、騎士団長がガブリエーレに信頼を寄せているという表明とも言えた。

カルロは、気にするな、というふうに大雑把に手を振った後、ため息をついて椅子の背もたれに身を投げた。

「まったく。トンマーゾの件がようやく片づいたと思ったら、今度はヌンツィオの出奔か。また上から突き上げを食らうぞ」

愚痴っぽく言うので、ガブリエーレはちょっと笑った。

「大神官ですか」

「それもあるが。『信者様』たちだよ」

「……ああ」

カルロが皮肉っぽく『信者様』と呼ぶのは、普通の信者ではなく、教会に影響を及ぼす王族、それに各聖職貴族たちだ。

王家をはじめ、ヴァッローネ家、ガブリエーレの実家であるベリ家など、彼らと教会は互いに干渉し合い、影響を及ぼしている。同じ神の信徒だが、時には敵にもなる。弱みを見せれば、足元をすくわれてしまう。常に警戒しなければならない存在だ。

「父に代わって謝罪します」

ガブリエーレは軽い冗談のつもりで、神妙な顔を作って頭を下げた。

「お前の父親は比較的大人しい。うるさいのはヴァッローネ家だよ」

言いながら、カルロは疲れたように左の指で眉間を揉《も》んだ。その過程で邪魔になったのか、左手にはめていた指輪を外して執務机に置く。

ガブリエーレの視線は自然と、指輪に吸い寄せられた。

「あそこは、我が家より寄進が多いですからね。さぞ口を出してくるんでしょう」

指輪は銀でできた、飾り気のないものだった。犬か狼《おおかみ》の姿が彫られているが、大した作りではない。

何の指輪だろうと、単純に疑問に思った。

「お前もずいぶん言うようになったな。少し前だったら、そんな軽口は出なかった。彼の影響か？」

「彼とは誰のことです？ 私はただ、以前より少しだけ、肩肘を張るのをやめただけです」

またアレッシオのことをからかうのかと、ガブリエーレは軽く相手を睨む。

カルロは肩を揺すって笑った。しかし、笑いの形に細められた目の奥は、常にガブリエーレを窺っていた。

「以前から優秀だったが、余裕が加わった。なあ、ガブリエーレ。我々聖騎士は確かに僧侶だが、ひとたび戦になれば神の名のもとに人を殺《あや》める。矛盾した存在だ」

「それは、そうかもしれません」

戸惑った返事をしつつ、内心で用心した。カルロは常に、ガブリエーレの出方を窺い、試している。

「聖騎士団は神と世俗の狭間《はざま》に立ち、あらゆる矛盾を呑み込まねばならない」

「理屈はわかりますが、私はまだ、そこまで捌《さば》けて考えることができません。幼い頃より、信仰を叩きこまれてきたので」

神を信じていた頃のガブリエーレなら、こう答える。カルロは笑った。

「そうだな。私もお前くらい若い頃は、ガチガチに凝り固まっていた。上に行くほどずるくなる。またそうしなくては、生きていけない。清濁併せ呑むことが必要だ」

「私も、年を重ねれば団長のようになれるでしょうか」

「なれるとも」

カルロが人懐っこい笑みを浮かべる。彼のこうした笑顔は愛情に満ちていて、だからガブリエーレは、彼を父のように思っていた。

「私はお前を見込んでいる。我ら聖騎士団の幹部に必要なのは、お前のような存在だ」

ガブリエーレは、背筋に冷たいものが這うのを感じた。

以前、これと似たようなセリフを、カルロの口から聞いたことがある。ガブリエーレが処刑される前、死んだジロラモの代わりに副団長に就任した時だ。

「お前は真面目だが、近頃はそれだけではない。矛盾を受け止める器ができた。そういう者だけが、上へ行ける」

続くセリフは、前回とは違っていた。潔癖な点を褒められた前回とは、正反対だ。

「ありがとうございます。騎士団長のお言葉を、今後も胸に刻んでおきます」

ガブリエーレは恭順を示し、カルロは満足そうにうなずいた。

その後、隊長がいなくなったヌンツィオ小隊は、直ちに再編成された。マリオたち三人は、まとめてアレッシオ小隊に入れた。他ならぬアレッシオが、ガブリエーレに願い出たのだ。

これまで、アレッシオが仕事のことでガブリエーレに直接頼みごとをすることはなかったから、少し意外だった。

ほどなくして、ヌンツィオは服務規程違反として、不在のまま除隊処分となった。トンマーゾの時と同様、私物は速やかに実家に送られ、部屋は空っぽになる。アレッシオがガブリエーレの部屋を訪ねてきたのは、ヌンツィオの除隊処分が公表された直後のことだった。

夜、部屋を訪れたアレッシオは、可憐な野花を花束にして現れた。

「ずっと会えていなかったので。花でも贈らないと、忘れられてしまうのではと思いまして」

彼の言うとおり、ヌンツィオの失踪事件からこっち、仕事で忙殺されていたから、恋人としての逢瀬は久しぶりだった。

けれども廊下に面した戸口で、声もひそめずそんなことを言う彼を、珍しいと思う。部屋にいたルカが、すぐに気を利かして出て行き、花を活ける水《い》を汲んできた。花を活けた後、ルカが下がるのを見届ける。

「ここで少し話をするか。それとも寝室に行くか？」

恋人としては、いささか情緒に欠ける誘い方かもしれない。しかし、アレッシオの表情を見ると、ただ恋人に逢《あ》いにきたわけではなさそうだった。

わざと廊下に聞こえるような声で、花を贈ると声高に言い、そのわりに部屋に入った時の表情は硬かった。何か、込み入った話があるのだろう。

こちらの推察どおり、アレッシオはちらりと廊下に視線を馳せ、「寝室に行きたいです」と言った。

「久々の逢瀬だというのに、もう少し甘いセリフを口にしてもいいんじゃないか」

ガブリエーレが軽口を叩くと、アレッシオはクスッと笑って言い返した。

「あなただって硬いじゃありませんか。忙しいのはわかっていましたが、ちっとも呼んでくださらないから、忘れられたのかと思っていました」

二人は抱き合い、笑いながら口づけを交わした。頬やまぶたに口づけを移し、じゃれ合うようにして寝室へ向かう。

寝室に入ってから、寝台に乗るなり、アレッシオがすぐさまズボンをくつろげた。

「性急だな」

ガブリエーレが面食らいながら言うと、アレッシオはクスッと笑う。くつろげたズボンの脇に手を突っ込んで、下穿《したば》きに差し込んであったものを取り出した。

それは手巾だった。何かが中に包まれている。アレッシオは手巾を広げて中のものをガブリエーレに差し出した。

手紙だった。

「先に読みました」

すみません、と言われたが、手紙の宛名も宛先もわからない。読み始めて、それが誰からの手紙か理解した時、ガブリエーレは大きく息を呑んだ。

それは、ヌンツィオからの手紙だった。

誰に宛てたとは、はっきり明記されていない。だが、ガブリエーレに宛てられた手紙だということは、冒頭を読んですぐにわかった。

『親愛なる友へ
何もかもが突然で、驚いておられることでしょう。あなたにご迷惑をおかけすることを承知で、私はこれを残していきます。
許してくれとは言いません。あなたは知りたがっておられたし、私は誰かに秘密を託したかった。あの日、あなたと話をした時、唐突に決意したのです』

執務室で会話をした時だ。あの会話を交わしたことがきっかけで、ヌンツィオは決意した。

「その手紙は」

横から、アレッシオが言った。

「ヌンツィオ殿から俺に託されたものです。彼が出奔する前夜、あなたに渡してほしいと」

驚いて恋人を見つめたが、彼は「先に中身を読んでみてください」と促した。ガブリエーレは再び手紙に目を落とす。その内容は、驚くべきものだった。

『恐らくあなたが知りたがっていたであろうことを、ここに書き記しておきます。

ボラスカ地方神殿は長らく、ヴァッローネ家の資金洗浄のための装置になっていました。ヴァッローネ家が盗品やその他、違法な手段で得た物品を、ボラスカ神殿に寄進という形で譲っていたのです。

集められた品は、現地の両替商が換金するか、そこで換金しにくいものは、神殿庁に運ばれ、王都の両替商によって換金されます。

こうして得られる資金を、ヴァッローネ家と神殿庁の一部の幹部たちとで分け合うのです。

それが毎年、どのくらいの額になるかはわかりませんが、恐らく莫大《ばくだい》な金額でしょう。

人を殺してもいいと思えるくらいには。

ボラスカ地方神殿に集められた物品を神殿庁に運ぶのは、聖騎士の役目でした。退官前の老騎士たちのうち、ヴァッローネに縁のある騎士がボラスカに派遣され、彼らは老後のための潤沢な退職金と引き換えに、教会の暗部を担うのです。

しかし、暴力事件で左遷されたブルーノは、この任務とは無関係でした。彼がどこでこの事実を知ったのか、私は聞かされていません。

私はブルーノにとって掃き溜めでした。自分が不安に思っていること、後ろ暗いこと、それらすべて、知りたくもないのに知らされていました。彼と同様、知ってはいけないことを知ってしまった私もまた、危険な身になるというのに』

ヌンツィオの神経質そうな文字の中に、ブルーノへの苛立ちと恨みが読み取れた。

聖アルバ教会の暗部を知ったブルーノは、一人で抱えているには重すぎる秘密を、一方的にヌンツィオに共有させたのだ。恨みたくもなるだろう。

『ブルーノの死の真相はわかりません。

私は彼が執心していた従者、アレッシオ殿を妬み、彼こそが犯人だと思い込もうとしました。今思えば、ブルーノに関するすべてのわだかまりを、従者だった少年に押しつけていたのかもしれない。

アレッシオ殿を恨むことは、私にとって都合の良い選択でした。ブルーノの死の裏に、神殿が関わっているなどとは疑わない。思いもよらない……そんな体裁を取れるのですから』

ヌンツィオは、アレッシオがブルーノを殺したと信じる一方で、半分は神殿側の関与を疑っていた。

実際は、アレッシオが鐘楼からブルーノを突き落としたのだが、その時点では彼は生きていた。アレッシオは助けを呼ばずに逃げ、結果としてブルーノはその場から動けず凍死してしまった。

だがもし、その晩のうちに誰かがブルーノを発見していたとしたら？

ブルーノがアレッシオに殴られて騒ぎ立て、鐘楼まで追いかけて行ったのを、彼らは知っていた。様子を見に行くくらいはするはずだ。

そこで、怪我をしているブルーノを発見した。でも、助けなかった。

あり得る話だ。真相はわからない。だが、アレッシオが手を下してなくても、ブルーノはどのみち殺されていたはずだ。

彼は、知ってはならないことを知ってしまったのだから。

この手紙を読んだ時、アレッシオはどう思っただろう。気になったが、聞くべきことが多すぎて、何から尋ねたらよいのかわからない。

ヌンツィオの手紙は、ブルーノについて複雑な胸中を綴った後、唐突な一文で終わっていた。

『悪魔を見分けるには、白銀の祠《ほこら》の中に』

最後だけ、やけに文字が乱れていた。急いで書き終えたのかもしれない。

「これを、失踪の前夜に託されたと？」

手紙の情報を目まぐるしく整理しながら、ガブリエーレは尋ねた。気持ちばかりが急《せ》いて、心臓がドキドキと音を立てている。

「前の晩、いきなり話しかけられたんです」

アレッシオが宿舎の廊下を一人で歩いていた時、背後から不意に声をかけられたという。

「手巾を渡されました。あなたが落としたので、返しておいてほしいと」

渡された手巾はガブリエーレのものではなかったし、中にはこの手紙が包まれていた。何か、ガブリエーレに秘密裏に伝えたいことがあるのだと悟り、アレッシオは黙ってそれを受け取った。

「勝手に手紙を読んで、申し訳ありません。次の日あなたに見せようと思っていたんです」

ところが翌日、ヌンツィオがいなくなった。これはただごとではないと思い、ガブリエーレに先んじて手紙を読んだのだそうだ。そしてさらに驚愕した。

「先に手紙を読んだことはいい。恐らくはヌンツィオも、お前が読むことを想定していただろうから。それよりなぜ、今日まで私に言わなかった?」

密かに連絡する手段なら、機会は何度もあったはずだ。

「それは、申し訳ありません。俺の勝手な判断です。謝罪します。それから、最後の一文について勝手に調べたことも」

「調べた、だと? 一人で?」

ガブリエーレは思わず、目をむいた。なんと危険なことをするのだ。アレッシオは苦笑しながら、「すみません」と、なだめるように謝罪する。

「危険なことだとわかっています。だからあなたに報告するのは最後にしたんです。お叱りは受けますから、まず話を聞いてくれませんか」

アレッシオはガブリエーレの怒りを和らげるように、唇をついばみ、頬や額にも口づけを落とす。ガブリエーレは、そんなことでほだされないぞと睨んだが、先に彼の話を聞くことにした。

「街に捜索隊を出す時、俺にだけ耳打ちしたでしょう。ヌンツィオ殿を見つけたら逃がせと。あれであなたが、あらかじめ何か摑んでいたのだとわかったんです」

ヌンツィオが身の危険を感じる理由を、ガブリエーレは知っている。そしてできれば、ヌンツィオを無事に逃がしたいと思っている。

そう理解したので、シモーネたちに声をかけた。

「あの三人に？」

「他に、この件で信用できる者がいなかったので」

しれっと答える。ガブリエーレは怒りを通り越して呆れてしまった。

「手紙の内容に、思い当たることがあったんですよ。『悪魔を見分けるには、白銀の祠の中に』。花街に、男娼ばかりを置いている娼館がいくつかあって、その一つに『白銀の』と名のつく店があるのを思い出したんです」

「ほう、詳しいな」

そんな場合ではないと思いつつ睨むと、アレッシオは「俺は行ってませんよ」と、両手を上げてみせた。

「あくまで、話を聞いたことがあるだけです。俺とあなたがそういう関係だと知って、男同士のあれこれを吹き込んでくる連中がいるんです。それに、ヌンツィオ殿が男娼を買っているという噂も耳にしたことがありました。それで閃いたんです」

手紙にある『白銀』というのが、娼館の名前を示しているのではないかと。

「それで、捜索に行くシモーネに、花街の『白銀』の名前がついた店を探してくれと頼んだんです」

まずは慎重なシモーネに話したというから、賢明な判断だ。重ねてアレッシオは、何か判明しても、まずは誰にも報告はせず秘匿しておいてくれと言い含めていた。

「『白銀《はくぎん》の女神《めがみ》』というのが、店の名前でした。男娼館だから、女神はいないんですがね。

ヌンツィオ殿は頻繁に通っていたそうです」

シモーネたちも察するものがあったのか、表向きの捜索はほどほどにして切り上げたようだ。その後、公の捜査が打ち切られる今日までのこの一週間、秘密裏に『白銀の女神』を捜査していたという。

ガブリエーレは三人の動向にも注視していたが、少しも気づかなかった。

「それでわかったのですが。ヌンツィオ殿の本命は男娼ではなく、男娼の采配をしている若い衆だったようです。付け届けをすると称して、若い衆と頻繁に会っていたそうで、男娼の話ではまず間違いなく、二人はねんごろな仲だと」

アレッシオが「ねんごろ」と口にするのは似合わない気がするが、シモーネからの報告をそのまま拝借しているのかもしれない。

「そしてその采配人の男は、ヌンツィオ殿が失踪する数日前に仕事を辞めていました。辞めると言ったその日のうちに、荷物をまとめて出て行って、その後はどこに行ったのか誰も知らない。しかも、男が辞めると言った当日、ヌンツィオ殿が店に来たそうなんです。馴染みの男娼を買った後、その男と二人きりで話していたそうです」

二人一緒に逃げたのは明白だった。

そして、アレッシオがシモーネたちに花街の捜索を頼んだのは、懸命な判断だったと言える。娼館としても、自分のところの若い衆が騎士と逃げたなどとは、とても口にできない。

花街に通じたシモーネたちだからこそ、聞き出せた情報だった。

「それから手紙の『祠』というのは、恐らく馴染みの男娼のことです。その男娼は、采配人から預かったものを持っていました。采配人はヌンツィオ殿から預けられていたのでしょう。男娼は、いずれ聖騎士の誰かがこれを探しにくるから、その時は相手が誰でも素直に渡せと言われたそうです」

言いながら、アレッシオは今度はシャツの中を探り、首から下げた革の小袋を取り出した。

「俺がこれをシモーネから受け取ったのは、一昨日《おととい》のことでした。今日、あなたが報告のために騎士団長と面談し、捜索が打ち切られたと聞いたので、もうあなたに話しても大丈夫な頃合いかと判断したんです」

ガブリエーレに知らせる機会を、窺っていたというのだ。

「手紙には、神殿庁の幹部が汚職に関わっていると書いてありました。俺より誰より、幹部たちと頻繁に顔を合わせるのはあなたです。知っていて知らないふりをするより、何も知らずにいる方が安全だと考えました」

アレッシオの弁明を聞きながら、ガブリエーレは小袋を開いた。

中には指輪が一つだけ、入っていた。銀製の犬だか狼だかが彫られた簡素な指輪だ。

「……これは」

背筋に冷たいものが流れるのを感じた。ガブリエーレの反応を見て、アレッシオも表情を硬くする。

「これが何か、ご存知ですか」

ガブリエーレはぎこちなくうなずいた。

「同じものを、騎士団長が身につけていた。まさに、今日だ」

普段は指輪などはめないカルロが、珍しいと思っていた。あの時、ガブリエーレは知らないうちに試されていたのだ。

「お前の判断は正しかった」

もし事前に、アレッシオからこの指輪を渡されていたら、反応せずにはいられなかっただろう。いくら反応を示さないようにしても、わずかな表情からカルロに気取られていた。

アレッシオの機転が、ガブリエーレを救ったのだ。

「悪魔を見分けるには、か。ヴァッローネ家の資金洗浄に関わっている者たちが、この指輪を持っているんだろうな」

ヴァッローネ家と神殿庁は恐らく、数代にわたってこの資金洗浄の機構を保ってきた。地方のボラスカと行き来をするのだから、互いに顔を知らない場合もあるだろう。仲間を見分けるためにも印が必要だった。

ガブリエーレは小袋に指輪をしまうと、寝台に寝ころがってため息をついた。

ずっと知りたかった情報が、手の中に転がり込んできた。指輪を持つ者たちが、ガブリエーレが復讐するべき相手だ。

全容がわかったのに、喜びは一向に湧いてこなかった。

立ち向かうには大きな相手だということは、あらかじめ覚悟していた。だが、あまりにも大きすぎる。ヴァッローネまで関わっていたとは。

指輪を持つ人間を一人一人、探し当てていくなど、果てが見えない。

それに、と、隣で同じように寝ころぶ男を眺める。

「ガブリエーレ様?」

「これからのことを、考えているんだ」

アレッシオを完全に巻き込んでしまった。彼も復讐すべき相手だ。とはいえ、今は何も知らない。

今後、ヴァッローネ家の跡継ぎになった時、彼はまたガブリエーレを裏切るのだろうか。わからない。シモーネたちも関わらせてしまい、どうすればいいのか途方に暮れた。

「……ガブリエーレ様」

その時、寝台に投げ出されたガブリエーレの手に、アレッシオの手が重なった。指先が絡められる。

「俺たちも、逃げましょうか」

本気で言葉の意味が理解できなくて、きょとんとしてしまった。

アレッシオは、そんなガブリエーレにクスッと笑って口づける。しかし、目は笑っていなかった。

「ヌンツィオ殿のように、駆け落ちするんです」

「どこへ？」

思わず聞いてしまった。聞いてもどうしようもないというのに。

「どこにしましょうか。できるだけ遠くがいい。別の国に行くのもいいな。二人で商売を始めるとか。あなたと一緒なら、どこまででも行きますよ」

握った手を振って、アレッシオは楽しそうに言う。

「……はは っ」

笑ってしまった。笑うしかなかった。それもいいかもしれないと、一瞬でも考えてしまった自分がいる。

（お前は私を裏切ったくせに）

憎しみを呼び戻そうと心の中でつぶやいたが、うまくいかなかった。

アレッシオは本当に裏切ったのだろうか。偽証も死刑執行の署名も、何かの罠《わな》だったのではないか。そんなことを考えてしまう。

ガブリエーレは、アレッシオの胸に顔をうずめた。以前、アレッシオが自身の過去を打ち明けた時と、逆の構図だ。

アレッシオは黙って、ガブリエーレの髪や背中を撫でてくれる。

決意を固めるまで、そう時間はかからなかった。

「お前に、聞いてほしいことがある」

アレッシオにすべてを話そう。その後に何が残るのかわからない。彼は去っていくかもしれない。それでも話してみよう。

「馬鹿馬鹿しくて、信じがたいと思うかもしれない。それでも聞いてほしい。聞き終わってもまだ、私と逃げる気があるなら、一緒にこれからの話をしよう。二人の話を」

そうしてガブリエーレは話し始めた。

一度目の人生で起こったこと。時が巻き戻って復讐を誓ったこと、猫のルッチについて、包み隠さず何もかも、すべてのことを。

強い酒が欲しいと思った。

ガブリエーレは話の途中で、居室の戸棚にしまっていた火酒を取り出してきて、寝台に腰掛けてそれを飲んだ。アレッシオも黙って隣に座り、酒を飲みながら話を聞いていた。

ガブリエーレが語り尽くした後も、しばらくは無言のままだった。

「何かの間違いです。でなければ、何か理由があったはずだ」

唐突に言い出したので、何についてのことなのか、理解するのが遅れた。

その間にアレッシオは、瓶から自分の盃に酒を注ぎ、一息に飲み干していた。

「俺はあなたを裏切ったりしない。少なくとも、こそこそ逃げるようにあなたの前から消えて、自分の足場固めのために利用するなんてことはしない。もしあなたを死なせるなら……死なせたいほど憎むことがあれば……自分の手で殺すはずだ。他人の手になんか任せたりしない」

こういう場面で、愛しているとか、甘い言葉で言い訳しないのが、彼らしいと思った。

「時間が巻き戻ったという話は、信じてくれるんだな」

普通ならとても受け入れられない話だと思うが、アレッシオは信じているようだった。

「一晩であなたが変わったことに、説明が付きますから。確かに荒唐無稽だとは思いますがね」

それよりも、一度目の人生で自分がガブリエーレを死に追いやったことの方が、衝撃が大きいらしい。

「何か、理由があるはずなんです」

彼は繰り返した。

「落ち着け、アレッシオ。一度目は今のように、互いに深く理解し合っていたわけではなかった。今時分はもう、二人きりで会うこともほとんどなかったし」

「それでも、おかしい」

頑として譲らない。こんな彼は初めてなので、ガブリエーレは逆に冷静になった。

「お前の言うとおり、裏に何かあるのかもな。だがもう、確かめるすべはないんだ。いや、これから起こる出来事で、わかることがあるかもしれないが」

「ヴァッローネの嫡男が亡くなる、というのですね」

「そうだ。そしてお前が跡継ぎになる」

病死だという。健康上の不安があったとは聞いたことがないが、不調を隠していた可能性もある。

「跡継ぎなんて嫌だ。あなたと離れたくない」

アレッシオはきっぱりと言った。嫌だと言ったところで、ヴァッローネは許さないだろう。

「その時は、二人で逃げるか」

ガブリエーレが言うと、アレッシオはぱっと瞳を煌めかせた。

「俺と、逃げてくれるんですか」

「今の話を聞いてもまだ、私を愛していると言ってくれるならな」

そう口に出してから、気がついた。自分がいつの間にか、復讐よりもアレッシオを選んでいたことを。

自分にどう言い訳しようと、心は決まっていたのだ。

一度目の人生のアレッシオを恨むより、今の彼を愛したい。

「愛してます。俺の気持ちは変わりません。たとえあなたが、俺を愛してくれなくても」

時が巻き戻った日の夜、ガブリエーレは復讐のためにアレッシオの手を取った。そのことをもう、アレッシオは知っている。それでも気持ちは変わらないと、彼は言う。

ガブリエーレは笑って、アレッシオに口づけた。

「愛しているさ、私も。二度と愛さないと決めたのに、またお前を愛してしまった」

アレッシオの顔が歪んだ。何か言いかけたが声にはならず、嗚咽《おえつ》が漏れる。

「……っ」

「泣くなよ」

囁くと、強く抱きしめられた。肩を震わせて泣くアレッシオの背中を撫でながら、ガブリエーレも涙をこぼしていた。

これからは、二人で生きることを考えよう。アレッシオと共に生きていけるなら、もう

報復はいらない。

ガブリエーレは決意を新たにし、その夜、二人は当面の方針を話し合った。

今すぐ逃げるには準備が足りない。シモーネたちのこともある。ルカも気がかりだし、ガブリエーレが復讐をやめて、ルッチがどう出るのかもわからない。

しばらくは今までどおり、何も気づかぬふりをして日常をやり過ごす。幸い、ヴァッローネの嫡男が亡くなる時期まで、まだ時間がある。

その間に、ルカやシモーネたちに累が及ばないよう準備を進めるつもりだった。

話し合った翌日からは、二人は何事もなかったかのように日常に戻った。

ところがまた、予測のつかない出来事が起こった。

実家のベリ家から、ガブリエーレの兄が亡くなったと報せが届いたのである。


それはヌンツィオの失踪から、しばらく経ってからのことだった。

ある日、本当に唐突に、実家から兄が亡くなったと訃報が届いた。

「一度目には、こんなことは起こらなかった。兄は、ヴァッローネの嫡男が亡くなった後も、ずっと生きていたんだ。病気をしたなんて話も聞いていない」

ルカから連絡を受けたアレッシオがすぐさま駆けつけてくれて、部屋に彼が現れるなり、ガブリエーレは思わず恋人に不安をぶちまけていた。

「落ち着いて」

アレッシオはガブリエーレを抱きしめると、抱えるようにして寝室に移動した。鍵を閉め、ガブリエーレと共に寝台に座る。ここなら声が廊下に漏れる心配もない。いつもなら当然のように気づくことが、今は頭から抜けていた。

「お悔やみ申し上げます。同じお母上のご兄弟なのですよね。さぞ驚かれたでしょう」

寂しいですね、という優しい言葉と共に、あやすように口づけられて、少し気分が落ち着いてきた。

「身内が死んだ悲しみはないんだ。十数年も別々に暮らしてきたし、もとから仲がいいわけじゃなかった。ただ、一度目の時にはなかったから」

「一度目には生きていたトンマーゾ部隊長が死んで、殺されるはずのヌンツィオ殿も出奔しました。あなたも俺も、異なる行動をしている。未来が変わるのは必然でしょう」

「それはそうだ。わかっている。だが、引っかかるんだ」

焦ってしまって、うまく説明できない。これから、実家にも帰らなければならないのだ。

ガブリエーレの言葉に、アレッシオは考え込む仕草をした。

「今までに起こった変化……トンマーゾ部隊長の死と、ヌンツィオ殿の出奔……これは、あなたが一度目と違う行動を取ったせいだ」

「そう……そうなんだ」

その言葉を聞いて、ガブリエーレもようやく、自分が何に引っかかっていたのか理解した。

「でも、今回は違う。私は時が戻ってから今日まで一度として、実家と連絡を取ったことさえないんだ」

兄に対して、前回と違う行動を取ったわけではない。なのにベリ家の運命が変わった。

「関係ないと思える人や物事が、意外なところで関わっていたりします。一度目と違う行動が巡り巡って、遠い場所に作用していたのかも。……でも」

アレッシオは言葉の途中で、何かに気づいた様子で顔を上げた。ガブリエーレも気づいていた。

「兄上は、ただの病死ではないのかもしれないな」

一度目の人生で、汚職は神殿庁の中でのみ起こっていると思っていた。

しかし、実は遠い地方のボラスカ神殿と、ヴァッローネ家とも深い関わりを持っていた。

そして今、無関係だと思っていたガブリエーレの実家にも変化が及んでいる。

自分は途方もないことに巻き込まれていたのだと、今さらながらにガブリエーレは気づいた。

ガブリエーレは留守を部下に頼み、簡単に荷物をまとめると、その日のうちに実家に戻った。

「ガブリエーレ様、どうかお気をつけて」

見送りに出たアレッシオはそう言って、ひどく心配そうな顔をしていた。ガブリエーレも、アレッシオと離れるのが不安だった。

実家には出家して以来、一度も戻ったことがなかった。

父とも手紙のやり取りがせいぜいで、最後に顔を合わせたのが何年前だったのか、すぐには思い出せないくらいだ。

神殿庁から、馬車でベリ家に向かうと、屋敷の大広間にはすでに、大勢の親族や家臣たちが集まっていた。

父はその中心にいたが、しばらく見ないうちに老け込んでいて、しかもひどくやつれていた。目の周りは隈《くま》で真っ黒になっている。

広間には他に兄の妻がいたが、義母と弟の姿が見えない。

弟はガブリエーレたちとは年が離れていて、まだ結婚していない。

この屋敷には父と義母、子供のいない兄夫婦と、弟が住んでいるはずだった。当然、葬儀にも出席しているはずだ。

別の部屋にいるのだろうか。ガブリエーレ自身、実家に戻るのが久しぶりすぎて、勝手に屋敷をうろつくのも気が引ける。

ガブリエーレは大広間の入り口に立ったまま、廊下と広間とを見回した。

使用人もだいぶ入れ替わっているようで、見知った顔がいない。唯一、ガブリエーレが生まれる前からいる家令が廊下を通るのを見つけ、声をかけた。

家令は「ご立派になられて」と、懐かしそうに目を細めた。しかし、ガブリエーレが義母と弟について尋ねると、途端に戸惑った表情を見せた。

「ガブリエーレ様は、ご存知ではなかったのですね」

「どういうことだ」

問い詰めると、家令は大広間の入り口をちらりと窺ってから、声をひそめた。

「弟君は昨年の秋から、ずっと伏せっておられるのです」

屋敷の離れにいて、義母が付きっきりで看病しているのだそうだ。家令は多くは語らなかったが、口ぶりからして病状は良くないようだ。

「ガブリエーレ!」

その時、大広間の真ん中にいた父が入り口にいるガブリエーレに気づき、大きな声で呼んだ。家令は父に見つかるのを恐れるかのように、そそくさと去っていく。

「待ちかねたぞ、我が息子よ。そんなところに立っていないで、こちらに来なさい」

父が笑顔で言うので、ガブリエーレは面食らった。

物心ついて以来、父から一度も笑顔を向けられたことはない。家を出て神殿庁に入る時でさえ、名残を惜しむ言葉もなく、しっかりやれと無表情に言われただけだった。

戸惑うガブリエーレをよそに、父は自ら近づいてきて息子を抱擁した。それからガブリエーレの肩に手を回し、周りの親戚や家臣たちにガブリエーレを紹介する。

「神殿庁にいる次男が帰ってきた。今は聖騎士団で、部隊長をしている」

誇らしげに言い、周りからもおもねるように感嘆の声が上がった。

「ご立派なご子息をお持ちで、羨ましい限りですな」

「ベリ家も安泰だ」

周りの反応に満足し、父は大きくうなずく。

「実を言えば三人の息子の中で、一番出来がいいのがこの次男なのだよ」

かつてのガブリエーレだったなら、父の言葉が嬉しくて舞い上がっていただろう。

言葉を額面どおりに受け取って、父は自分に特別目をかけてくれていると考えたに違いない。

ガブリエーレは愛想笑いを張りつけて、隣の父を見る。相手も気づいて、皺だらけの顔をくしゃりと歪ませて笑った。

「よく帰ってきてくれた。お前だけが頼りだ」

目に涙を溜めて言う父に、今はもう嫌悪感しか湧かなかった。

居心地が悪くなって、ガブリエーレはどうにかその場を抜け出せないかと考え、ふと兄嫁の姿が見えないことに気がついた。

ついさっきまで、大広間の隅で参列者のご婦人たちと話をしていたはずだ。

ガブリエーレは自分の肩を抱く父に、「義姉《あね》に挨拶をしてまいります」と、断って場を離れた。

父はまだ自慢を続けたいようだったが、さすがに大勢のいる前で不満を口にするほど軽率ではなかった。早く戻ってこいよと、肩を叩かれた。

大広間を出てすぐ、ガブリエーレは片っ端から使用人を呼び止め、義姉の行方を尋ねた。

礼拝の間にいると聞いて、そちらへ向かう。兄の遺体が安置してある場所だ。屋敷の北側の奥にあり、使用人の姿もほとんどなかった。

中に入ると、祭壇前の棺に向かって祈りを捧げる兄嫁の姿があった。

「あなたは……」

棺にひざまずいていた女は、人の気配を感じて振り返り、それがガブリエーレだとわかって息を呑んだ。

「何をしにいらしたの」

ガブリエーレが挨拶をする前に、兄嫁は恨めしそうにこちらを睨みつけて言った。あからさまな敵意に戸惑う。

「義姉上にご挨拶をと思いました。それから、兄にお別れを」

兄嫁は、はっ、と神経質な笑い声を発した。

「さすがに余裕がおありですこと。ざまあみろと思ってるんでしょう」

ガブリエーレは思わず顔をしかめた。父があからさまにガブリエーレに期待をかける素振りを見せたからだろうか。兄の葬儀の席で、確かに配慮のない態度だが、ガブリエーレがここまで敵意を向けられるいわれはない。

とはいえ、兄嫁は夫を亡くしたばかりだ。婚家で身の置きどころをなくし、不安に思う気持ちもわかる。

「余裕などありませんよ。急なことで、私もまだ信じられないくらいです。あの兄上が卒中など……」

「やめなさい、白々しい！　あなたが殺したくせに！」

義姉が突如として叫び出したので、ガブリエーレはびっくりした。

それからすぐに、彼女の言葉の意味を理解する。兄はやはり、ただの病死ではない。

ガブリエーレは背後にある戸口の外を覗き、廊下に誰もいないのを確認して扉を閉じた。

ガブリエーレが義姉に近づくと、彼女は怯えたように後退《あとずさ》った。

「ベリ家からの使いは、兄が突然の卒中で亡くなったと言っていました。そうではないのですか」

兄の棺を見る。義姉は戸惑いと疑念の間で視線を揺らしながらも、ガブリエーレを睨み続けた。

「ヴァッローネと通じてるんでしょう。騎士団の団長は、ヴァッローネの遠縁だというではないの」

ガブリエーレは目を細めて義姉を見据える。彼女の表情の中から、真実と虚偽とを読み取ろうとした。

「兄の死に、ヴァッローネが関わっているのですね」

義姉もまた、ガブリエーレの表情から真偽を読み取ろうとしているらしかった。黙ってガブリエーレを見つめた後、手巾を握りしめて「証拠はないわ」とつぶやいた。

「表向きは卒中よ。医師もそう判断した。でも、宮廷の晩餐会《ばんさんかい》に出席した後、夫は具合が悪くなった」

「毒殺ということでしょうか。ヴァッローネの仕業だと？」

「他に誰がいて？　大神官はご高齢で、いつ代替わりがあってもおかしくない。おまけにヴァッローネの息子には、男の子が生まれたそうじゃない。晩餐会でもご自慢で浮かれていたけど、今のうちにベリ家を叩いておきたいと考えても不思議じゃないわ」

義姉はさすがにベリ家の嫁だけあって、神殿庁や聖職貴族たちの情勢に通じている。

彼女の言うとおり、聖アルバ教会の聖座は高齢だ。大神官が亡くなれば、神殿庁の高位神官の中から、次の大神官が選出される。

選出は当事者である神殿庁の高位神官と、それに聖騎士団長、国王と各聖職貴族の当主たちが選出会議で行うのだ。当然、その中での力関係が選出にも影響する。

「それに、そうか……ヴァッローネ家の嫡男に、子供が生まれていたんですね。男子だったのか」

義姉の言葉に、ガブリエーレは一度目の人生の記憶を思い出していた。

ヴァッローネの嫡男が亡くなる前、その妻が病死していた。彼女は身重で、お腹の子供も一緒に死んでしまったのだった。

あれは嫡男が亡くなる半年ほど前だったから、ちょうど今時分だ。

では一度目、嫡男とその妻子は病死ではなかったということだ。状況から推察するに、毒殺だろう。

二度目の今回は、神殿庁のトンマーゾ部隊長が死に、ヌンツィオも出奔した。そのことが何がしかの影響を及ぼし、ヴァッローネ家の嫡男とその妻子は死を免れた。

とすると、一度目の人生でヴァッローネ家の嫡男一家を死に至らしめたのは、ベリ家なのだろう。

今回は両家の運命が逆転し、ベリ家の嫡男がヴァッローネ家に殺された。

「夫は、まったく健康だったわ。なのに、晩餐会の翌日に死んだ。大量の下血をして。あれが卒中なもんですか」

義姉は腹立たしげに言い、再びガブリエーレを睨《ね》めつける。

「嬉しいでしょう？　手を下したのが誰であれ、あなたにベリ家の跡継ぎの座が転がり込んできたのだもの」

「まだ、弟がいる。父も義母《はは》も、弟に跡を継がせたいはずだ」

それを聞いた義姉の顔が歪んだ。怒りと憎しみの眼差しが、侮蔑に変わる。

「本当に何も知らないのね。彼に跡を継げるわけがないでしょう」

断言できるほど、弟の病状はひどいのだ。「あれはもうだめよ」と、義姉は笑った。

「いえ、とっくに死んでいるんじゃないかしら。離れにこもりきりで、お義母様《かあ》と彼女の侍女とが看病しているらしいけれど。一時期、離れに近づいた使用人が、すごい腐臭がしたと言っていたもの」

そう言って甲高い笑い声を上げる義姉に、かける言葉が見つからない。

父は当然、離れの状況を知っているはずだ。隈で真っ黒になった目に涙を溜め、「お前だけが頼りだ」と言った父の表情を思い出し、背筋が寒くなった。


当初の予定では、葬儀を入れた三日ほど実家に滞在して、すぐに神殿庁に戻るつもりだった。弟が生死もわからぬほどになっているとは知る由もなかったし、父から歓迎されるとも思っていなかったからだ。

ところが葬儀を終えた翌日から、理由をつけて父に引き留められた。

遠方から弔問に来たという客人に会わせたり、相談に乗ってほしいと言われたり、あの父が下手に出て頼み込んでくるので、最初のうちは突っぱねることができず、渋々応じていた。

しかし、帰省から一週間が経っても一向に解放してくれる気配がない。痺れを切らしたガブリエーレは、今度こそ神殿庁に戻ると父に宣言した。

それに対して父は、大袈裟にとぼけてみせた。

「わざわざお前が戻らなくても、人をやって片づけさせればいいだろう」

「どういう意味です」

「もう、神殿庁に戻る必要はない。お前はこの家の跡継ぎなのだからな」

笑みさえ浮かべて言う父を見た時、怒りが湧いた。

十四の時に家を出され、寂しさとつらい修行に耐えた。望んだ道ではないのに、懸命に努力したのは、父に認めてもらいたかったからだ。

けれど父は、ガブリエーレがどれほど頑張っても愛情をかけてはくれなかった。そうして手元の駒がなくなると、当然のようにガブリエーレに手を伸ばす。

こんな男を、以前の自分は慕っていたのだ。関心を引こうと必死だった。なんと無駄な努力だっただろう。

「……お前だけが頼りなのだ、ガブリエーレ」

こちらの怒りに気づいたのだろう。父は途端に憐れっぽい声を上げた。

「まだ、弟がいるでしょう」

「あれのことは、お前も聞き及んでいるだろう。どうにかしたいが、あの女が離れようとしないのだ」

あの女とは、義母のことだ。やはり弟は死んでいるのだろう。知ったことかと、吐き捨てたい気分だった。だから、言ってやった。

「私は何も知りません。この家にはまだ、息子がいるはずです。あなたの息子は彼だけだ。私は子供の頃から、あなたに顧みられたことは一度たりともなかった」

そのまま、呼び止める父を無視して踵を返し、自分の部屋に戻った。

生まれて初めての反抗だった。してやったと、その時はいい気分になったが、すぐに後悔する。

息子の小さな反抗くらいで諦める父ではないと、わかっていたのに。

翌日、屋敷は早朝から不穏な空気に包まれていた。

ガブリエーレは帰省してからも、いつもの習慣で早起きしてしまう。それで毎朝、使用人の仕事の邪魔にならないよう、庭先に出て身体の鍛錬をしていたのだが、今朝は使用人たちの様子が違っていた。

まるで何かを恐れるようにひっそりしていて、それでいて、いつもより忙しそうに動き回っている。

庭に出ると、奥の離れの方が騒がしかった。こちらは朝も昼も関係なく、誰もいないように静まり返っていたのに。

不審に思って離れに向かうと、男性の使用人たちが建物の中から家具を運び出しているところだった。

朝早くから何をしているのだと、ガブリエーレが怪訝に思った時、中から女の泣き叫ぶ声が聞こえた。

一人の老女が飛び出してきたかと思うと、何か言葉にならない声を上げながら、使用人に泣き縋る。

使用人たちはただ、汚れた絨毯《じゆうたん》を運んでいるだけのように見えた。

しかし、骨と皮だけの汚れた老女が義母だと気づいた瞬間、ガブリエーレは使用人たちが何を運んでいるのか理解した。

女はガブリエーレの弟の名を呼びながら、巻かれた絨毯を摑もうとした。別の使用人が気づいて彼女を取り押さえる。

呆然とガブリエーレが立ち尽くす中、弟の遺体は使用人たちの手によって、無造作にどこかへと運ばれていった。


こうしてベリ家は、長男の葬儀が終わるや、三男の葬儀を行う羽目になった。

弟は公には、長患いの末についい先日、亡くなったということになっている。

何か月も放置していた離れを、今になって急に片づけたのは、ガブリエーレが父に放った言葉を受けてのことだろう。

無論、息子の心中を慮《おもんぱか》ったわけではない。ガブリエーレの退路を断つためである。ガブリエーレはこの弟の葬儀の準備やら、弔問客の対応やらに駆り出され、さらに半月ばかりベリ家に滞在しなければならなくなった。

兄の葬儀の時と同様に、神殿庁からは高位神官と、ジロラモ副団長が弔問に来てくれた。

「騎士団のことは気にしなくていい。父君に付いておあげなさい」

ジロラモがそう声をかけてくれたが、騎士団のことが気にならないはずがない。

アレッシオには、使いをやって手紙を届けさせた。

誰かに読まれる可能性があるので、詳しいことは書けない。ただ兄弟が亡くなり、跡継ぎにされそうだという状況だけを伝えた。お前を愛している、とも。

アレッシオと共に逃げようと言った気持ちは、今も変わっていない。そのことが、この手紙で伝わっただろうか。

実家での雑務に忙殺される中、アレッシオに会いたいという気持ちが募った。

そしてふと、時が巻き戻る前のことを思う。ある日、唐突にヴァッローネの息子だと言われ、強引に跡継ぎにされてしまったアレッシオは、やはりこんなふうに自分の家で自由を奪われていたのではないだろうか。

今のガブリエーレは、手紙一つ送るにも、家の者が見張っている。アレッシオもまた、ガブリエーレに何かを告げたいと思っても、できなかったのではないだろうか。

そこまで考えて、思考を振り払った。答えの出ないことに頭を悩ませるのはやめよう。

それより、今のことを考えなければならない。

父の言いなりになって、ベリ家を継ぐ気は毛頭なかった。

以前のガブリエーレなら、これもベリ家に生まれた者の務めだと、運命を享受していただろう。だが今は、そんなものは糞《くそ》くらえだと思っている。

家門などどうだっていい。そんなに家を存続させたいなら、どこぞの親戚筋から養子でももらってくればいいのだ。

弔問に来た客の前で、父に跡継ぎだと紹介されることに苛立ちながら、ガブリエーレは表向きは大人しくしていた。

頭の中ではもう、アレッシオと逃げ出すことしか考えていなかった。

このまま逃げれば、シモーネたちやルカに累が及ぶことはないだろう。ガブリエーレは家門を継ぐのが嫌で、男の恋人と駆け落ちするのだ。

アレッシオと共に神殿庁を抜け出すのに、これはむしろ好機だった。

逃げ出す時は、父への置き土産にあの銀の狼の指輪と、ボラスカ神殿の真相を記した書き置きを残していくのもいいかもしれない。

あとはヴァッローネ家とベリ家で、互いに潰し合えばいい。

そんなことを考え、いつでも逃げ出せるよう、最低限の荷物と金目のもの、それから銀行に預けてある資産を引き出すための手形をまとめておいた。

いい加減、うんざりしていた。みんなが自分の欲望を肥大させ、他人を踏みつけようとしている。

父もヴァッローネも、カルロやジロラモ、汚職に関わる連中の誰も彼もだ。

そんな奴らのためにこれ以上、何一つ奪われたくない。

ガブリエーレは当初の復讐の誓いを忘れることにして、撤退することばかりを考えていた。慎重に行動していたつもりだが、同時に焦ってもいた。だから気づかなかったのだ。

一度目と今回とで、結果的にガブリエーレとアレッシオの運命は逆転した。

今やガブリエーレはベリ家の後継者と目され、対して前回は家門の跡継ぎになるはずだったアレッシオが、今は神殿庁に留め置かれている。

この構図の逆転を、もっと深く考えてみるべきだった。

そうすれば、ぐずぐず家に留まったりせず、ただちにアレッシオのもとに駆けつけていただろうに。

逃れたはずの地獄が、ガブリエーレのすぐ間近まで迫っていた。


その小間使いの男にガブリエーレが気づいたのは、まったくの偶然だった。

ベリ家の屋敷の裏門の辺りをうろついていて、ともすれば柵を乗り越えて中に入ろうとさえしていた。

「何をしている」

ガブリエーレはその時たまたま、外の空気を吸うために屋敷の庭を歩いていた。

屋敷の中は絶えず陰鬱な空気が垂れ込めており、息が詰まったのだ。

裏門の辺りなど、普段は滅多に近づくことはなく、その男と出くわしたのは本当に偶然が重なった結果だった。

「ガブリエーレ様！」

怪しい男はガブリエーレを見るなり、泣き出しそうなくらい安堵した様子を見せた。

男はなんと、神殿庁の小間使いだった。そう言われれば顔を見たことがある、というくらいの認識だが、男はガブリエーレを知っていた。

「ああ、本当に良かった。シモーネ様に頼まれたのに、相手にしてもらえんのです。シモーネ様にくれぐれもと……急いでいるってえのに」

安堵と愚痴と、恐らくは焦りも加わって、男の話は要領を得ない。それでも男が懐から取り出した手紙を差し出すのを見て、事情は呑み込めた。

小間使いの男は、ガブリエーレに手紙を届けにきたものの、家の者に取り次いでもらえなかった。恐らく父から、神殿庁の人間の私的な連絡は受け取るなと、言い含められているのだろう。

アレッシオからいまだに手紙が一通も届かないところを見ると、今までにも幾度となく、神殿庁から来た使いに門前払いを食らわせていたのかもしれない。

それは理解したが、連絡を寄越した相手がシモーネなのが気になった。それも急いでいるという。

ガブリエーレは小間使いに駄賃をやり、礼を言って手紙を受け取った。

しかし小間使いは、駄賃より何より、ガブリエーレに早く手紙を読んでもらいたいようだった。中身がガブリエーレに伝わるかを気にかけるように、門の柵の外でブツブツと言い募っていた。

ガブリエーレは男をなだめるためもあって、その場で手紙を開いた。

渡されたそれは、手紙というより殴り書きのようで、よほど急いでいたと見える。短い手紙には、ただ用件だけが書かれていた。

――アレッシオ殿が逮捕されました。罪状は殺人。至急、戻られたし。

「あっしも、アレッシオ様にはご恩があるんでさ。あの方があんな恐ろしいことをするはずがねえ。どうかガブリエーレ様、助けに行っちゃあくださいませんか」

是非もなかった。ガブリエーレはその小間使いに、辻馬車《つじばしや》を呼ぶよう頼んだ。裏手の、あまり人目に付かない場所に停《と》めておくよう言って、自分は屋敷に引き返す。

荷物はずいぶん前からまとめていた。それらを引っ摑むと、すぐさま裏門に戻った。

家の者にはまだ、何も気づかれていないようだった。門を出るとすでに、通りの少し離れた場所に辻馬車が停められていた。

それに乗り込み、神殿庁を目指す。ほんの一里ほどの距離が、永遠に感じられた。

(なぜだ。どうして、アレッシオが)

馬車の中で、そのことばかり考えていた。どうしてアレッシオが逮捕されなければならないのか。

アレッシオは確実に、一度目のガブリエーレと同じ運命を辿っている。

彼が処刑されることになったら、どうすればいいのだろう。

ふと、牢獄の饐《す》えた臭いが鼻をかすめた気がして、叫びたくなった。


神殿庁に辿り着いたものの、ガブリエーレはすぐその場で拘束された。

拘束したのは、ガブリエーレ部隊とは別の、フェリックスという部隊の騎士たちだ。ガブリエーレも牢に入れられるのかと思ったが、連れて行かれたのは自分の居室だった。

そしてそのまま、部屋に軟禁された。

「貴殿には謹慎処分が下っている。そのまま家にいれば、自由なままだったのに。馬鹿なことをしたな」

ガブリエーレの拘束を部下に命じたフェリックス部隊長が、ニヤニヤと笑いながら言った。以前、牢屋でガブリエーレを拷問したトンマーゾと同じ顔をしていた。

「アレッシオは？　彼はなぜ逮捕されたんだ」

「トンマーゾの殺害容疑だ」

フェリックスは言った。馬鹿げている。アレッシオにトンマーゾを殺す動機などない。

しかし、そんなガブリエーレの抗議など聞き入れられるはずがなかった。フェリックスだとて、アレッシオが犯人だとは信じていないだろう。

「騎士ガブリエーレ。アレッシオとは、義兄弟の契りを交わす仲だったそうだな。聖騎士団の騎士の多くがお前たちの関係を知っている。トンマーゾ殺害について、貴殿が無関係だと証明されないうちは、部屋を出ることを許さない。お前の男のように牢屋に入れられたくなければ、大人しくしているんだな」

部屋の入り口には、見張りの騎士が置かれることになった。

部屋からは一歩も出ることが許されない。最低限の生活の世話をするため、従僕のルカだけは出入りさせてもらえることになった。

見張りの騎士に、カルロと面会させてほしいと頼んでみたが、黙殺された。

夕方になって、食事を運んできたルカと再会した。

「ガブリエーレ様！　まさか、こんなことになるなんて」

こちらの顔を見るなり、ルカは泣き出してガブリエーレに抱きついた。

「ルカ、教えてくれ。何があったんだ？　アレッシオがトンマーゾ部隊長の殺害容疑で逮捕されたとだけ、聞いたが」

「僕にも、何がなんだかわからないんです」

ルカは混乱を示すように、首を横に振った。

アレッシオの逮捕は、今日の未明、本当に突然だったという。

アレッシオがまだ部屋で休んでいるところを、フェリックス部隊の騎士たちが突入し、彼を連れて行ったのだという。

アレッシオの部屋の両脇に住む騎士たちが気づき、何事が起こったのかと騒いでいた。

朝の礼拝の後、アレッシオが殺人罪で逮捕されたと、各騎士に伝達があった。アレッシオ小隊所属の騎士は、自室で待機を命じられた。

「それですぐ、シモーネ様がガブリエーレ様のお屋敷に使いをやったんです」

そのシモーネたち三人も、今は自室で待機という名の軟禁状態だそうだ。同じアレッシオ小隊でも、他の騎士たちは比較的自由だというから、やはり三人も目をつけられているのだ。

「フェリックス部隊以外の騎士の方々は、アレッシオ様がそんなことをするはずがないって、みんな言っています」

「当然だ。アレッシオにはトンマーゾを殺害する動機がないし、そもそも事故として処理されて、調査もとっくに終っている。濡《ぬ》れ衣《ぎぬ》だよ。誰か、アレッシオを陥れたい者が手を回したんだ」

言ってから、それは誰だろうと考えた。アレッシオがヴァッローネの庶子だという事実を、一介の騎士たちは知らないはずだ。

「三人にも、気をつけるよう言ってくれ。それからお前も。目をつけられたら、適当な理由をつけて牢に入れられるかもしれない」

仲間を巻き込みたくない。そう、ルカもシモーネたちも、仲間だ。

ルカは「わかってます」と、小さくうなずいた。

「ちゃんと用心しています。僕、要領がいいですから」

いたずらっぽく舌を出してみせ、「ルッチは元気ですよ」と言い添えた。悪魔はまだ、ルカのところにいるらしい。

ルカが去ると、彼が運んでくれた食事をとりながら、アレッシオが逮捕された理由について考えた。

どうして彼なのか。そして今なのか。

父の仕業かと考える。ガブリエーレに騎士の恋人がいることは、少し調べればすぐにわかる。唯一残った息子が家を継ぎたがらないのは、男の恋人がいるからだと判断したとか。

しかし、いくら有力な聖職貴族とはいえ、そんな私的な理由で騎士団の幹部を動かせるだろうか。

特にカルロを動かすとなれば、彼と縁のあるヴァッローネ家に借りを作ることになる。

そこで、ガブリエーレは気がついた。

とになる。

少し前に、嫡男夫妻に男の子が生まれていた。跡継ぎ問題はこれで一応、解消されるこ

ヴァッローネ家の嫡男、アレッシオの異母兄だ。

カルロがすぐに動く相手。アレッシオを邪魔だと思う人間は、身内にこそいる。

（ヴァッローネか）

そうなると、もしもの時の予備だったアレッシオはむしろ、邪魔になる。

嫡男に万が一のことがあれば、生まれたばかりの赤ん坊とアレッシオとの間で、家督争いが起こらないとも限らないのだ。

しかも、アレッシオはガブリエーレの恋人である。

今やベリ家の後継者となったガブリエーレと通じて、ヴァッローネ家に不利益を及ぼす存在になるかもしれない。

それは異母兄だけでなく、当主であるアレッシオの父にとっても懸念すべき問題である。

（だから、アレッシオを排除することにした）

まだ何の力も持たない、今のうちに。

この推測が正しければ、ガブリエーレがどんなに冤罪の証拠を集めようと、仲間たちが声を上げたとしても、アレッシオが解放されることはない。

彼はやってもいない罪を着せられ、処刑される。一度目のガブリエーレのように。

もしもシモーネが、事実を知ってすぐガブリエーレに知らせてくれなければ、そしてガ

ブリエーレがたまたま屋敷の裏門を通らなければ、アレッシオが逮捕された事実も知らないまま、処刑の日を迎えていたかもしれない。

「アレッシオ。絶対にお前を殺させない」

時が巻き戻ったのに、愛する者を自分と同じ目に遭わせたりしない。

薄暗い部屋の中で、ガブリエーレは小さく、けれど決然とつぶやいた。


食事を終えてしばらくした後、ルカが食器を下げにきた時には、夜もだいぶ更けていた。

ルカは飲み水や手洗い桶の水を替えてくれたり、洗濯するものはないかなどと、細々尋ねてくれた。軟禁状態のガブリエーレを気遣ってくれているのだ。

ルカがいる間、部屋の戸は開け放たれ、二人の騎士が入り口に立ってルカとガブリエーレの動向を窺っていた。

ガブリエーレがルカを使って、外部とやり取りするのを防ぐためだ。

ルカが部屋を出て行く際、二人のうち一人が見張りに残り、もう一人はルカに付いて行った。

見張りは全員、フェリックス部隊の騎士たちだ。フェリックスは年配の騎士で、配下も比較的年齢層が高い。

そしてそんな年配の騎士たちに、ガブリエーレは大抵、嫌われていた。若くて実績もないうちから、家柄だけで出世したからだ。馬鹿にしてからかっていた従者が、騎士になった途端に自分たちを飛び越えて上司になったら、誰でも面白くないに決まっている。

ただ、同じフェリックス部隊でも若い騎士たちは、年長の騎士たちほどガブリエーレに屈託を抱いてはいなかった。

今、部屋の外で見張りに立っているのは、若い騎士だった。平民出身の従僕上がりで、彼が親しくしている友人の中に、ガブリエーレ部隊の騎士がいることも知っていた。

他の見張りなら交渉の余地すらないが、彼ならどうにかなるかもしれない。

「頼む。少しの間、ほんの十数える間だけ、どこかに行っていてくれないか」

部屋の扉を少し開けて、ガブリエーレは外の見張りに頼んでみた。無理です、と、最初はにべもない答えが返ってきた。

「ほんのちょっとだ。腹が痛いとか、何か理由を付ければいい」

ガブリエーレは諦めずに囁いた。

「私がベリ家の次期当主になるという話を、お前は知らないのか？　フェリックス部隊にはいずれ、今日の私への行いについて報いを受けてもらう。そうなる前に、私に恩を売っておくべきだと思わないか」

無言のまま前を見据えた若い騎士が、内心で葛藤するのが見て取れた。

「……十数える間だけ、廊下の端まで見回りをすることにします」

やがて若い騎士は、目をつぶって息を吐き、早口に言った。

「ありがとう」

「俺も、アレッシオ殿が犯人だとは信じられないので」

そう言って騎士は、部屋の扉から離れた。ガブリエーレはするりと戸口から抜け出し、廊下の端の階段まで足早に抜けた。

本当は荷物を持って逃げたかったが、それはさすがに、見張りも見逃してくれないだろう。

服の下に、短剣を一本だけ忍ばせていた。

階段を下りて宿舎の建物を出ると、あとは夜の闇に紛れればよかった。

それでも慎重に辺りを見回しながら、牢へ向かう。森を抜けると、闇の中に石壁に覆われた建物が浮かび上がって見えた。

市井の牢獄と違い、神殿庁のそれは滅多に使われることはない。罪人などほとんどいないのだ。せいぜいが、盗みを働いた使用人を入れておくくらいだった。

ガブリエーレも自身が投獄されるその時まで、足を踏み入れたことはなかった。

これが二度目だ。侵入者などいるはずがないと高を括《くく》っているのか、それとも突然の仲間の逮捕に混乱しているのか、外に見張りの姿はない。

石の造りと大きな鉄の扉は、それだけで堅牢に見える。しかし、その鉄扉に鍵はかかっておらず、中に牢番が一人いるだけだということを、ガブリエーレは一度目の経験から知っていた。

中からの脱走を防ぐだけで、外からの侵入者は想定していないのだ。

もっとも、牢獄を抜けたとしても、神殿庁には高い城壁が巡らされている。こちらは見張りも厳重だ。それがあるからこそ、牢獄の警備も簡素なのだろう。

ガブリエーレに特別な策があるわけではなかった。ただ、アレッシオの無事を確認しなければならない。

できればこのまま逃げ出したいが、どうやって逃げるかは、アレッシオに会ってからだ。

鉄の扉を開けると、狭い廊下の奥に、地下に延びる階段がある。灯りは階段の横に灯された一本の蠟燭《ろうそく》だけだった。

扉を閉め、中のかび臭い空気を吸い込んだ途端、過去の恐怖が蘇った。

地下で連日受けた拷問の痛み、絶望を思い出す。足がすくんだが、そんな自分を叱咤《しった》して階段を下りた。

階段の下には牢番が一人、木の椅子に座っていた。彼はウトウトしていたらしい。こちらの足音を聞き、慌てて椅子から立ち上がった。

「あ、ど、どうも」

牢番は、騎士ではなく使用人である。ガブリエーレのことは知っているが、今は謹慎を言い渡されていること、アレッシオとの関係は知らないようだった。

単に囚人の様子を見にきたと思っているようで、ガブリエーレの侵入を咎めることもない。

ガブリエーレも、さも権利があるかのように堂々と振る舞った。

「囚人はどの牢にいる」

一番奥の牢だと、牢番は答えた。ガブリエーレが入れられた場所と同じだ。

奥は真っ暗で、牢番の蠟燭を借りて進んだ。廊下は狭く、石造りの壁は息が詰まるような圧迫感がある。

廊下の端にある部屋の前に立ったが、中からは何も聞こえてこなかった。扉の小窓を開け、蠟燭で中を照らす。

真っ暗な部屋の隅に、大きな塊が見えた。

「アレッシオ」

奥に向かって呼びかける。塊がぴくりと震えた。

「ガブリエーレ、様」

掠れた声だった。塊が起き上がり、人の形を取るまでずいぶん時間がかかった。

「ガブ、リ……エーレ様、どうして……ここに」

声の調子から、懸命に身体を動かそうとしているのがわかる。途中、痛みに呻く声が上がった。

「お前……拷問を受けたのか」

まさか、逮捕したその日のうちに、拷問を加えるとは思わなかった。

ガブリエーレは廊下を引き返し、牢番から鍵を奪った。牢番は戸惑っていたが、「私は部隊長だ」と睨むとすんなり言うことを聞いた。

その鍵でアレッシオの牢屋の鍵を開け、中に入った。

改めて蠟燭の灯りを向けると、アレッシオの顔は殴られて倍ほどに腫れ上がっていた。唇は切れ、鼻は折れている。

片方の目が特にひどく、腫れて塞がった目尻から血が流れた跡があった。

全身を痛めつけられたのだろう。起き上がるのもつらそうだったし、手の指は折られ、そのうちの何本かは爪が剝がされていた。

「クソッ……フェリックス部隊か」

「……あなたの時と、同じだ」

アレッシオはつぶやく。骨が折れているせいか、鼻が詰まった声だった。

「いきなりここに連れてこられて。自白しろと言われた。拒むと……殴ったり蹴られたり……それに、あなたは俺を見限ったと。ベリ家の跡継ぎだから、もう戻ってこないと言われて」

「そうやって、心を折るのが連中のやり方なんだ。痛むなら、無理にしゃべらなくていい」

ガブリエーレは言ったが、アレッシオは耳に届いていないかのように、ふふっと笑って言葉を続けた。

「あなたの話を、聞いておいてよかった。彼らの言うことは、ぜんぶ嘘だとわかった。ただ、俺を消したいんでしょう」

「ああ。私とお前の運命は、一度目と逆転している。そのことについて、もっとちゃんと考えていればよかった。お前を陥れたのは恐らく、ヴァッローネ家だ。ヴァッローネの嫡男に、男子が生まれたんだ」

それだけで、アレッシオはこちらの言わんとしていることを理解した。

「それで俺が邪魔になった。……なるほど」

ははっ、と乾いた笑い声を上げた。だがすぐに真顔に戻る。まぶたの腫れた両目で、ガブリエーレを見た。

「行ってください。こんなところにいたら、あなたも巻き添えを食う」

「何を言ってるんだ」

置いて行けというのか。信じられなかった。

「あなたは、ベリ家の跡継ぎだ。あなたまで殺すことはしない。でも、いつまでも俺に関わっていたら……お父上も、ヴァッローネ家も黙っていないでしょう」

「だから、一人で逃げろというのか。そんなことできるはずないだろう」

「なら、どうするんです」

アレッシオは焦れったそうに言った。彼はしきりに、ガブリエーレの背後にある廊下を気にしていた。誰かに見つからないか、ガブリエーレを巻き込むのを気にしているのだ。

「俺は、立つのもやっとだ。神殿庁の城壁の外に、どうやって逃げるんです。たとえ外に出ても、俺がいたんじゃどこにも行けない」

彼の言うとおりだ。どこに逃げればいいのか。ベリ家はアレッシオを匿《かくま》ってはくれない。アレッシオを生かしておくことは、ヴァッローネ家が許さないだろう。

「逮捕と言われても、しばらく事態が呑み込めなかったのですが。拷問を受けて、覚悟を決めました。最後に一度、あなたに会えてよかった」

強がりではなく、本当に諦めているのだとわかった。ガブリエーレはもどかしくて悔しくて、泣いてしまいそうだった。

「一人で勝手に決めるな。諦めるなんて許さない」

こんなところで、最愛の人を死なせたくないし、自分だって死にたくない。

もどかしさは、怒りに変わった。捨てたはずの恨み、憎しみが再びこみ上げる。どうして自分たちばかりが、こんな目に遭わなければならない？

二人で生きたい。身勝手な連中の思いどおりになりたくない。

では、どうすればいいのか。ガブリエーレは必死に思考を巡らせた。

──もしもあんたが、すごく、すごーく……ものすごーく困ったことになったら。

その時、甲高い声を思い出した。癇に障る悪魔の声だ。

──書庫に行くといいよ。

「書庫に行こう」

ほとんど反射的に、口にしていた。アレッシオが「書庫?」と、訝しげに聞き返す。

「騎士団の執務棟の書庫、ですか。それとも神官たちの?」

「わからない。ただ、ルッチに言われたんだ。ものすごく困ったことになったら、書庫に行くといいって」

どの書庫かはわからない。騎士団にいくつ書庫があると思っている、と、ガブリエーレは言い返したのだ。

あちこち回っている暇はない。しかし、他に残された道は思いつかなかった。このままアレッシオを死なせるくらいなら、悪魔の戯言《たわごと》でもいいから縋りたい。

「……図書館」

蠟燭の薄闇の中、アレッシオがつぶやくのが聞こえた。彼は記憶を手繰るように、遠い虚空を見ていた。

「図書館の奥にも確か、書庫がありました。二階に……」

そう言われれば、確かに図書館にも書庫はある。

「そこに、何かあるのか?」

アレッシオは遠くをぼんやり見つめたままだった。ガブリエーレがそっと尋ねると、我に返ったのか、虚ろだった目が焦点を結んだ。

「……いいえ。それは、わかりません。ただ、他の書庫よりも、身を隠すのに良さそうだと思って」

書棚が並んだ図書館は、なるほど物陰が多くて身をひそめるのに恰好の場所かもしれない。

このままここで考えあぐねているより、別の場所に移動して策を練る方がいい。負傷しているアレッシオを図書館の書庫に隠し、うまくいけば神殿庁から脱出できるかもしれない。

もしもの時は自分が囮《おとり》になるつもりだ。しかしそれでもまだ、ガブリエーレは希望を捨ててはいなかった。

こんなところで死んでたまるか、という強い憤りがある。

「よし。図書館に行こう」

考えをまとめ、アレッシオを抱き起こそうとしたが、彼は力なく首を左右に振るだけだった。

「あなただけ逃げてください。俺は無理だ。足が……ここには引きずられてきたから、どれくらい歩けるのかもわからない」

暗くてよく見えないが、足もひどくやられているようだった。全身怪我だらけで、きっとひどく痛むはずだ。

その痛みをよく知っている。耐えがたい痛みだ。しかし、ガブリエーレは許さなかった。

「だめだ。お前は私と行くんだ。這ってでも逃げるぞ。外まで私が負《お》ぶってやる」

「その間に、誰かに見つかります」

ぐずぐず言うアレッシオに、腹が立った。

「それなら私もここに残る。騎士たちと戦って死んでやる。私を見殺しにするのか。私を愛していると言ったのは嘘なのか」

子供じみた論法だとわかっているが、諦めるわけにはいかなかった。

アレッシオは腫れた顔をしかめ、ふっと笑った。

「愛しています。あなただけを誰より愛しています。だから死なせたくない」

「私だって同じだ。お前を死なせたくない。二人で生きたい」

「時が巻き戻る前、俺はあなたを死に追いやったのに？　俺に復讐すると言っていたじゃありませんか」

「もう忘れた」

わざと傲然とした口調で言う。

「忘れた。いや、本当は忘れてない。忘れられるはずがないんだ。でもあれは、お前であってお前じゃない。あの時の真相はもう、知りようがない。それより今だ。私は今のお前と生きたいと言っている。それができないなら、復讐なんて糞くらえ、死んだ方がましだ」

ガブリエーレは言って、アレッシオの襟首を掴み、無理やり立たせた。アレッシオはふらつき、痛みに顔をしかめて呻く。

「私と来い。否定の言葉は許さない。身体が痛かろうが歩けなかろうが、関係ない。お前は私と逃げるんだ」

「ガブリエーレ様……」

「それができないなら、今ここで、お前の手で私を縊《くび》り殺せ」

襟首を摑んだまま、恋人の身体を乱暴に揺さぶる。

「わかった。わかりましたよ」

アレッシオは痛みに呻き、ガブリエーレをなだめるようにのろのろと両手を上げた。

仕方がないな、という口調だった。愉快そうな笑いを漏らしてから、また痛みに顔をしかめる。

「俺にあなたを殺せるはずないでしょう。それくらいなら地獄に落ちた方がいい。どこまででもあなたに付いて行きますよ」


幸いにも、アレッシオの歩行機能は失われていなかった。

ガブリエーレが手を貸して、よろめき痛みに悶《もだ》えながらも、ゆっくりとだが自分の足で歩くことができた。

ガブリエーレが囚人に肩を貸しながら出てきたのを見て、牢番は驚き慌て、外に知らせに行こうとしたが、ガブリエーレはそれを傲岸な態度で呼び止めた。

「ここで私を敵に回すのは、利口ではないぞ。罪人はこのアレッシオではなく、騎士団長のカルロだ。もうじきそれが明らかになるだろう。そうなった時、どちらの味方でいるべきかは、お前もわかるだろう?」

こんな状況で、何を明らかにできるはずもないから、もちろんはったりである。通じなければ、短剣で脅して縛り上げるしかない。

しかし、ガブリエーレがあまりに尊大で堂々としているので、牢番は迷いながらも外に知らせるのをやめた。

階段ではガブリエーレがアレッシオを背に負い、牢獄を抜け出す。そこからは、ガブリエーレが肩を貸しながら歩いた。

図書館は牢獄とは真反対の南の区画にあった。そこまで行くには今来た道を戻り、騎士団の宿舎を横切って、さらに鐘楼の広場を抜ける必要がある。

闇夜が二人の姿を紛らわせてくれるとはいえ、のんびりもしていられなかった。

ガブリエーレの部屋の見張りは、数時間おきに交替になる。交替の際には、室内に異常がないか中を確認された。

交替の時間にガブリエーレが部屋にいなかったら、フェリックス部隊の騎士たちが動く。彼らは真っ先に牢へ向かうだろう。

逃亡を知られるのは、時間の問題だった。

「悪魔が言っていた書庫には、何があるんでしょう」

森を抜けながら、アレッシオが小声で言った。ガブリエーレは「わからない」と、短く答える。

「あの猫は、肝心なことは何も言わなかったんだ」

それきり会話は途切れた。風に揺れる木々の音と、互いの息遣いだけがやけに耳に響いた。

宿舎の灯りが見えるまで、ずいぶん長くかかった気がする。部屋を抜け出してから、どれくらいの時間が経ったのだろう。

ここまで来るのにも、アレッシオが激しい苦痛を感じていることは気づいていた。休ませてやりたかったが、そんな時間はない。考えないようにして先を急いだ。

宿舎の灯りから逃れるように南へ向かう。焦りの中、ようやく前方に鐘楼の広場が見えた。広場の反対側に図書館がある。

雲が晴れていて、月が明るかった。夜勤で警備にあたる騎士が、広場を横切るのが見えた。

「左側の、礼拝堂の方から回りましょう」

アレッシオが囁いた。警備は、そちら側はあまり通らないのだそうだ。

「さすが、詳しいな」

こうした夜勤の警備にあたるのは、下っ端の騎士の中でも、平民出身の者だけだ。アレッシオも経験があるから、警備の法則がある程度わかるのだろう。

二人は広場の周りの建物に沿うようにして、ぐるりと左回りに回り、図書館の前まで辿り着いた。それだけで、ずいぶん時間がかかった。

貴重な書物を蔵する図書館の扉には、当然だが鍵がかかっている。遮蔽物のない広場の前でぐずぐずしている暇はなく、ガブリエーレは短剣を使って鍵をこじ開けた。

おかげで扉は開いたが、短剣は刃こぼれし、ガブリエーレは指先を切ってしまった。

「指が」

血の滴る指先に気づき、アレッシオがひどく心配そうな声を上げる。彼の怪我の方が百倍ひどい。

「お前の傷よりましだ。先を急ごう」

だからそう言って、戸口の壁に寄りかかるアレッシオの腕を担いだ。彼を抱えるようにして扉を開け、中に入る。

牢獄とはまた違うかび臭さと、書物特有の古い革と紙の匂いが二人を迎えた。

扉を閉めようとした時、アレッシオが低く呻いてその場に立ち尽くした。

「アレッシオ?」

傷が痛むのだろうか。声をかけたが、彼は答えない。

とりあえず、彼を中の壁にもたせかけ、扉を閉めた。中には灯りがなく、一寸先も見えないほど真っ暗になった。

「しっかりしろ。もう少しだ」

傷がひどいのだろうか。月明かりのない今、相手の顔すら見えない。励ましながらも、不安でいっぱいになる。

「大丈夫です」

意外にしっかりした答えが、耳元で聞こえた。

「ご心配をおかけしました。少し……めまいがして。また、肩を貸していただけますか」

闇の中で、頬に温かいものが触れた。アレッシオの手だとわかり、傷に障らないようそっと握る。

しかし、手探りで肩を組んだものの、真っ暗でどこに何があるのかわからなかった。

図書館の書庫は、建物の二階にあるとアレッシオは言っていた。階段を探さなければならない。

「……たぶん、こっちです。ほら、うっすら窓が見えるでしょう。階段の吹き抜けの窓です」

アレッシオがガブリエーレの肩を自分の方に寄せた。彼の立つ前方の右上に、なるほどうっすらとだが、月の光が差し込む窓が見えた。

少しずつ、闇に目が慣れてきたようだ。二人はその薄明かりを目指して進んだ。

「しかし、よく窓に気づいたな」

光はほんのわずかで、目が慣れていなければ、窓だということも気づかなかった。あれだけで階段の吹き抜けだと、よくわかったものだ。

「以前も、夜に来たことがあるんです。あの時は、蠟燭の灯りがありましたが。入り口の扉を閉めたら真っ暗で……」

歌うような、虚ろで不思議な声だと思った。

「夜勤の警備の時にか？」

尋ねたが、アレッシオの答えはなかった。

やがて吹き抜けの階段が見え、二人は慎重にそれを上った。二階の壁の天井近くには、明かり取りの窓が並んでおり、一階に比べるとずっと明るく見える。

「書庫は、あの奥ですね」

二階に上がってからも、アレッシオは迷いがなかった。書架と書架の間の狭い道を、奥へと進んでいく。

書庫の扉の前に立つと、アレッシオがためらいなく扉の取っ手を摑んだので、いささか驚いた。

書庫の扉には鍵がかかっていなかった。アレッシオは扉を開きかけ、中を覗いてまたすぐ、慌てたようにそれを閉めた。

「中に誰かいます」

「そんなはずないだろう。図書館の入り口は施錠されていたぞ」

ガブリエーレが短剣でこじ開けたのだ。

「でも、中に灯りがついている」

司書か誰かが残っているのだろうか。相手が誰にせよ、確かめておかねばならない。中に誰かいるなら、こちらの存在も気づかれているだろう。

アレッシオに代わって、ガブリエーレが扉を開けた。

アレッシオの言うとおり、中は煌々《こうこう》と灯りがついていた。

書庫に入ってすぐ、石壁のくぼみに燭台《しょくだい》を置く場所があり、そこに粗末な燭台と火のついた蠟燭が立てられている。

しかし、さほど広くはない室内に、人の姿は見当たらなかった。

それでは誰かが、図書館を閉める前に、灯りだけつけて去ったのだろうか。いったい何のために？

部屋の突き当たりには、小さな明かり取りの窓が一つだけあり、あとは壁一面にずらりと書架が並んでいた。誰かが隠れる隙間はない。

「誰もいない」

室内をぐるりと見回して、ガブリエーレはそう断じた。そのガブリエーレを押しのけるようにして、アレッシオが中に入ってきた。

「アレッシオ？」

呼びかけたが答えはなかった。アレッシオは何かに導かれるように、足を引きずりながらも真っすぐに部屋の奥へ進んでいく。

そしてある書架の前に立つと、ずらりと並んだ背表紙の中から、迷いなく一冊を選んで取り出した。

羊皮紙でできた、分厚い装丁の書物である。爪を剝がされ、骨が折れた手には耐えきれない重量だったのだろう。

一度は手に取ったものの、アレッシオは痛みに呻いて書物を取り落とした。

「私が取る」

ガブリエーレは急いで近づくと、床に落ちた本に手を伸ばした。表紙には禍々《まがまが》しい髑髏《どくろ》が描かれ、古い言語で、『大いなる奥義書』と書かれてある。

「これは……」

「魔術書です」

抑揚のない声で、アレッシオが答えた。魔術の教書、異端の書は禁書である。アレッシオはなぜ、本の題名を見ただけでそれがわかったのだろう。

ともかくも本を拾おうとした。しかし、ガブリエーレの指先が触れるや、魔術書はひとりでに開いた。

「えっ」

驚き、咄嗟に手を引っ込める。書物はまるで自ら意思を持ったかのように、ぱらぱらとめくれた。真ん中の辺りまでくると、ぴたりと動きが止まる。

ガブリエーレは恐る恐る、開かれた本を覗いた。

そこには不思議な円陣が描かれていた。古語で説明が書かれている。

「皇帝……ルキフェル？」

「悪魔を統べる悪魔、地獄の王ルキフェル。我々の言葉では、ルチーフェロとも読みますね」

耳元でアレッシオの声がして、隣で彼が身を屈めた。

「いや、私が」

本を拾おうとしているのだとわかって、ガブリエーレは戸惑いながらも本に手を伸ばした。

伸ばした指先から、血が滴る。先ほど、図書館の扉をこじ開けた時に負った傷だった。

血は羊皮紙に描かれた円陣の上に落ち、頁《ページ》を赤黒く滲ませた。

しまった、とガブリエーレが焦ったのも束の間、その血はすうっと、まるで円陣の中に吸い込まれるように消える。

「え？　おい、今……」

どういうことだろう。目を瞬かせ、隣のアレッシオを振り返ろうとした時、今度は書物が火を噴いた。

「うわっ」

炎がまたたく間に書物を包む。ごおごおと音を立てて激しく燃え盛るのに、書物は少しも燃えていない。

かと思うと、あっという間に火の勢いは弱まり、そして消えた。

いったい何が起こっているのだろう。

唖然《あぜん》としていると、炎が消えた本の向こうから、黒い子猫が一匹、そろりと現れた。首には、ガブリエーレがやった手巾を巻いている。

「お前、ルッチ……」

ルチーフェロ。そう、それは彼の名前だ。

「ようやっと僕を呼んだね」

ハハッ、と、猫は癇に障る甲高い声で笑った。


猫が本を乗り越えてこちらに近づいてきたその時、広場の鐘楼から鐘の音が聞こえてきた。

時を告げるものではない。けたたましく鳴らされるそれは、非常事態を示していた。

ガブリエーレたちが逃げ出したのがばれたのだ。

「もうすぐ、ここに連中が来るんじゃない？」

ルチーフェロは鐘の音のする方角を仰ぎ、のんびりした口調で言った。

「約束が違う」

突然、そう言ったのはアレッシオだった。ガブリエーレは驚いて隣を振り返った。

猫の悪魔の話は、彼に打ち明けていた。しかし、アレッシオがしゃべる猫と対峙するのは、これが初めてのはずだ。

驚いてもいいはずなのに、彼はルチーフェロを睨んでいる。しかも約束とは。猫は大きく欠伸をした。

「何も違えてなんかいないよ。君の望みどおり、君の愛する人は生き返った。今も隣でぴんぴんしてるじゃないか」

ルチーフェロの言葉を理解して、ガブリエーレは息を呑んだ。

「それじゃあ……アレッシオ、お前が」

ガブリエーレが処刑された世界で、ルチーフェロを呼び出した男がいた。その男の願いを叶えるために、時は巻き戻ったのだという。

その人物とは、アレッシオだったのだ。

「どうやら、そのようですね。つい先ほどまで、そんなことはすっかり忘れていたんですが」

アレッシオはこちらを振り返り、軽く肩をすくめる仕草をした。顔が腫れているので、どんな表情をしているのか、よくわからない。

「図書館に入った時、本の匂いと目の前に広がる闇を見て、不意に思い出したんです。時が巻き戻る前に見た光景と同じだったので」

ここまで迷いなく真っすぐ進めたのも、以前に一度、同じように夜の図書館に入ったことがあるからだった。

いったい、どういう経緯があったのだろう。ガブリエーレが死んだ時、彼はもうヴァッローネ家にいたはずだ。

様々な疑問が湧き上がったが、アレッシオはルチーフェロに向き直り、再び猫を睨みつけていた。

「俺の願いは、ガブリエーレ様を生き返らせることだけじゃない」

「それくらい知ってるよ」

猫は不満そうに言って、後ろ脚で首の辺りを掻いた。いつもいつも、癇に障る奴だ。

「一途で健気なアレッシオ。君の願いは、君の大好きなガブリエーレが誰に利用されることもなく、幸せな人生を送ること。そうだろ」

得意げに言って、猫はちらっとこちらを見る。ガブリエーレは驚きに息を呑んだ。

自身の魂を捧げて、アレッシオが願ったのは、ガブリエーレの幸福な人生だった。

どうして、と問い詰めたくなる。彼は自分を裏切ったのではなかったか。嘘の証言をし、死刑執行の署名をしたのに。

本当は、何があったのだろう。

今すぐ聞きたいのに、アレッシオはルチーフェロを見据えたままだ。

「わかっているならなぜ今、こんなことになっている？」

確かに今の状況は、アレッシオの願いからはかけ離れている。しかしルチーフェロは、ハハッと甲高い笑い声を上げた。

「幸せって、漠然とした願いだよねえ。今だって、考えようによっては幸せって言えるんじゃないかな。愛する人と二人、手に手を取って逃避行。死ぬまで一緒なんて、素敵」

「ふざけるな！」

アレッシオがたまりかねて怒鳴ると、ルチーフェロはうるさそうに顔をしかめた。

「大声はやめてよ。猫は耳がいいんだから。それにほら、僕を問い詰めてる場合じゃないんじゃない？　ここにも人が来るみたいだよ」

いつの間にか鐘が鳴りやみ、広場の方角から人の声が聞こえた。いずれ、図書館の鍵が壊されているのも見つかるだろう。

「そんな……」

アレッシオがつぶやくのが聞こえた。振り返ると、彼は傷ついた手を握りしめ、肩を震わせていた。

彼の気持ちが、ガブリエーレには痛いほど伝わってきた。魂を賭してまで、アレッシオはガブリエーレの幸福を願ったのだ。

なのにこんな状況を指して、ルチーフェロは幸せだと言う。目の前で呑気に毛づくろいしている猫を見て、無性に腹が立った。

「すべてはこの悪魔のせいだ。どうせ死ぬならこいつに一矢報いてからだ」

ガブリエーレは短剣を抜いて猫に向けた。

「いや、待って待って。早まらないで」

刃こぼれした短剣を馬鹿にされるかと思ったが、ルチーフェロは意外や、耳を水平にして後退った。

「あのですね、赤毛君の願いは今、ちょうど叶えてるところなんです。でも正直なところ、時間を戻したり、他にもあれやこれやするわりに、もらえる魂が赤毛君の一個だけっていうのがね。なんていうかその、割に合わないなあって思ってて」

ルチーフェロの声に、鐘楼の鐘が重なった。広場から聞こえる人の声も、慌ただしく怒号めいたものになっている。

ここに人が入ってくるのも、時間の問題だった。

「私の魂も、与えればいいのか?」

言うと、アレッシオがすぐさま「ガブリエーレ様」と、咎めるような声を上げた。

「悪魔の言うことなど、聞いてはいけません。こいつの甘言に乗って、俺は今このざまだ」

「わかっているが、しかし……」

ルチーフェロを信じるに足る根拠など、何一つない。それでも追手がすぐそこまで迫っている今、悪魔に縋る以外に、方法があるのだろうか。

「お前も私のために魂を捧げてくれた。ならば、私もお前と生きるために、悪魔に魂を売っても構わない」

たとえその後で、魂が悪魔に凌辱《りょうじょく》されようとも。決意を固めると、アレッシオが言葉に詰まったのか、「ガブリエーレ様……」と、ただ名前を呼んだ。

ガブリエーレはそれにうなずいて、ルチーフェロに向き直る。

「私が魂を捧げ、お前と改めて契約する。より具体的な望みを告げればいいんだろう」

二人一緒に理不尽に殺されることが幸せなんて、ガブリエーレは認めない。自分は生きたいのだ。アレッシオと共に、誰にも利用されることなく平穏に。

悪魔に揚げ足を取られないよう、願う際の言葉を考えようとしたのだが、ルチーフェロは不満そうに長い尻尾を揺らし、パタパタと床を叩いた。

「違う、違う、ぜんぜん違う！　そうじゃないんだよ、このおバカさん！」

「な……」

「前に教えてやったじゃないか。いっぱい手がかりを教えてやったのに、少しも考えやしないんだから」

前といったら、ルチーフェロがいきなり話しかけてきた時のことだろうか。

ガブリエーレは、当時の悪魔との会話を懸命に思い出そうとした。悪魔は何と言っていたのだったか。

あの時のルチーフェロの言葉が頭に浮かんだが、それを口に出すより早く、猫が声を上げた。

「愚図の阿呆に、最後まで付き合ってあげたいところだけど。はいっ、時間切れでーす！もうここにはいられませんっ。あいつらがやってくるよ！」

声高に叫ぶや、猫は歯をむき出しにして笑った。前脚を踏み鳴らす。

すると、前脚が踏んだその床から突然、炎が噴き上がった。今度は先ほどの本の時のように、すぐには消えない。それどころか床を這い、書架に辿り着くと、書物を舐めるようにして燃え広がった。

あまりの炎の強さに、ガブリエーレとアレッシオは戸口へ後退った。

「さあ、宴《うたげ》の時間だ。踊れ、愚かな人間どもよ！　せいぜい僕を楽しませてくれ！」

ごうごうと燃え盛る火の向こうで、猫が叫んでいる。床に落ちた魔術書から火柱が噴き上がった。

「危ない！」

アレッシオが叫び、二人は急いで書庫の外に出た。

甲高い笑い声が、なおも炎の向こうから聞こえていた。


書庫を出た後も、炎の勢いは止まらなかった。

炎が書庫の扉を吹き飛ばし、書棚の書物を食らってどんどん広がっていく。

「外に出るしかないようですね」

この場にいたら、焼け死ぬだけだ。ルチーフェロは、二人が建物の外に出ることを望んでいるのだろう。

悪魔の思いどおりになるのは癪《しゃく》だが、ここで死ぬのも嫌だ。いちかばちか、二人は階段を下りた。

書庫から遠ざかったはずなのに、悪魔の笑い声はずっと続いていた。頭の中に直接響いてくるようで、おかしくなりそうだった。

「本当に、癇に障る笑い声だな」

耐えきれずに言うと、アレッシオが「笑い声？」と、怪訝そうに聞き返した。

彼にはこの声が聞こえていないらしい。

そうこうしている間に、一階の入り口に辿り着いた。そっと扉を開ける。広場には何人かの騎士がいて、図書館の二階の窓から炎が噴き上がるのを見て、「火事だ」と叫んでいた。

炎で辺りが明るい。入り口の庇《ひさし》が陰になっていて、ガブリエーレたちの立っている場所は奇跡的に闇に浸っているが、広場に出ればすぐ見つかってしまう。

どうやって逃げるか。迷っているところへ、隣に立つアレッシオとはまったく別の方角から「ガブリエーレ様」と声が聞こえたので、跳び上がりそうになった。

振り返ると、図書館の石柱の陰からルカが顔を出していた。

「お前、どうしてここへ……」

ルカは小さな身体をさらに低く屈め、「こちらへ」と手招きする。

ガブリエーレはアレッシオを支えながら、柱の陰に移った。ルカは柱から柱へ移動し、図書館の建物の角まで移動する。広場からは死角になっていた。

ただここも、少し覗けば見つかってしまう。ガブリエーレはルカに、先ほどと同じ質問を繰り返した。

「どうしてここに来たんだ」

「僕、ガブリエーレ様の部屋から下がったふりをして、様子を窺っていたんです。何か僕でも役に立てることはないかと。そうしたら、ガブリエーレ様が抜け出すのが見えて」

ガブリエーレが牢獄の方角へ向かうのが見えた。アレッシオを助けるのだと理解したルカは、二人の逃亡を手助けするために密かに動いていたという。

「ただ、いろいろ取りに行っている間に、途中でお二人を見失ってしまって。そうしたら、ルッチがどこからか出てきたんです」

「ルッチ？」

アレッシオが怪訝な声を上げた。険しい声だったが、顔が腫れて表情が見えないので、ルカは気づかなかったようだ。

「猫のルッチです。つい今しがたまで一緒にいたんですけど。彼が付いてこいって言ってるように見えて、後を付いて行ったんです。図書館まで辿り着いたと思ったら、ガブリエーレ様が出てくるじゃありませんか。ルッチは飼い主を助けようとしたんだと思います」

ルッチを自分の猫だと思ったことはないし、あの悪魔がそんな殊勝なことをするとは思えない。しかし、ルカのことは気に入っていたようだから、ちょっとばかり手助けをしたのかもしれない。

何も知らないルカは誇らしげに言って、物陰に置いてあった二振りの剣と、革の合切《がっさい》袋《ぶくろ》を差し出した。

合切袋は、ガブリエーレが部屋に置いてきたものだ。ベリ家を出る時に持ち出した全財産だった。

「剣は演習用のなまくらしか持ち出すことしかできなくて」

申し訳なさそうに言ったが、ガブリエーレはルカの献身に胸が詰まった。

「こんな危ないことをして。お前もただではすまないんだぞ」

ルカは泣き出しそうな顔をして「だって」とつぶやいた。

「ガブリエーレ様もアレッシオ様も、悪くありません」

ガブリエーレはルカを抱きしめた。この小さな身体にはすでに、正義と忠義心が備わっているのだ。

ルカもガブリエーレに抱きついた。それからさらに、驚くべきことを告げた。

「シモーネ様たちも、この騒ぎに乗じて抜け出しました。今は厩舎から馬を調達しているところです。僕がガブリエーレ様と合流して、裏門で落ち合う約束になっています」

「あいつらまで動いていたのか」

ガブリエーレは感動していいのか呆れていいのか、わからなかった。

脱獄者に手を貸したって、いいことなんてない。じっと大人しく謹慎している方がまだしも、生きながらえただろうに。

命知らずで、損得を考えず義侠心を貫くバカたちに、ガブリエーレは笑いがこみ上げてきた。今は愛しさすら感じる。

「本当に馬鹿だな、あいつらは」

笑いながらつぶやいて、ルカの抱擁を解いた。ルカが持ち出してくれた合切袋の中から、小さな革袋を探して取り出す。

ヌンツィオから渡された、銀の狼の指輪だ。それだけ受け取ると、合切袋はルカに返した。

「ここに、銀行に預けた預金の手形が入っている。アレッシオを裏門まで連れて行ってくれ。私はここに残る」

「ガブリエーレ様！」

アレッシオとルカが、同時に抗議の声を上げた。

「三人で行動していたら、すぐに見つかってしまう。先に逃げてくれ」

「囮になるというのですか。それなら、俺がなります。この足ではすぐ追いつかれる。それなら、あなたとルカとで逃げる方が合理的だ」

「それこそ、その手でどうやって剣が振るえるというんだ。見つかって拘束されて、すぐに囮役は終わりだ」

ガブリエーレは早く二人を逃がしたくて言い募った。しかし、アレッシオは少しも引かない。ルカは二人の間でオロオロしていた。

「あなたを見殺しにしろというんですか。俺が何のために、ルチーフェロと契約したと思ってるんです。あなたを死なせて、一人でなんて生きられない」

「そんなの、私だって同じだ。けど、どうしろっていうんだ」

「一緒にいさせてください」

アレッシオの声は決然としていて、それでいて穏やかだった。

「あなたと離れたくない。最後までそばにいさせてください」

彼のその、すべてを受け入れたような静かな声を聞いた時、ガブリエーレは自身の中にあった焦燥が消えるのを感じた。

ガブリエーレも、アレッシオと同じ気持ちだった。彼を囮にして見捨てることも、彼を置いて先に死ぬこともしたくない。どこまでも一緒にいたかった。

「——いいのか。捕まっても、ひと思いには死ねないぞ」

「ええ。地獄はもう、見ましたから」

アレッシオはそう言って笑った。笑った、のだと思う。

打擲で膨れ上がり、表情さえわからないはずなのに、ガブリエーレはその笑顔を美しいと思った。

ガブリエーレは二振りある剣の一方をアレッシオに渡した。その腕でうまく振れるかどうかもわからないが、丸腰よりはましだ。

自分も剣を持ってから、ルカに向き直った。

「お前は先に、裏門に行きなさい。うまくすれば、また再会できるだろう」

「三人によろしくと」

アレッシオが付け加え、剣を杖代《つえ》わりに踵を返した。これ以上、ここでぐずぐずしているわけにはいかない。

「行け」

ガブリエーレが短く命じると、ルカは顔をくしゃくしゃにしながらお辞儀をし、広場とは反対側の方向へ走っていった。

図書館の火は弱まるどころか勢いを増していて、広場には続々と騎士たちが集まってきていた。防具が触れ合う物々しい音が聞こえる。

「何人か、図書館の中を捜索しろ」

カルロの声がした。ジロラモがフェリックス部隊に捜索を命じる声も聞こえてくる。

「行きましょうか」

図書館の陰で様子を窺っていたアレッシオが、こちらを振り返る。ガブリエーレもうなずいた。

「二人いれば、ルカと三バカが逃げる間の時間稼ぎくらいにはなるだろう」

覚悟は決めた。死の瞬間まで、アレッシオと共にいる。

けれど、すべてに納得したわけではなかった。これが幸せだなんて認めない。悪魔はアレッシオの願いを叶えていないではないか。

アハハッ、と、ルチーフェロの声がまた頭の奥に響いた。

悪魔はまだ、近くにいるらしい。

(私に何をさせたいんだ、ルチーフェロ)

答えはなかった。ガブリエーレは、アレッシオと共に広場へ出た。

広場に集まった騎士たちがすぐ、二人の姿に気づく。彼らの中心には一人、馬に乗ったカルロがいて、彼もガブリエーレたちに気づいたようだった。

「アレッシオ。それにガブリエーレ・ディ・ベリ」

その場にいる騎士たちに知らしめるように、カルロが声を張り上げた。

ガブリエーレとアレッシオは、言葉を発することなく彼らの前へとゆっくり歩いていく。

騎士たちも剣を構えてそれを見守った。

歩きながら、舞台の袖から登場する役者みたいだと、ガブリエーレは思う。

頭の中でまた、ルチーフェロの笑い声が聞こえた。

いつの間にか、月は雲に隠れて見えなくなっていた。けれど、図書館から噴き上がる炎が広場を煌々と照らしている。

ぽつりと、何かがガブリエーレの頬に当たる。雨だった。

「ガブリエーレ。騎士たちを束ねる立場にいながら、殺人者の逃亡に加担するとは」

カルロは嘆く口調で言い、馬を下りた。ジロラモも、カルロのすぐ近くにいた。

広場の鐘楼の前に、カルロを含む大勢の騎士たちが集まっている。彼らのほとんどは、フェリックス部隊だ。

全員が武装しており、ガブリエーレたちに近い位置にいる騎士は剣を抜いていた。カルロの命令があれば、すぐさま向かってくるだろう。

「何が殺人者だ。アレッシオがトンマーゾを殺害したなど、明らかな冤罪だ」

ガブリエーレはカルロに向かって大声で言った。言いながら、ルチーフェロのことを考える。

あの悪魔は、ガブリエーレに何かをさせたいのだ。だからわざわざ、図書館まで呼び出して、強引に自分を召喚させた。

何をさせたいのだろう。最初にルチーフェロが話しかけてきた時、彼は何と言ったのだったか。

必死に記憶を手繰る。アレッシオの願いは叶っていない。彼の願いが「ガブリエーレの幸せな人生」ならば、今ここで逆転の機会があるはずだ。

でもルチーフェロは、その報酬がアレッシオの魂一つだということに不満を持っている。一つでは安すぎるというのだ。ガブリエーレの魂を加えた二つでも不満らしい。

じりじりとこちらに近づいてくる騎士たちに、ガブリエーレは剣を構えた。一緒に手にしていた革袋が邪魔で、腰のベルトに引っ掛ける。

袋の中身は、銀の狼の指輪だ。ルカに自分の財産を渡す時、あの子が指輪を持つのは危険だと思い、これだけ取り出したのだった。

（――そうか）

そこまで考えて、ガブリエーレは閃いた。あの日のルチーフェロとの会話を、正確に思い出したのだ。

――別に誰の魂だって構わないんだ。僕らはいつだって魂に飢えてるんだから。

「ガブリエーレ。恋人を庇いたいのだろうが、逃げきることはできんぞ。これ以上、罪を重ねるな」

「それはこちらのセリフだ、カルロ。お前はヴァッローネと組んで、私腹を肥やしてきた。邪魔をする者たちを皆、排除して。ヌンツィオが逃亡する前、すべてを教えてくれた」

ガブリエーレは剣を脇に抱えると、腰に下げた革袋から指輪を取り出して掲げた。

カルロとはそれなりに距離があったから、彼からはよく見えなかっただろう。だが顔色が変わったところを見ると、おおよそのところを察したらしい。

「ヌンツィオの逃亡を幇助《ほうじょ》したのも貴様か、ガブリエーレ。他にも余罪がありそうだな」

ガブリエーレはこれには応じず、小さな声で「ルチーフェロ」と呼んだ。

すぐさま、甲高い笑い声が聞こえる。思ったとおり、今も悪魔はすぐそばにいる。

「ルチーフェロ。お前と契約を交わす前に、私の思う『幸福』について定義しよう」

傍らにいるアレッシオが振り向いて、不安げにこちらを見つめた。大丈夫だと、目顔で返す。

「私の幸福とは、アレッシオと共に生きることだ。二人で健やかに平和に、心安く。誰からも利用されず、理不尽な目に遭わずに年を重ね、老いても苦しむことなく一生を終える。死んだ後に悪魔に魂を食われると思ったら、穏やかには生きられない。だからもちろん、アレッシオが契約の際に捧げた、彼の魂も解放してほしい」

——注文が多いなあ。

ルチーフェロがぼやいた。

「人間とは強欲な生き物なのさ。自分だけではない、大切な人たちが無事でなければ、幸せだとは思えない。つまり、私とアレッシオの大切な者たちもまた、幸せでなければ。これが私の、幸福における定義だ。以上を踏まえた上で、アレッシオの願いを叶えてもらいたい」

ガブリエーレが幸せに生きること。そのためにはアレッシオも幸せでなければならない。二人とも、そして二人の大切な者たちも平穏無事に生きて、天寿を全うすることが幸せなのだ。なおかつ、悪魔に捧げたアレッシオの魂も解放されなくては憂いが晴れない。

なるほど、とルチーフェロは答えた。

——それであんたは、誰の魂を捧げてくれるんだい？

ガブリエーレは笑う。正面に立つカルロが、訝しげに眉をひそめた。彼の隣のジロラモが喚いた。

「何をぶつぶつ言っている。気が触れた演技かね。一連の行動は、乱心ゆえとでも言うつもりか」

彼らの背後に、鐘楼が見える。ちょうどあそこで自分は殺されたのだ。

図書館の炎に照らされた広場の風景を、ガブリエーレは感慨深く眺めた。

——さあ、生贄を捧げたまえ。その傲慢な願いに見合うくらい、多くの生贄を！

ルチーフェロには、ガブリエーレがこれから何をしようとしているのかわかっているのだ。

「これならきっと、悪魔の皇帝陛下にもご満足いただけるだろう。何しろ私にも、どれだけの人数がいるか、わからないのだからな」

ガブリエーレは今一度、銀の狼の指輪を掲げ、息を吸った。

「これと同じ指輪を持つ者、私欲のために我々を使役し虐げる者たち、そしてそんな彼らに与《くみ》するすべての者の魂を捧げる」

——よかろう。

最後に耳元で、聞いたことのない低い声を聞いた。地獄から這い上がってくるような、ゾッとする声音だった。

ガブリエーレが思わず身震いしたその時、目の前に閃光《せんこう》が走った。

同時に鼓膜が震えるほどの爆音が轟《とどろ》き、視界が白く染まる中、前方から風圧を感じた。

「ガブリエーレ様！」

アレッシオの叫び声がして、彼に抱きつかれた。いや、覆い被さったのかもしれない。

気づくとガブリエーレはアレッシオの腕の中にいて、広場の石畳の上にへたり込んでいた。

何が起こったのかわからなかった。

雨が強くなる中、辺りには焦げ臭い臭いが漂い、人がばたばたと倒れていた。中には呻いて起き上がる者もいたが、それはごくわずかだった。

離れた場所に、仰向けに倒れたカルロとジロラモの姿が見える。彼らは少しも動かない。

カルロが乗ってきた馬が、恐怖にいななないて暴れていた。

「落雷です。広場に……彼らの上に落ちたようです」

呆然としていると、アレッシオが教えてくれた。

「あなたが願いごとを口にした後、ルチーフェロの声を聞いた気がする」

彼はぐるりと広場を見回し、小さくつぶやく。

「それは、気のせいではないだろうな」

絶命した者たちの魂は皆、ルチーフェロの生贄になった。その魂がどうなったのか、考えかけてやめた。

アレッシオがガブリエーレの手を握る。潰れた目と腫れた顔で笑った。晴れやかな笑顔だった。

「終わったんですね」

「……ああ」

そう、終わったのだ。ガブリエーレとアレッシオの地獄は。

図書館はまだ燃えている。それでも火は、やがて消えるだろう。

雨足がいっそう強くなった。

七

「ボラスカは、とんでもなく田舎らしいぞ」

馬車に荷物が積み込まれるのを眺めながら、ガブリエーレは言った。

神殿庁の裏門の前で、聖騎士が三名、臨時雇いの人夫と共に荷物を積み込んでいる。

「それ、もう何度も聞きましたよ」

馬車の荷台に上がっていたマリオが、呆れた顔を覗かせた。

「いや、本当に行くのかと思ってな。あんな田舎で、お前らがじっとしていられるのか？　破廉恥な騒ぎでも起こしてみろ。送り出した私の責任になる」

「寂しいなら寂しいって、素直に言っていいんですよ」

宿舎の方から酒樽《さかだる》を抱えてやってきたダンテが、からかい交じりにガブリエーレに声をかけた。

「馬鹿言うな。寂しいわけないだろ。だが定期的に手紙は書くように。お前らがちゃんとやっているのか心配だからな」

それを聞いた途端、御者台にいたシモーネが、ぷっ、と吹き出した。マリオが腹を抱えて笑う。ダンテも肩を震わせていた。

「何がおかしい」

「ガブリエーレ部隊長……いや、団長。だんだんあなたって人がわかってきましたよ。もっと早くに知りたかったなあ」

マリオが腹を抱えながら言い、三人がかりで笑うので、ガブリエーレはすっかり不貞腐れてしまった。むすっとしてそっぽを向いたところで、背後から声がした。

「騎士団長をからかうなんて、近頃の聖騎士団はずいぶん砕けてるんだな」

振り返ると少し離れた場所に、瀟洒《しょうしゃ》な外套《がいとう》を纏った貴族の男が立っていた。右目に黒い革の眼帯をしていて、それが男の美貌にすごみを与えている。

「アレッシオ」

ガブリエーレは今の今まで寂しい気持ちでいっぱいだったが、男の顔を見た途端、その寂しさも和らいだ。

アレッシオは近づいてくるガブリエーレに、微笑みながら腕を広げる。軽く再会の抱擁を交わそうと思ったのだが、強く抱きすくめられていた。

「お久しぶりです。お元気でしたか」

長い抱擁の後、恋人は愛おしそうにガブリエーレの顔を覗き込んでくる。

一つだけ残された切れ長の瞳は、近頃とみに鋭さを増していた。その目で射すくめられると、見慣れていてもドキドキしてしまう。

拷問の折に受けた傷は、ほとんどが時と共に癒えたが、右目だけはもとに戻らなかった。

「ああ。と言っても、先週会ったけどな」

「俺にとっては、永遠に思える時間でしたよ。会いたかった」

てらいなく言うアレッシオに、背後で「うへえ」「相変わらずだな」と、マリオとダンテのうんざりした声が上がった。

「ちょっと。俺たちの見送りにきてくれたんじゃないんですか」

シモーネが言うと、アレッシオは「そうだった」と、ようやくガブリエーレから離れる。

「表門から入ったんだが、こちらにいると聞いたから」

アレッシオは背後を振り返り、近くに控えていた彼の従僕に声をかけた。従僕は、持っていた革袋を恭しく主人に渡す。

「三人に餞別だ」

マリオがひょいと荷台から下りてそれを受け取り、「うひょお」と、素っ頓狂な声を上げた。

「大金だあ。気前がいい！」

「ありがとうございます。さすがはヴァッローネ家のご当主」

マリオが言えば、ダンテも合いの手を入れる。アレッシオは「現金だな」と苦笑した。

「アレッシオ様もずいぶん、貴族らしくなりましたね」

シモーネが細い目をさらに細めて言う。

「それは、一年もやっていたらな」

「一年……もうそんなになるのかあ」

マリオが感慨深げな声を上げる。その場の全員が同じように感じていることだろう。

あっという間の一年、激動の日々だった。

図書館が燃えたあの日、神殿庁の鐘楼の広場に落雷があり、その場にいた聖騎士の多くが命を落とした。

騎士団長カルロと副団長ジロラモ、部隊長フェリックスと、彼の部隊にいた者はほとんど死んだ。

その場にはガブリエーレ部隊の騎士たちも駆り出されていたのだが、彼らは無事だった。

落雷のあった同時刻、大神官とその他、高位神官が数名、謎の死を遂げている。

そして神殿庁の外でも、時を同じくして不審死を遂げた者たちがいた。

ボラスカ神殿の神官長と聖騎士たち、それにヴァッローネ家当主とその嫡男夫婦が亡くなった。

他にも聖アルバ教会の関係者で、同じ時刻に死んだ者がいたようだが、死因が解明されておらず、神殿庁との因果関係はわかっていない。

この謎の大量死は俗に、「神の鉄槌《てつつい》事件」と呼ばれている。

その後、神殿庁に国の調査が入り、神殿庁とヴァッローネ家の間で長年にわたって行われてきた資金洗浄が明らかになったからだ。

この事実を国王に告げたのは、他でもない、ガブリエーレとアレッシオだった。二人はヌンツィオから預かった指輪を携えて王に謁見し、教会への捜査を行うよう嘆願した。

汚職に関わった者たちは、その関係が判明した時点でほぼすべて死亡していた。あの落雷の夜、同時に亡くなったのだ。

国は汚職の存在を明らかにし、聖アルバ教会もそれを認めたものの、容疑者は全員死亡で汚職事件は収束した。

ヴァッローネ家は当主と嫡男夫婦が死亡したものの、嫡男の息子が遺っていたために取り潰しを免れた。

ヴァッローネ領だったボラスカは没収、王領となった。次期当主はまだ赤ん坊のため、この子供が成人するまでの中継ぎとして、還俗したアレッシオがヴァッローネ家の当主に納まった。

神殿庁も大きく人事が変わった。大神官と数名の高位神官が亡くなり、残された高位神官から新たに大神官が選ばれたが、これまでと違いヴァッローネ派でもベリ派でもない、中立派の神官が立つことになった。

聖騎士団は新たに、ガブリエーレが騎士団長となり、組織も大きく編成を変えている。騎士団を辞する者も多くいた。ヴァッローネに所縁《ゆかり》のある者たちは、汚職事件が明るみになると、周囲から白眼視されて辞めていった。

ガブリエーレに対して一度でも、暴力を振るったり暴言を浴びせた覚えのある者、敵意を抱いていた者たちも退団を申し出た。

彼らは皆、自分たちがまたいつ、カルロたちのように殺されはしないかと、怯えているようだった。

残った聖騎士たちは、ガブリエーレに怯えるか、逆に崇めるかのどちらかである。

落雷について真相はわからないまでも、何がしかガブリエーレの意思が介在していることは、当時の目撃者から伝わっているらしい。

ベリ家の次期当主、聖騎士団長ガブリエーレは今や、巷《ちまた》でも神の代弁者と噂され、畏怖されていた。

こうした市井の反応に迎合して、神殿庁の神官もガブリエーレを下にも置かない勢いなのに、シモーネら三人は以前と何も変わらない。

彼らの方がよほど純粋な聖職者かもしれないと、近頃のガブリエーレは思っている。

「すみません、遅くなって。これ、厨房のおじさんが、道中食べてくれって」

騎士団の宿舎から、ルカが駆けてきた。持ってきた麻袋を、酒樽を積み終えてちょうど手が空いたダンテに渡す。

ルカはこの一年でぐんと背が伸び、マリオを追い越してしまった。身体つきも逞しくなってきている。今後もまだまだ伸びるだろう。

「おっ、魚の燻製《くんせい》じゃないか。酒のつまみに最高なんだ。おやっさん、わかってるなあ」

「お前ら、聖騎士だということを忘れるなよ。それから、これも持って行け」

小言を一つ言ってから、ガブリエーレは持っていた袋を差し出す。

「しかし、ガブリエーレ様からはもう、たっぷり餞別をいただきましたが」

シモーネが戸惑ったように言った。

「私からじゃない。聖騎士団の有志たちからだ」

えっ、と三人が声を上げたので、ガブリエーレはにやりと笑う。

「有志としか、私も知らない。表立って応援すると、今は点数稼ぎのように言われるからな。だがお前たちの行いに賛同する者が、これだけいるということだ」

自分たちをボラスカ神殿にやってほしい。

シモーネたちがそう言い出したのは、人事編成が一区切りつき、一連の事件の騒動も少し落ち着いた頃だった。

ヴァッローネの資金洗浄の本拠地だったボラスカ神殿では、神官と聖騎士の多くが死んだ。

神殿は大変な騒ぎで、混乱はまだ収束していない。

「従僕以下の子供たちは、大人がいなくなって大変でしょうね」

現地に思いを馳せるように言ったのは、ダンテだった。

「神殿庁と違って、地方の神殿は身寄りのない、貧しい子供も多いと聞きました。たとえ聖騎士になれなくても、神殿で読み書きや武芸を学べば先々の役に立つでしょう」

寄る辺ない子供たちに、そうした将来の道筋をつけてやりたいのだと、シモーネは言った。

「俺たち、従僕たちの稽古をつけるようになって、意外と子守に向いてるってわかったんですよ。これも部隊長……じゃなかった、団長のおかげです。あんなことがあって、俺たち話し合ったんです。人間いつ死ぬかわからないんだから、ちっとは意味のあることをやって生きようって」

マリオは相変わらず軽薄な口調だったが、三人共がすでに心を決めているのは見て取れた。彼らは彼らの道を見つけたのだ。

ガブリエーレはその意思を汲み、彼らをボラスカ神殿に派遣することにした。ルカをはじめ、三人に稽古をつけてもらっていた従僕たちはみんな残念がっていた。中には行かないでほしいと泣く子供もいたようだ。

ガブリエーレは三人に課していた従僕への教育を、正式に騎士団の制度に組み込んだ。今後は新たに任命された騎士たちが、子供たちの教育を行う予定だ。

「大金が入ったからといって、娼館に寄ったりするなよ」

ガブリエーレは、わざと偉そうにぶっきらぼうな口調で言う。

三人と別れるのは寂しいけれど、今日は新たな門出、湿っぽい顔はしたくなかった。

「あっ、大丈夫です。そっちにはもう、さんざん行ってきましたから」

マリオがぺらっと口にするので、ガブリエーレは彼を睨みつけた。彼にももう少し、建前を身につけてほしいものだ。

「いやあ、挨拶回りに忙しくって。あ、『白銀の女神』にも顔を出しましてね」

悪びれもなく続ける。さらに睨みつけようとしたが、聞き覚えのある名詞を耳にして留まった。

ヌンツィオが通っていた男娼の店で、銀の指輪を隠していた場所だ。

「『神の鉄槌事件』は、隣の国にまで話が広まってるらしいですよ……って、シモーネの馴染みの男娼に、隣国から手紙が届いたそうです。その子は字が読めないってんで、シモーネが読んでやったそうで。差出人は不明みたいなんですけど」

ガブリエーレはシモーネを見た。シモーネがうなずく。

「手紙の差出人は、相方と二人で隣国に落ち着いてるそうです」

手紙の差出人というのは恐らく、ヌンツィオと逃げた若い衆だろう。

「……そうか」

ヌンツィオが生きていた。相方が手紙を書いて寄越すくらいだ。それなりに元気でやっているのだろう。

ガブリエーレの中に、温かいものが広がる。

「餞別に、いい話をもらった」

微笑むと、マリオは照れ臭そうに「へへっ」と笑った。

「それじゃあ皆さん、お元気で」

荷物を馬車に積み終えると、御者台にシモーネが、ダンテとマリオは荷台に乗り込む。

ルカが先ほどから、しきりに目を擦っていた。

「向こうでは、ちょっとは大人しくしろよ。あと、手紙を書くように」

「へいへい」

裏門が開き、馬車が動き出す。ガブリエーレとアレッシオ、それにルカは、三人の乗った馬車が見えなくなるまで、見送り続けた。

三人を見送った後も、アレッシオはその場に留まっていた。

「ヴァッローネの当主様が、いつまでもこんなところで油を売っていていいのか？　忙しいんじゃないのか」

当主となって一年、しかしまだまだ落ち着かないと、先日会った時も言っていたのだ。

平民として生まれ育った彼が、いきなり高位貴族の当主となったのだ。反発する家臣や親戚も多いと聞く。苦労も多いに決まっている。

それでも彼は穏やかに辛抱強く、家門の当主としての仕事をこなしていた。

一年経った今では精悍さに落ち着きが加わり、威厳さえ湛えている。したたかさも見えるようになった。

「忙しさは相変わらずですが、今日は帰らないと家の者に言ってあります」

にっこり笑い、それからルカに向かって、

「今夜はここに泊まる。今日はもう、騎士団長の執務は休みだ」

と、告げた。ルカはちょっと考えた顔をしたが、すぐに「かしこまりました」と応じる。

「では使用人にも、そのように伝えておきます」

言い置いて去っていく。

「おい、勝手に」

ルカを呼び止めようと伸ばした手を、アレッシオに搦め捕られた。続いて顎を取られ、口づけされる。

「今日くらいはいいでしょう。こんな時でもないと、ゆっくり会えないんですから」

押しも強くなったなと、ガブリエーレは恋人を軽く睨みながら思う。

とはいえ、ゆっくり会えないというのはそのとおりだし、たまには口実を設けて休みたいと考えるほどには、ガブリエーレも世俗の欲が身についてきた。

「それでは今日の執務は休んで、ヴァッローネのご当主をもてなすとするか」

大袈裟にため息をついてみせると、アレッシオはクスクス笑う。それから二人で、ガブリエーレの住まいに移動した。

聖騎士団長になって、神殿庁の中に二階建ての住居を与えられた。騎士たちの宿舎とは違い、完全に独立した建物だ。

専属の使用人と料理人も付いている。従者も二人いて、従僕もルカ以外に二人いる。

カルロはこの他に、神殿庁の外に私邸を構え、愛人を住まわせていたそうだ。囲っている女は他に何人もいて、それぞれが相当に贅沢をしていたようだ。副団長のジロラモも似たり寄ったの生活をしていたらしい。

これら聖騎士団の長たちに加え、教会の頂点である大神官はさらに、国王にも匹敵する財を蓄えていたことが明るみになって、神殿庁は大いに揺らいでいる。

神官や、神殿庁の権力を頼みにする各国の王侯貴族たちは、威信を取り戻そうと躍起になっているが、聖アルバ教会は今後、弱体化していくかもしれない。

すでに国内での力関係は変わってきている。国王は長年重しになってきた神殿庁とヴァッローネ家の凋落《ちょうらく》を喜んでいる。

同時に、ガブリエーレとアレッシオを畏怖してもいた。ガブリエーレたちの機嫌を損ねたら、自分にも神の鉄槌が下るかもしれないと怯えている節がある。

聖アルバ教の信徒として、後ろ暗いことがいくらでもあるのだろう。

神の代弁者としての効力があるうちに、ガブリエーレは自分に都合の良いように動くつもりだ。

「ああ、本当に久しぶりだ」

騎士団長の居宅に入ると、アレッシオはすぐさまガブリエーレを抱きしめた。何年も離れていたかのように、懐かしむ声で囁く。

そのまま口づけしようとするから、軽く頰を叩いた。近くに使用人がいるのだ。

「奥に行くまで待てないのか」

言ってはみたものの、我ながら大して迫力のない声だと思った。

アレッシオが還俗してから、神殿庁の内と外で離れ離れになり、以前のようには会えなくなった。

聖職貴族と騎士団長という立場で顔を合わせることはあるが、こうして恋人として触れ合うのは実に久しぶりだ。

二人は真っすぐ二階の寝室に向かった。扉を閉めると、もう誰にもはばかる必要はなかった。互いに貪るように口づけし合う。

「会いたかった」

「俺もです。ああ……もっと顔をよく見せてください」

琥珀色の鋭い眼光が、ガブリエーレの瞳の奥を覗き込む。大きな手で頬や首筋を撫でられ、ゾクゾクと甘いものが背筋を這い上がった。

アレッシオは熱のこもった目でガブリエーレを見つめた後、再び噛みつくように口づけた。

ガブリエーレもうっとりと目をつぶりかけたのだが。

「……っ」

突然、アレッシオが息を呑んで顔を離したので、びっくりした。

「どうした」

「今、猫の声がしたような」

それを聞いて、驚きが腹立たしさに変わった。アレッシオもムッとしながら辺りを見回している。

「またか」

ガブリエーレも部屋中をぐるりと確認したが、猫の姿はなかった。

「ここに来ると、一度は邪魔される気がします」

「あいつは日中、外にいるはずなんだがな」

そう、ルッチは今もガブリエーレのそばにいる。

甲斐甲斐しく世話をしてくれるルカがずいぶん気に入っているようで、彼の前では可愛らしく「ニャア」と鳴いて足にすり寄ったりしていた。かと思うと、ガブリエーレの寝室でくつろいでいたりする。扉をきちんと閉めているにもかかわらず、だ。

姿が見えないのに鳴き声が聞こえるのは日常茶飯事で、時々ガブリエーレは、悪魔の甲高い笑い声を耳にした。

「悪魔なんかどうでもいいさ。続きをしよう。あいつと違って、こっちの時間は有限なんだ」

気を取り直して言うと、アレッシオも同意して、口づけを再開する。

アレッシオはその場に外套を脱ぎ捨て、ガブリエーレの身体を抱き上げて、寝台へと移動した。歩いている間も我慢できず、唇をついばみ合った。

「アレッシオ。愛してる」

ガブリエーレはもう、愛の言葉を惜しまない。アレッシオを愛しているし、彼も同じ気持ちだということを疑っていない。

一度目の人生での記憶が戻ってから、アレッシオは少しずつ、ガブリエーレが知らなかったこと、死んだ後の話を教えてくれた。

ガブリエーレに告白されて付き合い始めた頃、アレッシオは幸せだった。それまでのつらい人生を忘れ、生き直すのだと思っていた。

けれどもある日、ヴァッローネ家からの使者が来た時から、幸せは崩れていった。

使者は、アレッシオがヴァッローネ家当主の庶子であることを告げ、ヴァッローネ家に迎え入れると言ってきた。

還俗すれば、ガブリエーレと離れ離れになってしまう。渋るアレッシオに使者は言った。この運命を拒むことはできないと。

もし自分の意思で来ないなら、ボラスカ神殿でアレッシオがどんな罪を犯したのか、ガブリエーレに知らせると脅された。

ヴァッローネ家は、ガブリエーレとの関係はもちろん、アレッシオがブルーノを突き落としたこと、置き去りにしたことを知っていた。

一度目のアレッシオは、自分の罪をガブリエーレにだけは知られたくなかった。

もしボラスカでの罪を知ったら、潔癖なガブリエーレは自分を許してはくれないだろう。

軽蔑され、嫌われてしまう。

孤独なアレッシオには、そのことが何より恐ろしかった。

ガブリエーレには何も相談することができなかった。彼はベリ家の人間だし、ガブリエーレとはまだ信頼関係を築いているとは言えない。

恋人と言うには、二人の関係はあまりにも脆《もろ》くあやふやだった。

結局アレッシオは、ガブリエーレに何も言わずに神殿庁を去ることしかできなかった。

異母兄の死後、アレッシオはヴァッローネ家の後継者となり、庶子という立場を補うために有力貴族の娘を娶らされた。

妻は結婚前からすでに、誰かの子を身ごもっていた。

逆に言えば、だからこそ妻の実家も、アレッシオという何の後ろ盾もない男に娘を嫁がせたのだ。

後ろ盾になることと引き換えに、アレッシオを腹の子の父親に仕立て上げた。

アレッシオ当人は、そのことを妻の腹が大きくなるまで知らなかった。婚礼の初夜に妻が現れない理由も、その後も一度たりとも夫婦が寝台を共にしないこと、妻が見知らぬ男と親しげにして、それを家人たちが当然のように受け流すことも、何も教えてはもらえなかった。

そうしているうちに、ガブリエーレ逮捕の報せが耳に入った。

「あ……ん、痛い」

寝台の上で互いに裸になると、アレッシオが軽く肩口を噛んだ。ガブリエーレが甘く声を上げると、隻眼の美貌は獰猛に笑う。

「もっと痛くした方がいいですか」

からかう口調だったから、ガブリエーレは恋人を睨む。

「痛いのは、嫌だ」

アレッシオはふふっと笑い、噛み痕の残る肩に優しく口づけを落とした。

「では痛くしないで、乱暴に扱うだけにしましょう」

ガブリエーレは強引に抱かれるのが好きだ。自分でも気づかなかったけれど、アレッシオに抱かれるうちに己の性癖を知った。

「……すぐ、入れてほしい」

ぽそりとつぶやくと、アレッシオの瞳がいっそう鋭くなった。仰向けに転がされ、両腕を寝台に縫いつけられる。

「すぐ？　前戯もせずに？」

「あっ……」

下半身を擦りつけられ、ガブリエーレは思わず声を上げた。そんな反応を見て、アレッシオは喜色を浮かべる。

「いやらしいな」

「お前だって……あ、んっ」

アレッシオはいきり立った陽根を押しつけながら、ガブリエーレの乳首を指の腹でひねった。びりびりと快感が身体中を駆け抜け、甘い声が口を突いて出る。

男のこなれた愛撫に、後孔がひくついていた。早く後ろに入れてほしい。今すぐ犯されたくてたまらない。

「アレッシオ……早く」

腰をくねらせてねだった。恥ずかしいけれど、それさえも快楽に繋がる。

「仕方のない人だ」

大袈裟にため息をついて、アレッシオは枕元に置いていた小壺を手に取った。蓋を開けて軟膏をすくい取り、腰を浮かせて待つガブリエーレの窄まりに塗り込める。

「んっ、あ……」

恋人の指が肉襞《にくひだ》を割って中に滑り込んでくる。面白がるように出し入れされ、ガブリエーレはさらに快楽を追いかけようと自ら乳首を弄り、性器を擦り上げた。

「自分で弄るんですか。とんでもない淫乱だ。部下たちは騎士団長のこんな姿を知っているんですかね」

「言う、な……あっ、あっ」

「言われたいくせに」

残酷に囁き、一方の乳首を軽く噛まれた。悲鳴を上げると、後孔の浅い部分をぐりぐりと押し上げられる。

「や、あっ、まだいきたく、ない……」

後ろに入れてほしいのに、アレッシオはわざと焦らしているのだ。けれど彼の性器もまた、腹に付くほど反り上がり、先走りをこぼしながらびくびくと震えていた。

ガブリエーレがこらえきれずに達すると、アレッシオは後ろを責めるのをやめて、ガブリエーレの身体を抱きしめた。愛おしそうに何度も口づける。

それから絶頂に震えるガブリエーレの身体を強引に割り開き、己の巨根を一息に突き立てた。

「ひ……あっ」

快楽に目の前が白む。首をのけ反らせると、アレッシオがその喉に食らいつくように口づける。

ガツガツと乱暴に穿《うが》たれ、ひとりでに嬌声《きょうせい》が上がる。欲望のまま腰を振りたくるのに、たまらず足を絡めて縋りついた。

「ガブリエーレ様……ああ……」

自分の名前を呼び、切なげに眉根を寄せる恋人が愛おしい。余裕のない動きでしばらく抽挿を続けた後、アレッシオはガブリエーレの中で果てた。

陰囊《いんのう》を震わせ、ガブリエーレの名前を幾度も呼びながら精を注ぎ込む。息苦しくなるほど強く抱きしめられたが、それさえも幸せに感じた。

もう二度と、アレッシオと離れない。誰にも邪魔をさせない。彼を一度目の人生のような、孤独で惨めな目には決して遭わせない。

アレッシオからすべてを聞かされた後、ガブリエーレはそう誓った。


ヴァッローネ家で、アレッシオはずっと孤独だった。

彼の味方は誰一人としていなかった。ちょっとした悩みや、困りごとを相談する相手さえいない。

アレッシオは置き物と同じだった。ただそこにあるだけ。

毎日、父に命じられるまま手足を動かし、自分の意思で何かをすることも許されなかった。

家の外で何が起こっているのかもわからず、だからガブリエーレの逮捕を耳にしたのは、ずいぶん日が経ってからのことだった。

あのガブリエーレが、汚職や殺人に手を染めるはずがない。

何かの間違いだ。あるいは陰謀か。当主である父に訴えたが、もちろん取り合ってもら

えるはずがない。

それでも諦めず、ガブリエーレを助けてくれるようにと、誰かれ構わず訴えた。妻や、妻の実家にも嘆願した。

そんなある日、父から何通かの書状を渡され、これらに署名するよう言われた。書状は歯抜けの文字が並んでいるだけで、中身がよくわからない。

けれど、素直に署名をするならガブリエーレの罪を軽減してやると言われ、アレッシオは応じた。

署名をした後で、書状の文言が書き加えられることは知らずに。

自分が署名したものの正体を知らされたのは、ガブリエーレの死刑執行の日の朝だった。

何かの冗談だと思った。着替えをさせられ、無理やり乗せられた馬車が神殿庁に向かっていると気づいてからも、とうてい信じられずにいた。

神殿庁に着き、鐘楼の広場に聖騎士たちがずらりと並ぶ中、神官たちと共に見物台に座らされる。

目の前に、かつての恋人が変わり果てた姿で現れた時、アレッシオは思わず目を背けた。

これは何かの冗談だ。さもなければ夢を見ているのだ。

ガブリエーレが処刑される瞬間を、アレッシオは見ていない。最後に目にしたのは、頭を失った恋人の遺骸だった。

愛した人を、自分が死に追いやった。言われるまま書いた署名が、ガブリエーレを殺した。

ガブリエーレが死んだ後、アレッシオの心も壊れていった。


「新しい図書館の落成式は、来年の春頃になりそうだよ」

激しく交わり、互いに幾度も果てた後、寝台に寝ころびながらガブリエーレは言った。

アレッシオはその隣で、ガブリエーレの髪をもてあそんでいる。

「ずいぶんかかりましたね」

「焼けた建物を片づけるのに、手間取ったからな」

ルチーフェロの炎は、図書館を全焼させた。書庫にあった蔵書もすべて焼けた。

アレッシオがルチーフェロを呼び出した魔術書も、失われてしまった。

ガブリエーレが死んだ後、アレッシオは心の均衡を崩してヴァッローネ家の別宅に幽閉された。

妻はその頃すでに男の子を産んでいたから、どのみちアレッシオは用なしだったのだ。

孤独の中、アレッシオは夢想と現実を行き来しながら、ガブリエーレを蘇らせることを夢見るようになった。

自分が殺したガブリエーレを生き返らせる。高潔な魂を救い、幸せにすることがアレッシオに残された希望だった。

魔術書の存在は、ボラスカ神殿にいた頃に聞いたことがあった。神の教えに背く異端者が、己の欲望を叶えるために悪魔を呼び出すのだと。

異端の書が神殿庁の図書館の蔵書にあることも、聖騎士時代に知っていた。どんな書物なのか、噂にしか聞いたことはなかったが、どんなものでも構わなかった。

アレッシオは幽閉された屋敷から抜け出し、ヴァッローネの名を使って神殿庁の門をくぐり、図書館に忍び込んだ。

ルチーフェロを呼び出して己の魂を捧げると誓い、その場で自害した。

そうして時は巻き戻った。アレッシオは一度目の人生の記憶を失い、代わりにガブリエーレが記憶を持ったまま蘇った。

ルチーフェロが言ったように、アレッシオの願いを叶えるためには必要なことだったのだ。

おかげで今、ガブリエーレは幸福を手に入れた。

「落成式が、団長としての最後の仕事になると思う」

「ようやくですね。けど、来年の春か。遠いな」

アレッシオがぼやいた。ガブリエーレはなだめるように笑って、アレッシオの胸に頭をもたせかけたが、気持ちは彼と同じだった。

早く神殿庁を出て、自由に二人で過ごしたい。

神殿庁と聖騎士団の混乱を治め、後を引き継いだら、ガブリエーレも還俗する。

ベリ家に戻って跡を継ぐ予定だ。父は今頃、すべてがうまくいっていると満足していることだろう。

対立していたヴァッローネ家は凋落し、自分の息子は神の代弁者と崇められ、国王にさえ畏怖される存在となった。ヴァッローネ家の中継ぎの当主は、ガブリエーレの恋人である。

今後はベリ家が聖職貴族たちを主導していくと考えているのだろうが、それは叶わぬ夢だ。

ガブリエーレが家に戻った後、父には家門の長を退いてもらうつもりだ。老齢や病気、理由はいくらでもつけられる。

そうして遠い領地に父を幽閉する。父を出し抜くために、今から方々へ密かな根回しをしていた。

ガブリエーレは妻など娶らないし、ベリ家の存続にも興味はない。ただアレッシオと二人、誰にも邪魔されることなく生きていければそれでいい。

「今は、自由になってからのことを考えよう」

「すっかり自由になるのは、まだまだ先ですね。あなたが塀の外に出ても、すぐには一緒に暮らせませんし。俺は毎日でもこうしたいのにな」

アレッシオは言って、少し不貞腐れた顔を作る。それからガブリエーレのつむじや頬にじゃれるような口づけを落とした。

「だから今から、予定を立てるのさ」

こうしたたまの逢瀬もじゅうぶん幸せだが、浮世のしがらみを整理して、本当の自由を手に入れた後のことを考えるのも、また楽しい。

いつかヴァッローネ家もベリ家も捨てて、別の土地で暮らすのだ。

「王都を離れたいな。あの三人にも会いたいけど、ボラスカには行きたくありません」

「じゃあ南だ。暖かい地方に行こう。私たちが王都を出ると言ったら、ルカも付いてくるから、そうするとまたあの猫とも一緒に暮らすことになるんだろうな」

互いの髪に口づけたり、素肌をまさぐったりしながら、そう遠くない将来のことを考える。

この神の檻から解放され、新しい人生を始める時、どんな気持ちになるだろう。

未来に思いを馳せて幸せな気持ちに浸っていると、ふと、思い出すことがある。

あの落雷の夜のこと、自分が彼らにしたこと——ルチーフェロに捧げられた魂は今、どうしているだろう。

地獄の業火に焼かれているだろうか。

「何を考えているんです?」

アレッシオが、そっとガブリエーレの瞳を覗き込んだ。ガブリエーレも、たった一つの美しい瞳を見上げる。

「ルチーフェロに捧げた魂は、どうなるのかな」

恋人は少し、困ったように微笑んだ。小さな子供がおかしな質問をした時のように、軽く眉尻を引き下げ、ガブリエーレの頬を優しく撫でる。

「さあ。知らない方がいいかもしれませんね」

そう言うアレッシオは、知っているのかもしれない。

黙り込んだガブリエーレが思い悩んでいるように見えたのか、彼はなおも言った。

「気に病まないで。あなたは何も悪いことはしていない。それでも重荷なら、その心の荷物は半分、俺が持ちますから」

「うん……」

素直に相手の胸に頬をすり寄せ、ガブリエーレはうなずく。

もとより後悔はしていなかった。悪魔に願ったことが罪だと言うなら、それをいったい誰が裁くというのだろう。

ガブリエーレは幸福だった。神などいらない。

傍らに、この温もりさえあれば。

見上げると、恋人は優しく微笑んで、ガブリエーレを抱き寄せた。

あとがき

こんにちは、初めまして。小中大豆と申します。今回はドシリアスな死に戻りファンタジーとなりました。

ずっと書きたかった題材なので嬉しいです。好きなものを書かせていただいた上、奈良千春先生にイラストをご担当いただいたので、もう幸運を使い果たしたかも。

主役脇役からニャンコまで、素敵なイラストをありがとうございました。先生にも担当様にもご迷惑をおかけしました。

そして、ここまでお付き合いくださいました読者の皆様、ありがとうございました。

力不足を感じるのは毎度のことですが、張り切って書いた分、今回は特に己の力量のなさに落ち込むことしきり……。及第点とはいかないのですが、少しでも楽しんでいただけたら幸いです。今後も精進します。

それではまた、どこかでお会いできますように。

小中大豆先生、奈良千春先生へのお便り、
本作品に関するご意見、ご感想などは
〒101-8405
東京都千代田区神田三崎町2-18-11
二見書房　シャレード文庫
「Rebirth～聖騎士は二度目の愛を誓わない～」係まで。

本作品は書き下ろしです

CHARADE BUNKO

Rebirth《リバース》～聖騎士《せいきし》は二度目《にどめ》の愛《あい》を誓《ちか》わない～

2023年1月20日　初版発行

【著者】小中大豆《こなかだいず》

【発行所】株式会社二見書房
東京都千代田区神田三崎町2-18-11
電話　03(3515)2311[営業]
　　　03(3515)2314[編集]
振替　00170-4-2639
【印刷】株式会社 堀内印刷所
【製本】株式会社 村上製本所

落丁・乱丁本はお取り替えいたします。
定価は、カバーに表示してあります。

ISBN978-4-576-22191-5

https://charade.futami.co.jp/